Die Erlösung des Milliardärs

EIN MILLIARDÄR VOLLER LEIDENSCHAFT
Max

J. S. SCOTT

Die Erlösung des Milliardärs

(Ein Milliardär voller Leidenschaft, Buch 3 ~ Max)

von J.S. Scott

Copyright© 2016 J.S. Scott

Englischer Originaltitel: »The Billionaire's Salvation
(The Billionaire's Obsession ~ Max)«

Deutsche Übersetzung: Martina Risse für Daniela Mansfield Translations 2016

eBook:
ISBN-10: 1-939962-68-4
ISBN-13: 978-1-939962-69-0

Taschenbuch:
ISBN-10: 1-939962-69-2
ISBN-13: 978-1-939962-69-0

Titelbild entworfen von: Cali MacKay – Covers by Cali

Ebenfalls von T. A. Scott

»Entfesselte Leidenschaft« (Buch 1 der Serie »Ein Milliardär voller Leidenschaft« erzählt die Geschichte von Simon und Kara)

»Das Herz des Milliardärs (Ein Milliardär voller Leidenschaft, Buch 2 ~ Sam)«

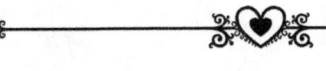

Inhalt

Prolog

Februar 2011

Max Hamilton stand zitternd auf dem sandigen Streifen Strand hinter seinem Haus und starrte mit leerem Blick aufs Meer. Mit finsterer Miene beobachtete er, wie das Wasser auf die Küste brandete, als ob sie deren Feind wäre. Die Nacht war beinahe pechschwarz, aber der Mond und die Sterne spendeten genügend Licht, um die aufgewühlte See vor ihm sehen zu können. Auf eine sehr elementare Weise war sie sein *Verderben*. Sie stellte die Wassermasse dar, die ihm Mia weggenommen hatte. In diesem Augenblick verübelte er das jedem einzelnen Tropfen Wasser des Atlantischen Ozeans. Irgendwo da draußen trieb seine Frau leblos in dieser Wassermasse, begraben in einem nassen Grab. Er konnte spüren, wie sie sich weiter und weiter von ihm entfernte. Es war, als ob sie ihm sein Herz aus der Brust gerissen und es mit sich fortgetragen hätte. Und er stand hilflos hier und verblutete an der klaffenden Wunde.

Er legte eine Hand auf seine Brust und rieb sie, doch auch das konnte den quälenden Schmerz nicht vertreiben.

Nein... verdammt! Sie kann nicht fort sein. Ich dachte, ich hätte genügend Zeit, um meine irrationalen Gefühle zu verstehen. Ich dachte, ich könnte alles über mich selbst herausfinden und sie auf die Weise lieben, die sie verdiente.

Als seine Beine unter ihm nachgaben, ließ er sich mit seinem Hintern in den Sand fallen. Die Feuchtigkeit drang in den Stoff seiner Jeans ein, aber er ignorierte es und hielt seinen Blick starr auf das Wasser gerichtet. Er war zu benommen, um äußere Einwirkungen wahrzunehmen, und zu sehr am Boden zerstört, um sich Gedanken darüber zu machen. Sein ganzes Dasein war auf Mia konzentriert, als ob er sie mit der puren Kraft seines Willens zurückbringen könnte. Er ignorierte nicht nur den eisigen Wind, der seinen nur mit einem T-Shirt und Jeans bekleideten Körper durchschüttelte, sondern auch die Stechmücken, die sich an seinem entblößten Fleisch labten. Er musste das quälende Gefühl des Verlustes verdrängen, das so schmerzhaft war, oder er würde wahnsinnig werden.

Jeder Muskel in seinem Körper war angespannt. Er biss die Zähne zusammen und sein Verstand versuchte, seine Gefühle unter Kontrolle zu behalten. Wenn er um Mia trauern würde, würde das bedeuten, er hätte die Tatsache akzeptiert, dass sie für immer von ihm gegangen war, und das wollte er einfach nicht glauben. Zum Teufel damit! Er würde seine verleugnende Haltung beibehalten. Wenn er sich damit abfinden würde, dass sie an der Küste ebendieses Strandes ertrunken war, würde er mit der daraus folgenden Qual nicht leben können.

Max Hamilton weinte nicht. Hatte es niemals getan. Auch als seine Eltern bei einem tragischen Unfall ums Leben gekommen waren, hatte er den Drang unterdrückt, weil er wusste, sie würden sich seiner schämen. Ein Hamilton suhlte sich nicht in seinen Gefühlen oder ließ sie über Logik und Kontrolle siegen. Er wusste, dass seine Eltern ihn geliebt hatten, aber sie waren in den Wohlstand hineingeboren worden und hatten ihn immer gelehrt, wie man sich mit Anstand und Mäßigung verhält. Seine Mom und sein Dad hatten immer gesagt, er wäre ein perfektes Kind gewesen, und sie waren stolz auf ihn. Weil Max adoptiert worden war, wollte er immer perfekt sein, und das hatte er versucht, auch nachdem seine Adoptiveltern gestorben waren. Die Angewohnheit, immer distanziert und unparteiisch zu bleiben, war etwas, das er mit Liebe und Anerkennung in Verbindung brachte. Jetzt war er sich dessen nicht mehr so sicher, weil sein Bauchgefühl ihm sagte, dass Mia vielleicht gestorben war, ohne jemals genau seine Gefühle ihr gegenüber gekannt zu haben.

Unglücklicherweise fühlte er sich im Moment weder sehr ausgeglichen noch stabil, und sein übliches Hamilton-typisches Auftreten hatte ihn vollständig im Stich gelassen.

Mia war vor genau einer Woche von diesem Fleck verschwunden. Ihre Tasche, ihre Kleider und ihr Telefon waren auf diesem Streifen Sand zurückgeblieben. Sie hatte es immer geliebt, hier ein schnelles Bad zu nehmen, und hatte es ihr eigenes kleines Stück vom Paradies genannt.

Max schloss die Augen und vergegenwärtigte sich ihr Gesicht, ihren schelmischen Gesichtsausdruck und ihr reizendes Lächeln. Gott, wie er es gehasst hatte, wenn sie allein schwimmen ging oder Dinge tat, die er für gefährlich hielt. Er hatte ihr eine Standpauke gehalten, wie ein Lehrer es vielleicht mit einem Schüler tun würde, aber sie hatte ihn immer ausgelacht und seinen Ärger vertrieben. Sie hatte ihm gesagt, er wäre zu ernsthaft und würde sich zu viele Sorgen machen. Das Problem bestand darin, dass er niemals sehr lange wütend auf sie sein konnte. Die verdammte Frau hatte ihn fast von dem Moment an, in dem sie sich kennengelernt hatten, um den kleinen Finger gewickelt, und er hatte es bereitwillig zugelassen. Er hatte sie ermahnt, wenn sie Dinge getan hatte, die ihn bis zum Äußersten beunruhigt hatten. Und dann hatte er sie ihre eigenen Wege gehen und sie glauben lassen, er wäre nur mäßig besorgt, während er in Wahrheit eine Scheißangst hatte, sie zu verlieren.

Er war der Ernste, der Mann, der mit Bedachtsamkeit und Logik handelte. Und Mia... ach Mia: Sie machte ihn glücklich, sie brachte ihn zum Lachen, sie machte ihn ganz und sie brachte ihn dazu, die Kontrolle völlig verlieren zu wollen. Aber das war niemals passiert, nicht ein einziges Mal. Er hatte es geschafft, die animalischen

Instinkte, die sie in ihm weckte, in den Griff zu bekommen. Mit Mühe und Not.

»Das war unsere Abmachung«, flüsterte er heiser, obwohl die eigentliche Abmachung nie offiziell gewesen war oder darüber gesprochen worden wäre. »Ich war für die ernsten Dinge zuständig und du hast mir geholfen, mich aufzumuntern.« Sie brachte ihn zum Lachen, wenn er die Dinge zu ernst nahm, und er brachte sie stets auf den Boden der Tatsachen zurück. Zusammen waren sie das perfekte Team. Oder vielleicht war auch Mia perfekt und hatte ihn einfach nur zu einem glücklicheren Mann gemacht. Es spielte keine Rolle, dass er den Drang hatte bekämpfen müssen, sich in einen Höhlenmenschen zu verwandeln und sie ununterbrochen zu erobern, um sie in sein Lager zurückzuschleppen. Aber sie hatte von diesem geheimen Teil seiner Persönlichkeit, der sich gern an die Oberfläche gedrängt hätte, niemals etwas erfahren.

Weil ich sie nicht verängstigen wollte.

Er legte sich auf den Rücken und bedeckte sein Gesicht mit einem Arm, während ihm ein unterdrückter Stoßseufzer entfuhr. In seinem Inneren tobte ein Kampf der Gefühle, von denen jedes einzelne in seinem verwirrten Geist um die Vormachtstellung rang: Wut, Verzweiflung, Verdrängung und Schmerz. Unglücklicherweise gewannen die Qualen, die sein Herz und seine Seele erfüllten, die Oberhand, wurden aber etwas gelindert, weil er die Tatsachen verdrängte.

Sie ist nicht tot. Sie ist nicht tot. Ich brauchte mehr Zeit.

Er hielt seine Augen fest geschlossen, um das brennende Gefühl der zurückgehaltenen Tränen hinter seinen Augenlidern zu lindern, während er einen Schluchzer hinunterschluckte, der aus seinem Brustkorb aufstieg. Er und Mia waren ein Paar und ohne sie funktionierte er nicht. Sie waren seit zwei Jahren verheiratet gewesen und hatten sich perfekt ergänzt, wie zwei Teile eines Puzzles, die nur vollständig waren, wenn sie miteinander verbunden wurden, und das seit dem ersten Augenblick ihres Zusammentreffens. Er hatte niemals an Liebe auf den ersten Blick oder eine plötzlich spürbare Verbindung geglaubt… bis er seine Frau getroffen hatte. In vieler Hinsicht waren sie völlig gegensätzlich, trotzdem gehörten sie zusammen. Dieses Gefühl war schon ganz zu Anfang der Beziehung mit seiner Frau dagewesen, aber er hatte es geleugnet, weil er geglaubt hatte, die Art, wie er ihr gegenüber empfand, würde sich wahrscheinlich auf ein verträgliches Maß reduzieren.

Das war nie geschehen. Und ehrlich, Max wusste, das wäre auch niemals eingetreten. Er war einfach nur ein zu großer Idiot gewesen, um es sich einzugestehen.

Er setzte sich auf, schlang seine Arme um die Knie und wiegte sich vor und zurück, während er jeden rationalen Gedanken niederkämpfte, der ihm bezüglich des Verschwindens seiner Frau in den Kopf kam. Wenn er anfing, logisch zu denken, müsste er einsehen, dass sie höchstwahrscheinlich tot war. Mia würde nicht so einfach verschwinden und sich nicht bei ihm melden. Manchmal mochte sie vielleicht ein bisschen sorglos mit ihrer eigenen Sicherheit umgehen und seinen Wachdienst abservieren, aber sie war niemals gedankenlos. Auf keinen Fall würde sie ihn ohne Nachricht lassen, wenn sie nicht körperlich daran gehindert würde.

»Wo bist du, Mia?«, flüsterte er heiser und mit Verzweiflung in der Stimme. »Bitte! Tu mir das nicht an! Bitte! Ich brauche dich.«

Ich hätte ihr öfter sagen sollen, dass ich sie liebte, und ich hätte mehr Zeit mit ihr verbringen sollen, anstatt auf der Suche nach Weltbeherrschung von Ort zu Ort zu reisen und zu versuchen, die primitiven Instinkte zu verstecken, die sie in mir geweckt hat. Ich hätte nicht davonlaufen sollen. Wahrscheinlich wäre sie in der Lage gewesen, mit diesem Teil von mir fertigzuwerden, so wie sie mit allem anderen zurechtgekommen ist.

In Wahrheit hatte er ihr keine Chance gegeben. Er hatte sich selbst nie erlaubt, sich ihr vollständig zu öffnen, und hatte ihr nie genau erklärt, wie er fühlte. Nun, da es zu spät war, bereute er es.

Er schaukelte heftiger und öffnete die Augen. Und endlich flossen seine Tränen. Er wischte sich mit dem Arm über die Augen und fluchte zornig, als er die Tropfen unwirsch aus seinem verwüsteten Gesicht entfernte. Aber immer wieder erschienen neue und das ärgerte ihn nur noch mehr.

Stolpernd kam er auf die Füße, bewegte sich auf den Saum des Wassers zu und watete hinein – er war verdammt in Versuchung, sich selbst im Meer zu verlieren, wenn dass der einzige Weg war, um wieder mit Mia zusammen sein zu können.

Sie ist nicht tot. Sie wird nur vermisst. Ich gebe sie nicht auf!

»Mia!« Sein heiserer Ruf wurde von dem brutalen Wind über das Wasser getragen, und er zitterte am ganzen Körper, als er verzweifelt schrie: »Komm zurück!«

Niemand antwortete. Er fiel in dem kalten Wasser auf die Knie und ließ es über seinen Brustkorb schwappen. Seine Tränen vermischten sich mit dem Wasser, und seine Hoffnungslosigkeit und sein Seelenschmerz brachen in einem qualvollen Schluchzen aus seiner Kehle hervor. Und dann noch einmal. Und noch einmal.

Die Wellen warfen seinen Körper gegen die Küste, und er ließ sich von dem Impuls tragen. Als er den Sand erreichte, kroch er noch ein kleines Stückchen auf Händen und Knien weiter, bevor er auf dem Strand zusammenbrach.

Hör mit dem verfluchten Weinen auf! Sie ist nicht tot. Sie ist irgendwo da draußen. Du musst sie finden.

Er hustete heftig, versuchte aber, die heiseren Geräusche zu unterdrücken, die aus seinem Mund hervorbrachen. Er ärgerte sich darüber, dass er bereits um eine Frau trauerte, deren Tod noch nicht bewiesen war. Was, wenn die Polizei und alle anderen glaubten, sie wäre tot? Er gab nicht auf. Er würde niemals aufgeben.

Es gab keine Bewegungen auf ihrem Bankkonto und kein Zeichen, dass sie noch am Leben war. Aber er würde nicht rasten, bis er sie gefunden hatte. Er hatte kaum geschlafen, seitdem sie verschwunden war, und hatte die letzte Woche damit verbracht, durch Tampa zu ziehen und nach ihr Ausschau zu halten. Als die Polizisten nur noch resigniert ihre Köpfe geschüttelt hatten, hatte er eine private Suchmannschaft angeheuert.

»Ich werde dich nicht aufgeben, Liebling. Ich verspreche es«, murmelte er. Auf seinen Lippen spürte er den Sand, der schon in seinen Mund eindrang und sich dort festsetzte, wenn er einatmete.

Mit verschwommenem Blick starrte er entschlossen auf die brechenden Wellen, und die Erschöpfung übermannte ihn. In der Ferne konnte er Lichter sehen – Boote, die in der dunklen Nacht sein Blickfeld passierten. Blinzelnd versuchte er, bei Bewusstsein zu bleiben, aber Schwärze umfing ihn und er gab sich ihr hin, weil er wusste, dass er diesen Strand heute Nacht nicht mehr verlassen würde. Vielleicht würde er das niemals tun. Vielleicht würde er hierbleiben, bis er sterben oder Mia zu ihm zurückkehren würde.

Seine nasse, zitternde, schmutzige Gestalt lag bis zum Morgen bewegungslos da. Dann öffnete sie die Augen und hoffte, dass alles, was in der letzten Woche passiert war, nur ein böser Traum gewesen war.

Das war nicht der Fall... und als Max am nächsten Tag in den Spiegel schaute... musste er sich selbst eingestehen, dass es manchmal keine zweite Chance gab. Ab und zu begegnete einem etwas oder jemand Außergewöhnliches im Leben, und es gab nur ein kleines Zeitfenster, um die Gelegenheit beim Schopfe zu packen und es sich zu eigen zu machen. Unglücklicherweise war er ein Feigling gewesen, hatte sich vor Veränderungen gefürchtet, und sein »außergewöhnlicher Jemand« wurde ihm weggenommen, bevor er sie völlig in Besitz genommen hatte.

Zum ersten Mal in seinem Leben blieb Max Hamilton mit Reue zurück. Und das war unerträglich schmerzhaft. Später würde er vielleicht auf sein Leben zurückblicken und herausfinden, ob er wirklich ein Roboter sein musste, der mit peinlich genauer Kontrolle und Logik funktionierte und nur das tat, was sein Verstand akzeptierte. Aber das würde später kommen, nachdem der Schmerz nachgelassen hätte. Leider kam dieser Tag niemals.

Kapitel 1

Heute

»Ich will keine Frau, Maddie. Ich bin schon verheiratet.« Max betastete seinen Ehering aus Platin, den er seit seinem Hochzeitstag höchst selten vom Finger genommen hatte und der an demselben verdammten Finger bleiben würde, auch über seinen Tod hinaus. Bis jetzt war weder Mias Körper gefunden, noch war sie offiziell für tot erklärt worden.

Er nahm einen tiefen Atemzug und atmete langsam wieder aus, um den Duft des Grills und der freien Natur zu genießen. Sie veranstalteten ein »Endsommer«-Picknick. Es war eine der seltenen Gelegenheiten, zu der Freunde und Familie in einem der örtlichen Parks zusammenkamen und sich wieder wie Kinder benahmen, um einmal zu vergessen, dass sie zu den wohlhabendsten Menschen der Welt gehörten und auf ihren Schultern mehr Verantwortung lastete als auf denen eines Durchschnittbürgers. Heute konnten sie einfach nur gewöhnlich sein, und Max hatte diese Unterhaltung mit seiner neugefundenen Schwester nicht vorgehabt. Er wollte einfach nur die Tatsache genießen, dass er tatsächlich eine Familie besaß, eine Schwester, von deren Existenz er bis vor kurzem nichts gewusst hatte. Nur für ein paar Stunden wollte er sich an der Gesellschaft der Menschen erfreuen, die ihm wichtig waren, und nicht an die Frau denken, die er verloren hatte. Maddie zu finden, war ein Wunder gewesen und ein Geschenk, das er nicht verschwenden wollte.

Maddie kaute auf ihrer Unterlippe, während sie ihn über den Picknicktisch hinweg mit einem besorgten Gesichtsausdruck ansah. Sam, der sie an diesen Tisch verbannt hatte, bediente den Grill und wollte seine Frau vom Feuer fernhalten. Max lächelte und fragte sich, wie sein Freund und Schwager diese Schwangerschaft von Maddie überleben würde. Sie war erst seit ein paar Monaten schwanger und Sam behandelte sie schon jetzt, als ob sie so zerbrechlich wie geblasenes Glas wäre. Er konnte sich nur vorstellen, welche wahnsinnigen Ausmaße Sams Beschützerinstinkt mit Maddies fortschreitender Schwangerschaft annehmen würde. Es würde keine Rolle spielen, dass Maddie Ärztin und durchaus in der Lage war zu wissen, was sie tun durfte und was nicht; Sam würde über sie wachen. Ehrlich, Max konnte es ihm nicht verdenken. Sogar er selbst fühlte mehr als nur ein wenig brüderlichen Beschützerinstinkt. Seine Schwester war fünfunddreißig, zwei Jahre älter als er, und sie wünschte sich dieses Baby so verzweifelt. Er würde bestimmt einen Seufzer der Erleichterung ausstoßen, sobald das Kind unbeschadet zur Welt gekommen war. Jedes andere Ergebnis würde Maddie das Herz brechen, und seine Schwester hatte sich in ihrem Leben schon durch genügend schwere Zeiten gekämpft.

»Ich möchte doch nur, dass du glücklich bist«, antwortete sie leise und zerrte nervös an einer Strähne ihres lockigen, roten Haares.

Oh, zur Hölle! Er hasste diesen traurigen Ausdruck auf ihrem Gesicht, aber irgendwie musste er ihr begreiflich machen, dass er nicht an weiblicher Gesellschaft interessiert war. Manchmal gab es einfach kein so ekstatisches Glück, wie sie es mit Sam teilte. Und mit Sicherheit würde es in *seiner* Zukunft so etwas auch nicht geben. Er hatte die Liebe seines Lebens schon gefunden… und hatte es geschafft, alles völlig zu zerstören. Seine Schwester hatte den ganzen Sommer über versucht, ihn mit den verschiedensten Frauen zu verkuppeln, und das musste aufhören. »Ich empfinde für Mia auf die gleiche Art wie du für Sam. Ich habe sie geliebt. Ich tue es immer noch. Ihr Tod hat daran nichts geändert. Es gibt niemand anderen für mich, Maddie. Sie war mein Ein und Alles.« Max wusste, Maddie würde das verstehen, schließlich hatte sie über ein Jahrzehnt auf Sam gewartet. »Ich kann mit niemand anderem zusammen sein. Nicht jetzt. Niemals.«

»Das fühlst du im Moment, Max, aber eines Tages -«

»Ich werde noch nächstes Jahr, in zehn Jahren und jeden folgenden Tag danach genauso empfinden.« Er würde ihr nichts vorspielen. Nicht mehr. In der Vergangenheit hatte er jedes Mal das Thema gewechselt, wenn sie geäußert hatte, dass er sich vielleicht weibliche Gesellschaft suchen sollte, aber er würde nicht klein beigeben. Maddies Bemühungen um sein Glück waren liebenswert, aber fehl am Platze, und erinnerten ihn nur daran, was er verloren hatte. »Wenn Sam etwas passieren würde, wann wärst du bereit, mit jemand anderem zusammen zu sein?«

Sie machte ein betroffenes Gesicht, und Max fühlte sich wie ein komplettes Arschloch. Das Letzte, was er beabsichtigte, war, Maddie zu verletzen. Er wusste, dass sie es gut meinte und ihn so glücklich sehen wollte, wie sie es nun mit Sam war, aber er konnte es nicht mehr ertragen und wünschte sich verzweifelt, dass sie ihre Bemühungen aufgab. Die letzten zweieinhalb Jahre war er mit dem Versuch beschäftigt gewesen, nicht den Verstand zu verlieren, während der Schmerz in seiner Brust niemals versiegte und er versuchte, jeden Tag zu funktionieren und sich durch das quälende Leben ohne Mia zu kämpfen. Es war allenfalls besser, nicht über romantische Beziehungen nachzudenken. Es gab kein Glück mehr für ihn. Es gab nur noch das nackte Überleben. Und es ging ihm viel besser, wenn er arbeitete, bis er vor Erschöpfung einschlief, und dankbar war für seine Freunde und seine Familie. Er wollte keine andere Frau. Es gab keinen Ersatz. Er war einfach nicht so gestrickt. Offensichtlich teilten seine Schwester und er den gleichen Charakterzug: sich einmal zu verlieben und das dauerte für immer an.

»Niemals«, antwortete Maddie traurig und blickte ihn mit ihren haselnussbraunen Augen an. Endlich verstand sie, was er versuchte, ihr begreiflich zu machen. »Ich würde niemals zu einer neuen Beziehung bereit sein, weil Sam der einzige Mann für mich ist. Ich verstehe dich. Und es tut mir leid. Ich fühle mich einfach nur so verdammt hilflos. Ich möchte dir helfen, aber ich weiß nicht wie.«

Max erhob sich und ging um den Tisch herum, um sich neben seine schwangere Schwester zu setzen und sie zärtlich in den Arm zu nehmen. Mit geschlossenen Augen genoss er die weibliche Umarmung seiner mitfühlenden Schwester, als diese ihre Arme um seine Schultern schlang und ihn fest drückte. Seine Stimme klang rau, als er ihr ruhig entgegnete: »Du hast mir schon geholfen. Einfach nur dadurch, dass du meine Schwester bist. Ich brauche nichts anderes.« Das war eine Lüge und er wusste es. Aber, was er brauchte, war unerreichbar. Mia würde nicht zurückkommen und er musste sich damit abfinden. Er hatte es nur… niemals wirklich gekonnt.

»Hey! Ihr beide solltet besser damit aufhören, bevor Sam hier herüberkommt und euch beiden die Arme bricht und euch in den Arsch tritt!« Die lässige, männliche Stimme erklang hinter ihnen und Max Schwager Kade kam mit Tucker auf sie zu, Max traurig dreinschauendem Spürhund – genauer gesagt Mias Hund. Tucker war ein Streuner, den Mia adoptiert und dessen tatsächliche Rasse Max niemals wirklich herausgefunden hatte. Er sah wie eine jämmerliche Kreuzung zwischen einem Bluthund und einem Basset aus. Er war ein Hund, der wenig mehr tat, als zu essen und Max scheele Blicke aus Augen zuzuwerfen, die aus einem faltigen Gesicht schielten. Er fragte sich, wie Kade es überhaupt geschafft hatte, Tucker zur Bewegung zu animieren. Der faule, verwöhnte Jagdhund bedachte normalerweise jeden, der mit ihm spazieren gehen wollte, mit seinem verachtungsvollen Hundeblick und schlief weiter. Der Hund konnte eine Nervensäge sein, aber Max hatte es nie übers Herz bringen können, Tucker loszuwerden, egal, wie oft der Hund ihn so anklagend anschaute, als ob er für Mias Verschwinden verantwortlich wäre. Sie hatte Tucker über alles geliebt und der hässliche Hund war völlig vernarrt in sein Frauchen gewesen. Mann und Hund hatten aus genau diesem Grund eine Art Waffenstillstand geschlossen und gelernt, sich gegenseitig zu tolerieren. Max wusste, dass Tucker immer noch nach Mia schmachtete, als ob er immer noch darauf warten würde, dass sie nach Hause käme. In dieser Beziehung waren Mann und Hund gleichermaßen Mitleid erregend. Auf eine seltsame, verdrehte Art fühlte Max sich besser, wenn er wusste, dass es noch eine andere Seele gab, die den Verlust von Mia betrauerte, auch wenn es sich dabei um einen fünfundsechzig Pfund schweren, hässlichen Hund handelte.

Kade humpelte auf sie zu und Tucker trottete hinter ihm her. Der Hund hechelte und seine rosa Zunge hing ihm aus dem Maul. Er plumpste vor Max Füßen auf den Boden und warf ihm einen ärgerlichen Blick zu.

»Das ist nicht meine Schuld. Du bist mit ihm gegangen«, beantwortete Max Tuckers stumme Beschwerde und blickte ihn ebenso ärgerlich an. Als ob Tucker Kade nicht kennen würde! Sein Schwager, Mias Bruder, zwang sein verstümmeltes Bein zu Höchstleistungen, als ob es etwas zu beweisen galt. Als er den Motorradunfall gehabt hatte, der seine glänzende Karriere als Profifußballer beendet hatte, hatten seine Ärzte nicht einmal daran geglaubt, dass er sein Bein würde behalten können. Aber er hatte es geschafft, und Kade war immer noch in besserer körperlicher Verfassung als jeder andere Mann, den Max kannte.

Max löste sich von Maddie, die Kade anlächelte, als dieser sich mit seinem Hintern neben sie auf die Bank zwängte und sie nun wie ein Sandwich zwischen den beiden Männern eingeklemmt war. »Seid ihr beide nett herumgetollt?«, fragte sie und beugte sich zu Max lächerlichem Jagdhund hinunter, um ihn zu liebkosen. Tucker schnarchte schon, winselte aber befriedigt, als Maddie seinen Kopf streichelte.

»Ja! Tucker hat mich völlig geschafft und mich überrundet. Der Hund hat ein brutales Tempo vorgelegt«, antwortete Kade witzelnd und lächelte Maddie an, die sich wieder aufrichtete. Kade sah aus, als würde er mindestens noch einige weitere Kilometer wandern können, ohne auch nur einen einzigen Schweißtropfen zu vergießen. Max hätte schwören können, dass Tucker im Schneckentempo gewatschelt war, was Kade zweifellos bis aufs Blut gereizt haben musste.

Mein Gott, er erinnert mich so sehr an Mia.

Kade und Mia hatten die gleichen tiefblauen Augen, das gleiche blendende Lächeln und die gleichen blonden Haare. Im Moment waren Kades Haare zerzaust und länger als gewöhnlich und berührten den Kragen seines hässlichen grell geblümten Hemdes. Aus irgendeinem Grund war Kade immer schon ein bevorzugter Kandidat für die Liste der am schlechtesten gekleideten Männer gewesen. Das lag gewiss nicht an mangelndem Geld. Sein Schwager war jenseits von wohlhabend und sein Nettowert wahrscheinlich höher als der von Max. Zusammen mit seinem Zwillingsbruder Travis hatte er die Harrison Corporation übernommen, als seine Eltern vor über vier Jahren aus dem Leben geschieden waren. Und vor seinem Unfall war er jahrelang ein überragender Quarterback in einem professionellen Team aus Florida gewesen und hatte ein enormes Gehalt und lukrative Zusatzvergütungen bezogen. Max hätte darauf wetten können, dass das Hemd ein Designer-Label trug, obwohl es aussah, als ob es in den nächsten Abfalleimer geworfen werden müsste. Wirklich, Max war sich sicher, dass Kade sich nur auf diese Weise kleidete, um seinen Zwillingsbruder zu ärgern. Travis war durch und durch akribisch und pedantisch - Eigenschaften, die auch Max besaß, weshalb er sich eigentlich Travis näher fühlen müsste als Kade. Aber nachdem er Mia verloren hatte, waren sich Max und Kade näher gekommen und hatten mehr Zeit miteinander verbracht. Kade war bereit gewesen, über Mia zu reden; Travis blieb stoisch und sonderte sich ab.

»Also, das war sehr nett von dir, dass du Tucker ein bisschen trainiert hast«, sagte Maddie zu Kade und lehnte sich zu ihm hinüber, um ihm einen Kuss auf die Wange zu geben.

»Hey, hört auf damit! Sam hat sich damit abgefunden, dass Max ein bisschen Zuneigung bekommt, aber falls ihr nicht miteinander verwandt seid, solltest du besser Abstand wahren!« Die Stimme hatte einen ernsthaft warnenden Unterton. Simon Hudson, Sams jüngerer Bruder, näherte sich dem Tisch in Begleitung seiner hochschwangeren Frau Kara.

»Wir sind über Einheirat miteinander verwandt… in gewisser Weise«, antwortete Kade und grinste, als Simon Kara dabei behilflich war, über die Bank auf der anderen Seite des Tisches zu steigen und sich zu setzen. »Sie ist die Schwester meines Schwagers. Das sollte zählen.«

Simon runzelte die Stirn. Die Sorge um die jeden Augenblick mögliche Niederkunft seiner schwangeren Frau stand ihm deutlich in sein gestresst aussehendes Gesicht geschrieben. Kara glühte; durch den Spaziergang mit ihrem Mann hatte ihr Gesicht eine rosige Farbe angenommen. Simon warf Kade einen drohenden Blick zu, setzte sich neben seine Frau und bemerkte ruppig: »Das zählt nicht. Wenn ihr nicht blutsverwandt seid, vergiss es!«

Kara tätschelte ihrem Mann den Arm. »Kade gehört zur Familie. Lass ihn in Ruhe, du Höhlenmensch! Uns gefällt es, dass er Maddie und mich wie Schwestern behandelt. Ich habe Kade und Max zu meinen Ehrenbrüdern erklärt.«

Max brach in Gelächter aus. »Können wir also zu dir hinüberkommen und dich brüderlich umarmen, Kara?«, fragte er, beobachtete jedoch vorsichtig Simon. Ehrlich, er sollte den armen Kerl wirklich nicht reizen. Simon war von Eifersucht besessen und seine Frau im neunten Monat schwanger, aber Max konnte nicht anders. Er warf Kade einen verschwörerischen Blick zu und beide Männer erhoben sich.

Simon knurrte - eigentlich war es eher ein Zähnefletschen - als Kade und Max aufstanden.

Karas Gesicht strahlte vor Vergnügen. Die Idee, beide Männer brüderlich zu umarmen, bereitete ihr Freude.

»Kommt noch einen Schritt näher und ihr werdet beide im Krankenhaus enden!«, warnte Simon sie mit einem gefährlichen Ton in der Stimme.

Max lächelte, während Kade in lautes Gelächter ausbrach. Ja, es war definitiv nicht nett, Sam und Simon bezüglich ihrer Frauen zu reizen, aber da weder Kade noch Max im Moment eine Frau *hatten,* war es einfach zu unterhaltsam, Simons Reaktionen zu beobachten. Die beiden Männer setzten sich wieder auf ihre Plätze, weil sie wussten, es war besser, den Spaß nicht auf die Spitze zu treiben. Max bezweifelte nicht, dass Simon sein Versprechen einhalten würde.

»Wartet nur!«, warnte Simon sie. »Rache ist süß.«

Max Lächeln verflog. Obwohl Kade kürzlich von seiner langjährigen Freundin sitzen gelassen worden war, würde sein Schwager vielleicht eines Tages eine gute Frau finden und Simons Rache für die Sticheleien einstecken müssen. Aber Max wusste, bei ihm würde das niemals eintreten. Und er hatte Mia niemals auf die gleiche Art behandelt, wie Sam und Simon es mit ihren Frauen taten. Seine Eltern hatten ihn geliebt und ihm alles gegeben, was sich ein adoptiertes Kind nur wünschen konnte, und im Gegenzug hatte er immer versucht, sich so kontrolliert zu verhalten, dass sie stolz auf ihn sein konnten. Nicht, dass er sich nicht manchmal Mia gegenüber wie der schlimmste Höhlenmensch hätte verhalten wollen - eigentlich sogar immer - aber er hatte diesen Emotionen nicht erlaubt, an die Oberfläche zu treten. Unbarmherzig hatte er solche Gefühle ausgemerzt und tief in sich vergraben. Er hatte Mia mit der gleichen lauwarmen, freundlichen Zuneigung geliebt, die sein Dad seiner Mom entgegengebracht hatte. Aber, Gott weiß, es war nicht einfach gewesen. Max wusste, dass Mia seine besitzergreifenden, animalischen Instinkte geweckt hatte, die mit gefletschten Zähnen hervordrängten, aber er hatte sie immer verborgen und ununterbrochen darum gekämpft, sie im Zaum zu halten. Jetzt wünschte er sich, er hätte ihnen freien Lauf gelassen und Mia von ganzem Herzen geliebt. Er hatte Angst gehabt, Mia zu erschrecken und sie mit seinem irrationalen Verhalten zu vergraulen. Aber wenn er die anderen Männer und ihre Frauen beobachtete, war er sich nicht mehr so sicher, ob Mia nicht auch lieber so behandelt worden wäre. Kara und Maddie schienen glücklich zu sein und waren sich vollkommen sicher, dass sie geliebt wurden. Hatte Mia das auch so empfunden? Max wusste es nicht.

Sam brachte eine riesige Platte mit frisch gegrillten Burgern und Hotdogs. Hastig wurden Picknicktische zusammengerückt, um für alle Sitzgelegenheiten zu schaffen. Das Holz ächzte beinahe unter dem Gewicht der vielen Menschen und den Speisen, die ausgereicht hätten, um eine kleine Armee zu verköstigen. Kade zwängte sich an seine linke Seite, während Maddie auf den Sitz rechts neben ihn rutschte.

Max ließ seinen Blick erst über die Menge der an den Tischen sitzenden Leute schweifen und dann entlang des Parksaums. Die Anzahl der verdeckten Sicherheitsagenten war einfach lächerlich. Weil er schon gewusst hatte, dass Sam und Simon den Park anlässlich der Veranstaltung ringsum bewachen lassen würden, hatte er auf den Einsatz seines bescheidenen Sicherheitsteams verzichtet. Jetzt war er wirklich froh über seine Entscheidung. Sie wären definitiv überbesetzt gewesen. Die Hudson-Geschwister hatten praktisch ein komplettes Sondereinsatzkommando mitgebracht, um ihre Frauen zu beschützen. Nicht, dass Max ihnen das ernsthaft verübelt hätte. Wenn er sich vielleicht bei Mia bezüglich ihrer Sicherheit besser durchgesetzt hätte, und wenn er sich von ihr vielleicht nicht hätte überzeugen lassen, dass sie nicht jede Minute des Tages beschattet werden musste, und wenn er vielleicht…

Er hatte gerade die Hand ausgestreckt, um sich einen Hamburger zu angeln, als er *sie* sah. Seine Hand blieb in der Luft hängen, bevor sie die Platte erreichte, und sein ganzer Körper verharrte wie zu Eis erstarrt in der gleichen Position, als er den Blick einer Frau auffing, die etwa fünf Meter von ihm entfernt bewegungslos hinter einer Palme stand, von der ihr Körper zur Hälfte verborgen wurde. Sein Herz klopfte ihm bis zum Hals und sank ihm dann in die Hose, als sich ihre Blicke ineinander verloren; ihre Augen waren denen von Mia so ähnlich. Vielleicht wäre er in der Lage gewesen, die Tatsache in den Wind zu schlagen, dass ihre Augen die gleiche azurblaue Farbe wie die seiner verstorbenen Frau aufwiesen, aber dem Gefühl des Wiedererkennens, das er selbst verspürte und das er auch in ihrem Blick lesen konnte, konnte er sich nicht verschließen. *Heiliger Jesus!* »Mia«, flüsterte er heiser, während er seine Hand auf den Tisch sinken ließ und die Frau offen anstarrte.

Kade hatte Max leise Erklärung gehört und schaute ihn an. Er folgte Max Blick, betrachtete die Frau einen Augenblick und wandte sich dann wieder Max zu. »Tu dir das nicht an, Mann! Das ist sie nicht«, erklärte er ihm barsch.

Ja. Sicher. Während des ersten Jahres nach Mias Verschwinden hatte Max sie überall gesehen, wo immer er auch hinging, und in jeder Menschenmenge. Aber das war nicht zu vergleichen. »Ich spüre sie«, antwortete Max, während er die Frau keinen Moment aus den Augen ließ. Dann erhob er sich, sein ganzer Körper angespannt.

Kade hielt ihn am Arm fest. Grob. »Ihre Augen haben die gleiche Farbe, aber das ist auch schon alles. Schau sie dir an, Max! Sie hat kurzes, dunkles Haar. Sie ist dünn. Außer den Augen hat sie mit Mia nichts gemeinsam. Es gibt eine Menge Frauen mit blauen Augen. Hör auf, dich selbst zu quälen! Mia ist gegangen und wird niemals zurückkommen.« Kade sprach mit gesenkter, genervter Stimme und hatte seinen Kopf so gedreht, dass nur Max ihn hören konnte.

Max ignorierte seinen Schwager und befreite sich aus dessen Griff. Die Traurigkeit, die von der Frau ausging, zog ihn magisch an und rief nach ihm. Während er sich weiter auf die Frau konzentrierte, stieg er über die Sitzbank des Picknicktisches. Das Gefühl des Wiedererkennens ließ jedes Geräusch um ihn herum verklingen, bis er nur noch das donnernde Schlagen seines Herzens in den Ohren pochen hören konnte. Und alles, was er noch fühlen konnte, war die unheimliche Empfindung, diese Frau zu kennen, die so nahe bei ihm war, und doch so weit entfernt.

Déjà vu.

Genau die gleiche Empfindung hatte er schon einmal gehabt, nämlich in dem Augenblick, als er Mia zum ersten Mal angesehen hatte und in ihren dunkelblauen Augen versunken war.

Als er einen Schritt auf sie zumachte, flüchtete sie. Sie löste ihren Blick von seinem, drehte sich um und begann, von ihm wegzulaufen. Sie trug nur Shorts und ein T-Shirt, die ihre schlanken, nackten Gliedmaßen entblößten, und bewegte sich graziös mit schnellen, zügigen Schritten.

Verdammt! Nein! Lauf nicht weg! Bitte nicht!

Verzweiflung ergriff ihn und er setzte seinen Körper in Bewegung. Seine Füße stampften auf den Boden, als er hinter ihr herlief, und schnell verringerte er die Distanz zwischen ihnen. »Warte! Ich will nur mit dir reden!«, schrie er und war ihr schon fast nahe genug, um sie berühren zu können.

Mitten in der Bewegung riss sie den Kopf herum, weil sie erschrak, dass seine Stimme ihr schon so nahe war. Die Panik stand ihr ins Gesicht geschrieben. In diesem Moment der Unachtsamkeit stolperte sie plötzlich, da sie den erhöhten Bürgersteig vor sich nicht gesehen hatte. Hart ging sie zu Boden und traf mit dem Kopf zuerst auf dem Gehweg auf. Da sie sich nach ihm umgeschaut hatte, hatte sie keine Chance gehabt, ihren Fall mit den Armen aufzufangen.

»Fuck!« Max stieß den Atem aus, als er über sie hinwegsprang, um zu verhindern, dass er auf ihrem Körper landete, und schauderte, als er ihren Kopf auf den Beton prallen sah. Er verringerte seine Geschwindigkeit und drehte um. Dann ließ er sich neben ihr zu Boden fallen. Er hasste sich selbst dafür, dass er wie ein Verrückter hinter ihr hergejagt war und so den brutalen Sturz verursacht hatte. »Geht es dir gut?«, fragte er mit heiserer Stimme und drehte vorsichtig ihren Körper herum, wobei er ihren Kopf festhielt.

Sie war benommen und ihr Gesichtsausdruck verwirrt, als ob sie sich bemühen würde herauszufinden, was geschehen war. »Du hast dich heute nicht rasiert.«

Ihre Bemerkung hätte merkwürdig erscheinen können, aber das Gegenteil war der Fall. Er hatte die Angewohnheit, seine Rasur peinlich genau zu nehmen; manchmal hatte er sich sogar zweimal am Tag rasieren müssen, um keine Bartstoppeln im Gesicht zu haben. Mittlerweile war es ihm relativ egal; er rasierte sich nur noch einmal am Morgen und übersah seinen Fünf-Uhr Schatten im Gesicht.

Die temperamentvolle, verwirrte Stimme umflutete Max und schlug ihm dann unvermittelt so hart in die Eingeweide, dass er weder Atmen noch Denken konnte. »Mia?« Er konnte ihren Namen kaum über seine Lippen bringen, als er ihren zerbrechlichen Körper in die Arme nahm, und sein ganzer Körper bebte unter dem Schock.

Die Frau schüttelte ihren Kopf – eine Geste, die aussah, als wollte sie ihre Gedanken ordnen. »Nein. Ich bin nicht die Frau, die du haben willst«, erklärte sie und fuhr fort, ihren Kopf zu schütteln. Plötzlich wurde ihre Miene ausdruckslos und ihre Augenlider schlossen sich flatternd. Gleichzeitig erschlaffte ihr Körper in seinen Armen und ihr Kopf fiel gegen seine Brust.

Schwachsinn! Du bist genau die Frau, die ich will.

Während Max sie fester an seine Brust drückte, flüsterte er inbrünstig: »Nein. Wach auf! Bleib bei mir!« Die Innenfläche seiner Hand, mit der er ihren Kopf hielt, war feucht, und als er sie etwas wegzog, war sie mit Blut getränkt, das aus einer Schnittwunde an ihrem Kopf stammte.

Kopfwunden bluten stark. Vielleicht ist es nicht so schlimm, wie es aussieht. Bleib ruhig! Ach zur Hölle, wen versuche ich hier zu verarschen? Sie ist bewusstlos.

Sam, Simon und Kade trafen ein, als Max mit der leichtgewichtigen Frau auf dem Arm dastand.

»Hast du deinen verdammten Verstand verloren? Warum bist du so losgestürmt?« Kade starrte auf die Frau, die Max in seinen Armen hielt. »Was ist mit ihr passiert?«

»Gefallen. Sie ist bewusstlos. Ist mit dem Kopf auf dem Beton aufgeschlagen. Wir müssen sie in ein Krankenhaus bringen. Ruf einen Krankenwagen!«

Ausnahmsweise fing Kade nicht an zu diskutieren, sondern suchte in der Tasche seiner Jeans nach seinem Handy.

Max ging los. Da sein rationaler Verstand automatisch arbeitete, wusste er, dass er sie durch den Park zur Straße bringen musste, wo sie auf den Krankenwagen treffen würden. Er konnte ihren warmen Atem auf seiner Haut spüren, und unter seinen Fingerspitzen, die in ihrem Nacken ruhten, fühlte er ihren schnellen Puls schlagen.

Sie lebt. Mia lebt.

Diese besondere Tatsache verblüffte ihn auf mehr als einer Ebene, aber Max wusste, daran durfte er jetzt nicht denken. Bei Gelegenheit würde er alles herausfinden. Aber in diesem Augenblick musste er sich um Mias medizinische Versorgung kümmern. Wenn

er sich nicht nur darauf, und nur darauf konzentrieren würde...
würde er vollkommen handlungsunfähig sein und seine berühmte
Hamiltonsche Kontrollfähigkeit würde ihn vollständig verlassen.

So schnell er konnte schritt Max durch den Park und versuchte,
die Frau in seinen Armen nicht zu sehr durchzuschütteln. Simon
und Sam begleiteten ihn schweigend, jeder auf einer Seite. Kade,
der hinter ihm ging, sprach immer noch lebhaft in sein Handy und
leitete die Rettungssanitäter zu ihrem Standort.

»Ich kann sie für eine Weile tragen«, bot Sam ruhig an und legte
in dem Versuch, Max anzuhalten, eine Hand auf dessen Schulter.

»Nein!«, knurrte Max. Eher würde die Hölle gefrieren, als dass
er darauf verzichten würde, sie zu tragen. Er hatte sie gerade erst
zurückbekommen. Er würde sie nicht mehr loslassen. Er schüttelte
Sams Hand ab und ging weiter.

»Du kannst sie nicht halten, bis der Krankenwagen kommt. Das
kann eine Weile dauern«, versuchte Simon zu argumentieren.

»Verdammt! Und ob ich das kann!«, gab Max barsch zurück und
hielt seine Frau ungewollt etwas fester, während er seine Schritte
verlängerte. »Sie ist meine Frau. Ich werde sie so lange tragen, wie
es nötig ist.« Er musste sie behalten; er musste sie festhalten.

Max bemerkte die erstaunten Blicke von Sam und Simon nicht,
als die beiden ihn anstarrten, als hätte er den Verstand verloren.

»Du glaubst, das ist Mia?«, fragte Sam verwirrt.

»Das ist Mia«, antwortete Max zuversichtlich.

»Max, sie sieht nicht aus wie Mia -«

Inzwischen war Max am Parkplatz angelangt und wandte seinen
Kopf, um Sam ins Gesicht zu sehen. Streitlustig wiederholte er:
»Das ist Mia.« Er kannte doch seine eigene Frau. Sie roch wie Mia;
sie fühlte sich an wie Mia; sie *war* Mia.

Die Frau in seinen Armen begann, sich zu bewegen, gerade als
Kade die drei Männer eingeholt hatte. Aus der Ferne war eine Sirene
zu hören, die sich schnell näherte. »Der Krankenwagen kommt«,
murmelte Kade und vergrub seine Hände in den Taschen. Mit
beunruhigter Miene wandte er sich an Max. »Max, ich weiß, du

glaubst, das ist Mia, aber du musst einsehen, dass das wirklich nicht der Fall ist.«

Max sah, dass Mia mit flatternden Lidern langsam die Augen öffnete und blinzelte, als ob sie versuchen würde, ihren Blick zu fokussieren. Vorsichtig schaute sie um sich. »Was ist passiert? Warum trägst du mich?«, krächzte sie.

»Du bist gefallen und mit deinem Kopf aufgeschlagen, Liebes«, antwortete Max sanft.

»Kannst du mich bitte runterlassen?«, bat sie und wand sich in seinen Armen.

Max antwortete mit finsterer Miene: »Nein, das kann ich nicht. Du bist verletzt.«

Gereizt schaute sie ihren Bruder an. »Kade, würdest du Max sagen, dass es mir gutgeht? Woher hast du das schreckliche Hemd? Ich finde das noch schlimmer als das mit den violetten Vögeln.« Ihr verwirrter Blick glitt über Simon und Sam. »Warum sind Simon und Sam hier? Wo, zur Hölle, sind wir? Verflucht! Ich fühle mich, als ob mich ein Sattelschlepper überfahren hätte.« Dann lehnte sie ihren Kopf gegen Max Schulter und schloss die Augen. Sie protestierte auch nicht mehr dagegen, dass Max sie auf seinen Armen hielt - ihr lichter Moment war offensichtlich vorüber.

Die vier Männer schauten sich an; keiner von ihnen bewegte sich; alle starrten auf die Frau in Max Armen.

»Heilige Scheiße«, fluchten Simon und Sam wie aus einem Munde.

Max Herzschlag beschleunigte sich und sein Mund wurde trocken. Er war seiner Sprache nicht mehr mächtig und versuchte, auf die Reihe zu bekommen, was gerade vor sich ging… und scheiterte jämmerlich.

Kade zog sein Handy aus der Tasche und drückte auf eine der Tasten. Um trotz der Sirene des eintreffenden Krankenwagens gehört zu werden, erhob er seine Stimme und schrie in das Telefon: »Travis? Du musst uns im Krankenhaus treffen. Wir glauben, wir haben Mia gefunden, und sie lebt!«

Maddie, Kara und die restlichen Picknickgäste trafen jetzt auch ein, und alle redeten durcheinander, als ein Sanitäter aus dem

Krankenwagen sprang und mit der Krankentrage herbeieilte. Max legte Mia widerstrebend auf das makellose Tuch, mit dem die Bahre bedeckt war, griff aber nach ihrer Hand und ließ sie nicht mehr los. Er ignorierte das Chaos um sich herum und folgte seiner Frau, wo auch immer sie hingehen würde. Er sprang in den Krankenwagen, ließ sich in der Nähe ihres Kopfes nieder und gestattete dem Sanitäter, seine Arbeit zu tun. Dann ergriff er wieder Mias Hand und drückte sie leicht, weil er die Verbindung zu ihr aufrechterhalten musste.

»Sind Sie verletzt, Sir?«, fragte ihn eine forsche Stimme, die dem jungen Sanitäter gehörte.

Die Frage drang kaum durch den Nebel in Max Gehirn. Langsam blickte er an sich herunter auf sein T-Shirt und sah, dass er über und über mit Blut aus Mias Kopfwunde bedeckt war.

»Nein«, antwortete er mit heiserer Stimme und schüttelte den Kopf. »Nicht mehr.«

Der junge Mann in Uniform musterte Max einen Moment lang ratlos und zuckte dann mit den Achseln, offensichtlich überzeugt, dass das Blut auf Max T-Shirt von Mia stammte. Dann wendete er sich wieder seiner Arbeit zu, stillte das Blut von Mias Kopfwunde, stabilisierte ihren Nacken und begann, Max mit medizinischen Fragen über seine Frau zu löchern.

Mit aller Gewalt unterdrückte Max seine eigenen Gedanken und schaltete auf Autopilot. Er beantwortete jede einzelne Frage im korrekten Zusammenhang und gab dem Sanitäter jede noch so kleine, ihm bekannte Information, um Mia zu helfen.

Max aktivierte alle Reserven der für die Hamiltons typischen Kontrollfähigkeit, die er aufbieten konnte. So beruhigte er sich und verdrängte seine Emotionen. Das hätte ihm eigentlich leicht fallen sollen. Das war etwas, das er die meiste Zeit seines Lebens getan hatte. Aber in eben diesem Moment kostete es ihn eine so enorme Anstrengung, dass es ihm beinahe egal war, ob er es schaffte oder nicht.

Tu es für Mia! Für sie musst *du vernünftig sein und dich in den Griff bekommen.*

Dieser Gedanke befähigte Max, sich im Zaum zu halten und der vernunftbetonte Mann zu werden, für den sie ihn immer gehalten hatte.

Als der Rettungswagen am Krankenhaus ankam, hatte Max sich wieder in der Gewalt. Das einzige Zeichen, das verriet, dass er es nicht geschafft hatte, alle Gefühle vollständig zu unterdrücken, war der unerschütterlich felsenfeste Griff, mit dem er Mias Hand hielt.

Max wusste, durch irgendein unbekanntes Phänomen hatte er tatsächlich eine zweite Chance bekommen. So unwahrscheinlich es auch war, seine Frau war ihm wiedergegeben worden und er würde es dieses Mal nicht vermasseln.

Mit düsterem Gesicht blieb Max die ganze Zeit über an Mias Seite, auch wenn er angewiesen wurde, irgendwo anders zu warten. Er hatte lange genug gewartet. Nun hatte er seine Frau leibhaftig vor sich und nie wieder würde er sie gehen lassen.

Kapitel 2

»Ich habe mit all ihren Ärzten gesprochen, Max. Auch mit dem hinzugezogenen Psychiater. Ihre traumatische Gehirnverletzung ist mittelschwer; sie weist einige Symptome einer Gehirnerschütterung mit retrograder Amnesie auf. Sie erinnert sich tatsächlich nicht an die letzten zweieinhalb Jahre oder an das, was während dieser Zeit passiert ist.« Maddie benutzte ihre Arztstimme, aber sie hatte einen beunruhigten Gesichtsausdruck, als sie sich im Warteraum des Krankenhauses neben Max setzte und seine Hände mit ihren bedeckte.

Erschöpft tat Max einen Atemzug, bevor er antwortete: »Kannst du mir das in eine Laiensprache übersetzen, Maddie? Was bedeutet das?« Er fuhr sich frustriert mit der Hand von der Stirn zum Kiefer und schaute seine Schwester an. Er war unfähig, seinen flehentlichen Gesichtsausdruck zu verbergen. Er wollte, dass ihm jemand sagte, Mia würde wieder in Ordnung kommen. Alles andere war einfach nicht akzeptabel.

»Das bedeutet, dass ihr Gehirn im Schädel erschüttert wurde, als sie mit dem Kopf auf dem Beton aufgeschlagen ist, und das hat einige der winzigen Zellen, die es im Gehirn gibt, durcheinandergebracht. Es geht ihr gut, Max. Wirklich. Die Kernspintomographie lässt nichts Bedeutendes erkennen. Die Kopfschmerzen und die Benommenheit werden irgendwann abnehmen, und ihr Gedächtnis sollte zurückkehren.« Sie zog ihre Hand von seiner zurück, als Sam mit einem Papptablett voll überschäumender Kaffeebecher in den Raum trat. Sam reichte beiden einen Becher, bevor er sich selbst einen nahm und sich neben seine Frau auf einen Stuhl fallen ließ.

Max wusste, er hätte eine Art von Erleichterung verspüren müssen, nachdem er Maddies Worte gehört hatte, aber jedes Mal, wenn er die Verwundbarkeit auf Mias Gesicht sah, löste das in ihm das Verlangen aus, irgendjemanden umzubringen. Das Problem war, er hatte keine Ahnung, *wen* er für das zur Rechenschaft ziehen sollte, was mit seiner Frau geschehen war. Verdammt! Er wusste nicht einmal, *was* ihr zugestoßen war. Die meiste Zeit über wagte er es nicht, die Tatsache in Frage zu stellen, dass sie wieder da und ganz war. Aber er konnte sich einiger Momente des Zweifelns nicht erwehren und fragte sich, wo zum Teufel sie gewesen war und was sie während der letzten paar Jahre durchgemacht hatte. Er war ein Mann der Vernunft und nichts ergab einen Sinn.

Als ob er Max Gedanken lesen könnte, bemerkte Sam langsam, aber mit einem gefährlich klingenden Unterton in der Stimme: »Wir werden herausfinden, was geschehen ist, Max.«

Max konnte am Klang von Sams Stimme die Worte heraushören, die er nicht laut ausgesprochen hatte... *und der verantwortliche Hurensohn oder die verantwortlichen Hurensöhne werden dafür bezahlen, falls sie Mia verletzt haben.* Max blickte über seine Schwester hinweg zu Sam und sah dessen Miene. Als sich die Blicke der beiden Männer trafen, nickte Sam Max einmal kurz zu und ließ ihn wissen, es war abgemachte Sache. Max neigte zum Zeichen der Anerkennung von Sams Unterstützung leicht seinen Kopf. Er war so verdammt froh, dass jemand seinen Ärger und seine Frustration verstand. Seine pure rüde Männlichkeit verlangte nach Rache, für was auch immer mit Mia geschehen war. Ja, er war sich nicht einmal sicher, ob Mia überhaupt verletzt worden war, aber jemand hatte Mia entführt und er wollte jetzt sofort dessen Kopf.

»Du musst schlafen, Max. Du bist schon seit zwei Tagen ununterbrochen hier. Geh nach Hause und ruh dich aus! Mia kann das Krankenhaus morgen früh verlassen.« Maddies Stimme klang bittend, und in ihren Augen stand Sorge.

Oh, zur Hölle, nein! Es würde eine komplette Armee brauchen, um ihn von Mia wegzuschleifen. Sie war verwirrt und verängstigt, und obwohl Maddie das nicht wusste, war das für Mia untypisch. Er musste mit ihr hierbleiben. Seine Frau war zurückgekehrt und nichts würde sie ihm wieder wegnehmen können. Im Hinblick auf die Ungewissheit, was genau passiert und warum sie verschwunden war, würde er sie auf keinen Fall allein lassen. »Ich bleibe. Ich werde schlafen, wenn wir zu Hause sind«, erwiderte er dickköpfig und nahm den Deckel von seinem Kaffee, um einen kräftigen Schluck davon zu trinken. »Ihr zwei müsst gehen. Ich komme hier zurecht.« Mist, er wollte am liebsten aufspringen und tanzen, weil ihm seine Frau zurückgegeben worden war. Das hätte er wahrscheinlich auch getan, wenn er nicht so verdammt müde und besorgt gewesen wäre.

Kade und Travis waren für heute gegangen, aber Sam und Maddie waren hiergeblieben. Maddie war hinter den Ärzten hergejagt, um alles in Erfahrung zu bringen, was sie wussten, nachdem sie Mias Erlaubnis dazu eingeholt hatte. Gott sei Dank war seine Schwester Ärztin. Max musste von jemandem, dem er vertraute und dessen Ausdrucksweise er verstand, erfahren, was geschehen war.

Sam erhob sich und ergriff die Hand seiner Frau, um sie auf die Füße zu ziehen.

»Ich will dich heute Nacht hier nicht alleine lassen, Max«, sagte Maddie sanft und ließ ihren mitfühlenden Blick über ihren Bruder und seine unordentliche Erscheinung gleiten.

Max sah zu ihr auf, und ihre schwesterliche Sorge wärmte ihm das Herz. Nachdem er seinen Kaffee auf dem Tisch neben sich abgestellt hatte, stand er auf und zog seine Schwester in eine bärenartige Umarmung. Flink nahm Sam seiner Frau den Kaffeebecher aus der Hand, als Max sie in die Arme schloss und fest an sich drückte. »Danke, dass ihr da gewesen seid, als ich euch gebraucht habe, aber ich bin nicht mehr allein. Mia ist hier. Ich bin genau dort, wo ich hingehöre.« Seine Stimme klang heiser; mit der Erschöpfung drangen seine Gefühle näher an die Oberfläche.

Während er sich von Maddie löste, sagte er zu Sam: »Bring sie nach Hause! Sie ist mit meinem Neffen schwanger.«

Sam schnaubte und zog eine Augenbraue in die Höhe. »Du meinst mit meiner Tochter?«

Max verdrehte die Augen. »Mit meinem Neffen«, widersprach er gutmütig. Er wusste, dass es Sam nicht kümmerte, ob Maddie ein Mädchen oder einen Jungen zur Welt bringen würde, solange das Baby gesund war. Aber seitdem er erfahren hatte, dass Sam von einer kleinen Cousine für Simons bald erwartetes Töchterchen träumte, musste Max augenblicklich eine gegenteilige Meinung vertreten. Es wäre einfach unnatürlich gewesen, nicht mit Sam zu streiten.

Sam nahm Maddie an der Hand und gab Max einen Klaps auf den Rücken. »Jetzt kannst du dein eigenes Baby haben, Kumpel. Wir sehen uns morgen.« Während Sams abschließende Worte noch in Max Gehirn widerhallten, verließ Sam mit Maddie das Wartezimmer.

Max hatte kaum damit begonnen zu wagen, daran zu glauben, dass Mia lebte und wieder in sein Leben zurückgekehrt war. Es war zu früh, um an Kinder zu denken, aber es stillte auch seine Sehnsucht nicht, an die Tatsache zu denken, dass seine Zukunft vielleicht doch nicht so trostlos sein würde. Mit rasendem Herzen verließ er den Warteraum und ging mit schnellen Schritten in Richtung Mias Zimmer.

Seine Frau war nun schon seit zwei Tagen in diesem Krankenhaus, und doch hatte er noch keine Chance gehabt, mit ihr zu reden. Irgendjemand holte sie immer zu Tests oder Untersuchungen; und wenn sie sich in ihrem Zimmer aufhielt, war immer irgendein Besucher dort. Er wollte einige Zeit mit ihr allein verbringen; er brauchte das.

Er klopfte nicht an. Die Tür war angelehnt und er drückte sie vorsichtig mit der Schulter auf. Augenblicklich wurde sein Blick vom Bett angezogen. Max wusste nicht, was er erwartet hatte, aber er atmete heftig aus vor Erleichterung, obwohl ihm nicht bewusst gewesen war, dass er den Atem angehalten hatte. Es war ein erleichtertes Loslassen seines Atems; vielleicht hatte er befürchtet, Wahnvorstellungen zu haben oder dass sie gegangen war. Aber sie war da. Mit geneigtem Kopf blickte sie auf den Bildschirm ihres Laptops und knabberte an ihrer Unterlippe, während sie etwas auf der Tastatur tippte.

Sie hat Angst. Ich kenne diesen beunruhigten Gesichtsausdruck.

Ihr Haar war noch immer kurzgeschnitten, aber es war wieder blond. Die Farbe, die sie augenscheinlich kurzzeitig benutzt hatte, war ausgewaschen, nachdem ihr die Krankenschwester beim Duschen geholfen hatte. Max konnte nicht leugnen, dass er gern gewusst hätte, warum sie ihre blonden Locken hatte färben wollen und warum sie ihr wunderschönes Haar kurzgeschnitten hatte, aber er schob die Fragen beiseite. Er würde sowieso keine Antworten bekommen – jedenfalls nicht im Moment. Stattdessen starrte er einfach nur auf die kurzen Locken, die ihr hübsches Gesicht einrahmten. Gekleidet in ein pastellrosafarbenes Nachthemd und flaumige Hausschuhe, sah sie viel jünger aus als ihre tatsächlichen neunundzwanzig Jahre.

Ich habe zwei ihrer Geburtstage verpasst. Und wir haben zwei Jahrestage verpasst.

Egal. Max plante, jeden Augenblick, den sie verloren hatten, wieder wettzumachen. Nie wieder würde er sich selbst sagen, er hätte genügend Zeit und auch nach dem Aufbau seines Imperiums noch genügend Jahre vor sich, um das Leben mit Mia zu genießen, insbesondere, nachdem er einmal gelernt hatte, die Intensität seiner auf Mia bezogenen Gefühle zu kontrollieren. Letzteres war der Hauptgrund dafür gewesen, dass er sich auf sein Geschäft konzentriert hatte. Die Art seiner Gefühle ihr gegenüber war zu eindringlich, zu roh und zu schwer zu verbergen gewesen. Sie hatte seine einzige verwundbare Stelle verkörpert und einen wesentlichen Riss in seinem für die Hamiltons typischen Kontrollverhalten verursacht. Und er hatte eine sehr schwere Zeit verlebt, während er versucht hatte, seinen Besitzinstinkt in den Griff zu bekommen. Jetzt kümmerte es ihn weniger, ob er sich kontrollieren konnte oder nicht. In dem Moment, in dem sie verschwunden war, hatte für ihn alles an Bedeutung verloren.

Hast du deine Lektionen gelernt, Dumpfbacke?

Oh ja, das hatte er definitiv. Das Leben war kurz, und nichts spielte wirklich eine Rolle, außer den Menschen, die dir nahestanden.

»Was tust du da?«, fragte er neugierig, als er ins Zimmer trat und die Tür hinter ihm ins Schloss fiel.

Ihre leuchtenden, blauen Augen schauten vom Computer auf und ihre Lippen kräuselten sich zu einem glücklichen Lächeln, als sie ihn sah. Der Blick war so vertraut, dass es ihn beinahe in die Knie zwang.

»Recherche. Ich versuche, mehr darüber herauszufinden, was mit mir geschehen ist und warum ich mich nicht erinnern kann.« Sie schloss den Laptop und wendete Max ihre volle Aufmerksamkeit zu – eine vertraute Geste, die ihn immer gleichzeitig verblüfft und fasziniert hatte. Nun empfand er sie als bezaubernd und verführerisch und als etwas, das ihm half, ein tiefsitzendes Verlangen zu stillen.

Er setze sich in einen Stuhl neben dem Bett und war unfähig, seinen Blick von ihrem Gesicht zu lösen. »Und was haben Sie herausgefunden, Frau Detektivin?«

»Nicht viel. Nichts, was die Ärzte mir nicht schon erzählt hätten. Ich fand es ein bisschen gespenstisch, über meinen eigenen angeblichen Tod zu lesen.« Sie seufzte und lehnte sich gegen die Kissen hinter ihrem Rücken, bevor sie fortfuhr: »Zwei Jahre meines Lebens verloren zu haben, macht mir Angst. Es scheint erst gestern gewesen zu sein, dass wir die Bannister Wohltätigkeitsveranstaltung besucht haben. Aber ich kann die Lücke in meinem Leben spüren und dass sich alles verändert hat.« Sie machte eine Pause und flüsterte dann leise: »Ich habe mich verändert.«

»Wir werden das alles herausfinden, Liebling. Das schwöre ich. Alles wird gut«, antwortete Max, nahm ihre Hand in seine und zog seinen Stuhl näher ans Bett heran.

»Ich bin froh, dass du hier bist.« Ihr Blick wanderte von seinem Gesicht zu ihren miteinander verbundenen Händen. »Offensichtlich habe ich kein müßiges Leben geführt. Meine Hände sind rau.«

Max drehte ihre Hand herum und bemerkte zum ersten Mal ihre ausgefransten Fingernägel und schwieligen Hände. »Du hast niemals ein müßiges Leben geführt. Du bist die geschäftigste Frau, die ich kenne.«

Aber ihre äußere Erscheinung war immer perfekt und immer unfehlbar gepflegt und schick gewesen.

Die Veränderungen waren seltsam, aber er hatte nicht vor, ihr das zu sagen.

»Oh ja. Also zumindest bin ich schlank«, entgegnete sie wehmütig.

Ja. Das war sie. Zu verdammt dürr. Eine weitere Sache, die verblüffend war. Mia hatte immer irgendeine Diät eingehalten, und Max hatte das gehasst. Sie hatte perfekte Kurven und einen Hintern gehabt, der seinen Schwanz jedes Mal hatte hart werden lassen, wenn er einen flüchtigen Blick auf ihre vor ihm schwingenden Hüften ergattert hatte. »Das ist nichts, das man nicht mit gutem italienischem Essen beheben könnte«, erwiderte er mit einem Grinsen im Gesicht.

Sie stöhnte. »Nudeln sind mein Feind.«

»Du hast sie geliebt«, erinnerte er sie und musste über ihre Bemerkung lachen, die sie jedes Mal hatte fallen lassen, wenn sie eine Platte Fettuccine, üblicherweise gefolgt von einem gesunden Tiramisu, verputzt hatte. Ehrlich, ihm war es egal, wie sie aussah; in seinen Augen war sie immer die schönste Frau auf dem Planeten gewesen.

Sie löste sanft ihre Hand aus seiner und stellte ihren Laptop beiseite. Während sie nervös ihre Hände ineinander verschränkte, murmelte sie: »Ich habe einen DNA-Test machen lassen. Meine Brüder haben ihr Blut für mich zur Verfügung gestellt, um den Test durchzuführen. Er wird nicht so aufschlussreich sein, wie er sein würde, wenn meine Mutter noch leben würde, aber -«

»Warum? Ich weiß, dass du meine Frau bist. Du weißt -«

»Ich will, dass du Gewissheit hast. Ich war über zwei Jahre verschwunden. Du verdienst irgendeinen wissenschaftlichen Beweis.«

»Ich brauche keinen Beweis. Ich hege keine Zweifel. Ich wusste es in dem Moment, in dem ich dich im Park gesehen habe, Mia«, antwortete er leicht verärgert, weil sie meinte, sie müsste ihm ihre Identität beweisen.

»Ich glaube, mein Bruder will es«, sagte Mia ruhig, und die Enttäuschung war ihr offenkundig anzuhören.

Hurensohn. Ich werde ihm sein verfluchtes Herz herausreißen. »Travis«, sagte er laut mit vor Ärger vibrierender Stimme.

»Nein, ich denke, Travis glaubt mir. Aber bei Kade bin ich mir nicht so sicher«, gab Maddie mit verletztem Gesichtsausdruck zu.

»Kade? Warum zum Teufel will er das?« Okay… Max konnte sich vorstellen, dass Travis einen Beweis brauchte. Er konnte ein kaltherziger Halunke sein, der nur an konkrete Tatsachen glaubte. Aber Kade? »Ich werde ihn umbringen«, schimpfte er und dachte an die vielen möglichen Arten, seinen Schwager zu foltern, weil er so etwas zu diesem Zeitpunkt von Mia verlangt hatte.

»Er hat nicht wirklich darum gebeten. Ich habe es angeboten. Und aus vielerlei Gründen denke ich, dass es wichtig ist, jeden Zweifel auszuräumen. Kade scheint einfach anders zu sein, distanziert, und er zögert zu akzeptieren, dass ich wirklich seine Schwester bin.« Mia seufzte. »Vielleicht kommt das nur von seinem Schreck über den Unfall und daher, dass seine Freundin mit ihm Schluss gemacht hat. Aber er scheint unsicher zu sein und ich will nicht, dass irgendjemand auch nur irgendwelche Zweifel hegt.«

»Trotzdem werde ich ihn umbringen, verdammt noch mal!«, erwiderte Max gereizt.

»Ich glaube nicht, dass ich dich früher schon einmal fluchen gehört habe«, neckte Mia ihn.

»Ja… also… die Dinge haben sich verändert. Ich habe mich verändert«, gab Max zu und wusste, das entsprach der Wahrheit. Er war nicht mehr der gleiche Mann wie der, den sie gekannt hatte.

»Ich bin auch anders. Ich erinnere mich an unser gemeinsames Leben, bevor ich verschwunden bin, aber ich empfinde mich selbst nicht mehr als die gleiche Person«, flüsterte sie, gerade laut genug, sodass Max sie hören konnte. »Es tut mir leid.«

»Hey!« Max stand auf und hob ihr Kinn an, sodass er in ihre hinreißenden Augen blicken konnte. »Das spielt keine Rolle. Ich habe nie aufgehört, dich zu lieben. Und das werde ich auch niemals. Wir fangen neu an und werden uns wieder kennenlernen.« Er würde sich Zeit lassen, damit sie sich erholen konnte, aber Max war sich sicher, dass Mia ihn kennenlernen *würde*.

Er wollte ihr erzählen, dass er wusste, wie leer sein Leben ohne sie war, und wie sein Herz jeden einzelnen Tag geblutet hatte, seitdem sie gegangen war, sodass er sich gewünscht hatte, mit ihr gestorben zu sein, als er sie für tot gehalten hatte. Aber dazu war sie im Moment noch nicht bereit. Also schob er seine Gedanken unbarmherzig beiseite. Im Augenblick wollte er nur, dass sie unbeschädigt, gesund und glücklich war.

»Okay«, stimmte sie ihm atemlos zu. »Du solltest nach Hause gehen und dich etwas ausruhen. Du siehst erschöpft aus. Hast du geschlafen?«

Er grinste sie an. »Nicht viel. Und ich werde nicht gehen, bevor ich dich morgen mit nach Hause nehmen kann.«

»Du brauchst Schlaf. Du siehst müde aus«, murmelte sie und biss sich wieder bekümmert auf die Lippe. Ihr Gesichtsausdruck war besorgt.

»Ich werde schlafen«, versicherte er ihr. Er hasste es, sie besorgt um ihn zu sehen, wenn sie diejenige war, die in einem Krankenhausbett lag. »Hier.« Er betätschelte den Stuhl neben ihrem Bett.

Sie zögerte, bevor sie stockend fragte: »Wirst du bei mir schlafen?« Sie rutschte in dem schmalen Bett zur Seite und warf ihm einen hoffnungsvollen Blick zu.

In diesem Augenblick wünschte sich Max nichts sehnlichster, als neben ihr ins Bett zu schlüpfen, sie in seinen Armen zu halten und ihren Atem auf seiner Haut zu spüren, um ihn daran zu erinnern, dass sie wieder ihm gehörte. Aber er konnte nicht. »Ich stinke. Ich habe nicht geduscht und trage seit zwei Tagen dieselben Kleider.«

Mia lächelte und hob eine Hand, um mit dem Daumen auf eine Tür neben dem Eingang zu deuten. »Das Badezimmer ist dort, und Maddie hat dir frische Kleider gebracht. Sie liegen in der Schublade.«

Max Mundwinkel verzogen sich nach oben, während er zum Kleiderschrank hinüberging und die Schublade öffnete. Er nahm eine saubere Jeans und ein T-Shirt heraus und schwor sich, nicht zu vergessen, dass er seiner Schwester einen sehr großen Gefallen schuldete. »Fünf Minuten«, sagte er zu Mia, während er praktisch ins Badezimmer rannte und die Tür hinter sich schloss. Wahrscheinlich würde er einen Weltrekord darin aufstellen, sehr schnell zu duschen und trotzdem sauber zu werden.

Mia gähnte, als er aus dem Badezimmer kam. Seine Haare waren noch nass, aber er fühlte sich schon fast wieder wie ein Mensch. Sie rutschte an den Rand des Bettes, sodass er sich neben sie legen konnte. Das Bett war schmal und wäre auch ohne einen weiteren Körper darin für einen Mann seiner Größe zu eng gewesen, aber in diesem Augenblick bedeutete es das Paradies. Er zog Mia vom Rand des Bettes, um ihren Rücken an seine Brust zu pressen, und stöhnte vor Wonne, als ihr Duft ihn umgab und er glücklich in ihrer Essenz ertrank. Sein Herz klopfte donnernd und sein Körper genoss eine Empfindung, von der er gedacht hatte, dass er sie niemals wieder erfahren würde.

»Mein Gott. Das habe ich so vermisst«, flüsterte er ihr heiser ins Ohr und griff mit einer Hand nach der Schnur, mit der er das Licht über ihnen ausschalten konnte. Dann waren sie in Dunkelheit getaucht.

Mia kuschelte sich entspannt an seinen Körper; sie passte perfekt zu seiner Körperform. »Ich kann mich nicht daran erinnern, dass *wir* eine Zeit lang nicht zusammen gewesen sind, aber ich weiß noch, dass ich dich auch vermisst habe. Ich liebe dich«, sagte sie mit leiser, feierlicher Stimme.

Er schauderte am ganzen Körper, als sich seine Umarmung unfreiwillig verstärkte. Seine Hand spreizte sich über ihrem Bauch und drängte sie näher an ihn heran. Das waren die Worte, die er hatte hören wollen, die er hören musste. Solange Mia ihn liebte, spielte nichts auf der Welt mehr eine Rolle. »Ich liebe dich auch. Ich habe nicht gedacht, dass ich dich jemals wieder in meinen Armen halten würde.« Vor Rührung brachte er kaum ein Wort aus seiner Kehle.

»Ich bin mir nicht sicher, ob meine Krankenschwester das billigen wird«, bemerkte sie mit einem hellen Lachen.

»Ist mir scheißegal«, murmelte er neben ihrem Ohr und atmete den Duft ihres Haares ein. »Liegst du bequem?«

»Ja. Du riechst so gut«, antwortete sie mit heißblütiger Stimme. »Hast du es auch bequem?«

»Verflucht, nein. Krankenhausbetten haben Ähnlichkeit mit Foltervorrichtungen. Aber im Augenblick könntest du mich noch nicht einmal mit Dynamit aus dieser Position sprengen«, antwortete er ehrlich. »Und Maddie schulde ich ein supernettes Geschenk für die sauberen Kleider.«

»Sie ist wunderbar, Max. Ich bin so glücklich, dass ihr einander gefunden habt. Wie ist das geschehen?«, fragte sie neugierig.

Er zuckte leicht mit den Schultern. »Schicksal. Oder vielleicht auch einfach ein dummer Zufall. Ich habe sie auf Simons und Karas Hochzeit getroffen, und sie sah genauso aus wie unsere leibliche Mutter auf einem alten Foto. Daraufhin fühlte ich mich veranlasst, in meiner Vergangenheit zu graben, und schließlich fand ich den Beweis dafür, dass wir Bruder und Schwester sind. Unglücklicherweise wurde sie nicht adoptiert und hatte es deshalb recht schwer. Ich wünschte, ich hätte es früher gewusst. Ich war noch ein Baby, als wir getrennt wurden, und keiner von uns konnte sich an den anderen erinnern.«

»Jetzt scheint sie glücklich zu sein«, vermutete Mia.

»Sie ist es. Wie könnte sie es nicht sein? Sie hat mich als Bruder«, erwiderte Max leise lächelnd.

»Ich weiß, dass sie glücklich ist, dich als Bruder zu haben, aber irgendwie denke ich doch, dass Sam auch ein bisschen damit zu tun hat«, antwortete Mia mit einem Seufzer. »Sie sehen so glücklich aus. Maddie hat mir ein wenig von ihrer Geschichte erzählt. Ich hätte niemals gedacht, dass Sam so zahm werden könnte. Ich vermute, hinter seinem Playboy-Äußeren hat sich immer die Sehnsucht nach Maddie versteckt. Ich glaube, dass beide, Simon und Sam, endlich ihr Glück gefunden haben. Es erscheint mir so sonderbar, dass sich alles so sehr verändert hat. Es ist fast so, als wäre ich eines Abends ins Bett gegangen und am nächsten Morgen in einem anderen Universum aufgewacht. Aber ich bin froh, dass beide die richtige

Frau gefunden haben. Ich bin wirklich glücklich darüber. Ich habe mir immer Sorgen um sie gemacht. Ich wünschte, Kade und Travis würde das Gleiche passieren.«

Max war stinksauer auf Kade, und Travis brauchte eine Frau, die ihn an den Eiern packte und nicht wieder losließ, da er ein solches Arschloch sein konnte. Aber er antwortete großmütig: »Das hoffe ich auch.« Er sagte das nur, weil es das war, was Mia hören wollte. Kade durfte ruhig die richtige Frau finden, um Mia zufriedenzustellen… aber erst, nachdem Max ihn windelweich geprügelt hatte, dafür, dass er sich wie ein Arschloch benommen hatte.

»Wirst du eine Weile bleiben? Bis mein Gedächtnis zurückkehrt oder bis ich mich an die Tatsache gewöhnt habe, dass ich mich nicht an die letzten paar Jahre erinnern kann?« Ihre Stimme klang nervös und ängstlich. »Alles erscheint mir so anders als das, was ich noch in Erinnerung habe.«

»Liebling, ich bleibe die ganze Nacht«, beruhigte er sie.

Sie schüttelte leicht ihren Kopf. »Das meinte ich nicht. Ich habe mich gefragt, ob du deine Geschäftsreisen aussetzen kannst. Nur für eine Weile. Für die Medien wird unsere Geschichte das gefundene Fressen sein, und ich habe gehofft, du würdest vielleicht eine Zeit lang in der Gegend bleiben können.

Vor lauter Schuldgefühlen spannte Max Körper sich an und er bemerkte ein Brennen in seinen Eingeweiden. »Mia, ich gehe nirgendwo hin.«

»Was ist mit deiner Arbeit und deinem Plan, die geschäftliche und politische Welt zu erobern?«, fragte sie ihn verwirrt.

Ja, es hatte eine Zeit gegeben, in der er sich um eine politische Karriere bemüht hatte, aber dieses Verlangen war ihm komplett vergangen. Es war lauter falschen Gründen entsprungen, und er hatte entdeckt, dass er einen lausigen Politiker abgeben würde. »Ich habe dir gesagt, dass ich mich verändert habe. Ich verfolge nicht mehr die gleichen Ziele wie damals.« Er stieß einen männlichen Seufzer aus und fuhr fort: »Und in der Geschäftswelt habe ich schon alles erreicht, was ich wollte. Ich muss nicht mehr so viel reisen.« Tatsächlich waren die meisten seiner Reisen gar nicht erforderlich gewesen, aber im Moment wollte er nicht darüber nachdenken. »Ich befürchte, du hast mich am Hals.«

»Es wird nett sein, dich zu Hause zu haben«, sagte Mia und gähnte. »Ich vermisse dich so sehr, wenn du weg bist. Ich brauche dich, damit du mir hilfst, mich an all die Veränderungen zu gewöhnen. Ich wünschte, ich würde einfach mein Gedächtnis zurückbekommen.«

Max hätte ihr sagen können, dass er das Gefühl der Verlassenheit verstand, das sie erfahren hatte, aber er bezweifelte, dass sie genau erfassen konnte, wie sehr er sie vermisst hatte, wenn er während ihrer Ehe auf einer seiner vielen Reisen gewesen war, oder während der Jahre, in denen man sie ihm fortgenommen hatte.

»Du wirst nicht einmal die Gelegenheit bekommen, mich zu vermissen«, teilte er ihr spielerisch mit, fuhr dann aber ernsthafter fort: »Außerdem wirst du von heute an von Sicherheitskräften umgeben sein. Keine Diskussion. Kein unbewachtes Herumlaufen mehr. Kein Überlisten unseres Sicherheitsdienstes. Du wirst beschützt. Immer.«

»Ich weiß, ich sollte widersprechen, aber das werde ich nicht tun. Nicht jetzt. Im Moment fühle ich mich erleichtert«, gab sie zu. Ihre Stimme klang in der Dunkelheit verloren.

»Und du wirst auch nicht den Medien ausgesetzt sein«, polterte er unerbittlich. »Ich werde eine knappe Erklärung abgeben, wenn die Medien alles herausfinden, und das ist alles, was sie bekommen werden.«

»Ich würde sie im Moment eigentlich meiden. Zumindest bis ich mich daran erinnern kann, was mir widerfahren ist.« Mia veränderte leicht ihre Position und rieb sich dabei sanft an ihm. Ihr Hintern wölbte sich gegen seine Leistengegend. »Max, bist du...« Ihre Stimme verebbte und ihre Frage blieb unbeendet.

Er wusste genau, was sie hatte fragen wollen. »Bin ich hart? Ja. Mein Schwanz ist gerade wie aus Granit. Alles an dir erregt mich und ich bin seit über zwei Jahren enthaltsam, Liebling. Also musst du damit aufhören, dich so an meinem Körper zu winden«, erklärte er. »Lieg still!«

Sie hörte auf, sich zu bewegen, fragte aber neugierig: »Du hast nicht… du hast niemals… mit nicht einer…« Sie unterbrach sich, beendete dann aber doch ihre Frage: »Du hast mit niemandem geschlafen, während ich weg war?«

»Nein! Und ich habe auch mit niemandem gevögelt. Ich hatte kein Verlangen danach, eine Frau anzumachen, die nicht du war«, antwortete er unverblümt.

»Aber wolltest du niemals -«

»Das Einzige, das ich jemals wollte, war meine Frau. Also habe ich mich selbst befriedigt und dabei an dich gedacht, weil es keine andere gab, nach der ich verlangt hätte.« Max dachte sich, wenn sie einen Neuanfang machten, sollte er auch ehrlich sein. Er und Mia hatten niemals offen über sexuelle Angelegenheiten gesprochen, aber hätten das vielleicht tun sollen. »Überrascht dich das?«

Einen Moment lang blieb Mia stumm. Sie blieb so still, dass Max schon dachte, sie wäre eingeschlafen, bevor sie antworten konnte. »Eigentlich ist der Gedanke daran, wie du es dir selbst besorgst, total heiß.« Ihre Stimme war leise und rau und eine unterschwellige »Fick-mich-gleich-jetzt« Aufforderung klang durch ihre Worte hindurch, die er niemals zuvor an ihr wahrgenommen hatte und die ihn vor ungestillter Lust beinahe aufstöhnen ließ. »Ich wünschte, ich hätte dich dabei beobachten können«, fügte sie ruhig hinzu, fast so, als ob sie mit sich selbst reden würde.

Ihre Bemerkung war aufrichtig, geradeheraus und so freimütig, wie er es selbst gewesen war. Max hätte nicht gedacht, dass sein Schwanz noch härter hätte werden können, aber genau das war der Fall. Er dehnte sich unter dem Stoff seiner Hose gewaltig aus und drohte, die Nähte zu sprengen. Sie hatten niemals wirklich miteinander geflirtet oder sich auf sexuellem Gebiet so offen in Neckereien ereifert. Aber da sie es nun taten, entfachte das einen Brand in seinem ganzen Körper. »Schlaf jetzt und benimm dich!«, kommandierte er, während sein Schwanz damit gar nicht einverstanden war und weiterhin zuckte.

»Okay. Versprichst du mir, dass du bleiben wirst?«

F. A. Scott

Es brachte ihn beinahe um, dass sie noch einmal fragen musste, aber wenn er berücksichtigte, wie er sich in der Vergangenheit benommen hatte, sollte ihn das nicht überraschen. »Ich verspreche es!«

Max lag wach in der Dunkelheit und lauschte Mias Atemzügen, die regelmäßiger und tiefer wurden. Ihr Körper schmiegte sich völlig in seine Umarmung und er selbst entspannte sich willig.

Er dachte, in dieser unbequemen, beengenden Position würde er niemals einschlafen können, aber er tat es. Letztendlich fiel er in den erholsamsten und friedlichsten Schlummer, den er seit langer Zeit gehabt hatte.

Kapitel 3

»Wirst du irgendwann aufhören, nur zu stöbern, und wirst endlich etwas kaufen?«, fragte Max lächelnd und passte sich ihrem Schritt an, während sie Hand in Hand durch das Einkaufszentrum schlenderten. »Du siehst dich jetzt schon seit über einer Stunde hier um.«

Mia hatte vor zwei Tagen das Krankenhaus verlassen und war in ihrem riesigen Haus herumgewandert. Sie fühlte sich verloren und fragte sich, womit sie sich eigentlich beschäftigen *sollte*. Sie war Schmuckdesignerin und hatte zu Hause eine Werkstatt, aber Max hatte eingewandt, sie sollte sich entspannen und nicht versuchen, sich zu zwingen, ihre Arbeit direkt wieder aufzunehmen. Sie fühlte sich in ihrer Werkstatt irgendwie fehl am Platze, unbehaglich, und daher konnte sie sowieso nicht kreativ sein. Es gab sehr wenig für sie zu tun, außer zu versuchen, genau herauszufinden, warum sie sich so anders fühlte und was geschehen war, das das riesige schwarze Loch verursacht hatte, das sich, wie sie fühlte, zu einer enormen Leerstelle in ihrer Vergangenheit ausweitete. Alles war gleich geblieben, nur sie hatte sich so sehr verändert. Manchmal schien es, als wäre ihr Eheleben mit Max niemals unterbrochen worden, doch in anderen Augenblicken kam es ihr so vor, als würde zwischen ihnen beiden eine große Kluft bestehen, und sie konnte wirklich spüren, wie viel Zeit vergangen war und wie sehr sie sich beide verändert hatten.

Sie blickte zu Max auf und erwiderte sein Lächeln. Ihr stockte der Atem, als sie ihn ansah. Lässig in Jeans und T-Shirt gekleidet, sah er so männlich und so verdammt perfekt aus, dass sie einfach nur stehenbleiben wollte, um ihn in sich aufzusaugen.

Das ist etwas, das sich nicht verändert hat. Ich kann immer noch kaum atmen, wann auch immer ich in seiner Nähe bin.

»Es ist alles so teuer hier«, antwortete sie und fragte sich, wann sie begonnen hatte, sich um Preise zu sorgen.

»Ich glaube, ich kann mir das leisten«, erwiderte Max und brach in Gelächter aus.

Mia seufzte, als sie den Klang von Max Gelächter in sich aufnahm, der ihr Herz schon immer hatte schneller schlagen lassen. Aber jetzt schien ihr Puls wie ein Presslufthammer zu pochen. Irgendwie war jeder Augenblick mit Max neuerdings so viel intensiver und bedeutsamer. Nicht, dass ihre Gefühle für Max nicht schon immer überwältigend gewesen wären und dass sie nicht schon immer gewusst hatte, dass ihre Liebe für ihn viel heftiger war als die Art, wie er für sie empfand. Oh, sie wusste, dass er sie liebte, aber Max war für sie schon fast zur Besessenheit geworden, eine verrückte Liebe, von der sie wusste, dass sie niemals darüber hinwegkommen würde. Max war... nun... er war Max und er trieb nichts bis zum Äußersten.

Sie zuckte mit den Schultern und sagte: »Es erscheint mir einfach lächerlich, Hunderte von Dollars für eine Jeans zu bezahlen. Warum?«

»Warum, warum, warum? Du bist immer noch die wissbegierigste Frau, die ich jemals gekannt habe, und ich glaube, das ist noch immer dein Lieblingswort.« Seine Augen verrieten Begehren und Bewunderung und in ihren Tiefen Belustigung, als er seinen Blick über sie gleiten ließ.

»Es ergibt einfach keinen Sinn«, verteidigte sie sich und fragte sich, ob sie eine Abneigung gegen die Veränderungen ihrer Persönlichkeit empfand. Sie wusste nicht, woher manche dieser Veränderungen kamen; sie fühlte sich einfach… eigenartig, wie zwei verschiedene Frauen in ein- und demselben Körper.

Max blieb stehen und drängte sie an den Rand des Einkaufbetriebs, sodass sie mit dem Hintern sanft gegen die Wand stieß. Er fragte neugierig: »Was ist aus der Frau geworden, die ihre Kleidung gekauft hat, ohne auch nur auf das Preisschild zu schauen?« Er legte eine Handfläche auf die Wand neben ihr und hob ihr Kinn an, damit sie ihn anblicken musste. »Ich bin reich, Mia. Unglaublich reich. Und du übrigens auch. Mit dem Treuhandfond deiner Großmutter ist nichts geschehen, außer dass er sich vergrößert hat, nachdem du verschwunden warst. Du hast niemals auch nur einen Cent davon angerührt.«

Mia schüttelte verwirrt den Kopf. »Das weiß ich. Ich weiß auch nicht, warum ich jetzt diese Art von Gefühlen hege. Ich weiß, wie ich normalerweise empfunden habe, und das war ich; daraus bestand meine Persönlichkeit. Jetzt weiß ich nicht mehr, wer ich bin.« Sie musste blinzeln, um die Tränen zurückzuhalten, und empfand Hoffnungslosigkeit, als ob sie die Frau, die Max Liebe zurückerobern könnte, niemals mehr wiederfinden würde. »Ich fühle mich so, als ob ich vortäuschen müsste, die Frau zu sein, die ich früher war, weil du diese Frau geliebt hast.«

»Ich. Liebe. Dich. Immer. Noch«, antwortete Max ruppig. Seine Kiefermuskeln zuckten und in seinen Augen tobte ein Sturm. »Glaubst Du nicht, dass mir deine Einkaufsgewohnheiten scheißegal sind?«

Mia starrte zu ihm auf. Sie war unfähig, ihren Blick von seiner bewegten Miene abzuwenden. Er sah roh und hungrig, wild und gefährlich aus. Fasziniert beobachtete sie, wie seine wunderschönen haselnussbraunen Augen in einer so feurigen Intensität erstrahlten, die sie nie zuvor auf dem Gesicht des geliebten Mannes gesehen hatte. Sie mochte sich vielleicht nicht so fühlen wie die Frau, in die Max sich einst verliebt hatte, aber Max hatte sich ebenfalls verändert. Das Problem war, er war heißer, als er es jemals gewesen war.

»Du hast wieder geflucht«, stammelte sie, weil ihr nichts anderes einfiel. Flammende Hitze durchflutete ihren Unterleib. Alles, was sie wollte, war, dass er sie berührte. Das Verlangen war fast unerträglich. Max war immer ein unglaublicher, selbstloser, zärtlicher Liebhaber gewesen und hatte sie immer erst zum Höhepunkt gebracht, bevor er sich selbst Befriedigung gönnte. Aber nie hatte sie ihn so erlebt: Er war am Verhungern und sie war die einzige Beute, die er verschlingen wollte.

Er beugte sich näher zu ihr hinunter, so nahe, dass sie seinen erhitzten Atem auf ihrer Wange spüren konnte. »Stören dich meine Flüche?«, fragte er mit leiser, rauer Stimmen an ihrem Ohr, was sie erzittern ließ.

»Nein«, antwortete sie ehrlich. Tatsächlich versetzte die Art, wie er es gesagt hatte, ihren ganzen Körper in Brand und rief in ihrer Vorstellung Bilder von ihm hervor, wie er die Worte nicht nur aussprach, sondern in die Tat umsetzte. Er hatte sie während der zwei Tage, die sie nun schon zu Hause war, nicht auf sexuelle Weise berührt, und sie hatte schon angefangen zu glauben, dass er sie nicht mehr begehrte, dass ihr schlankerer Körper, ihr kurzes Haar, ihre derbere Erscheinung und ihre veränderte Persönlichkeit ihn abstoßen würden.

»Gut. Dann scheiß ich drauf«, flüsterte er gegen ihre Lippen, bevor sein Mund sich mit einer Gewalt über ihrem schloss, die sie in seinen Mund keuchen ließ, als er ihn nahm.

Max küsste nicht - er plünderte - und Mia stöhnte vor Lust, als er ihren Mund eroberte. Sie schlang die Arme um seinen Nacken, um auf den Füßen zu bleiben, weil ihr die Knie weich wurden und ihr ganzer Körper bebte. Sie bohrte ihre Finger in sein kurzes Haar und wurde von einer solch wilden Leidenschaft verzehrt, dass sie ihre Beine um seine Taille schlingen und sich hier und jetzt von ihm nehmen lassen wollte. Er war nur noch pure, kaum gebändigte, männliche Kraft und Dominanz und sie war mehr als willig, sich dem zu ergeben, um mehr von diesem puren und hemmungslosen Max zu erleben.

Max hielt mit einer Hand ihren Hinterkopf, um zu verhindern, dass er gegen die Wand schlug, während er mit der anderen ihren Hintern umfasste, um ihren Unterleib näher an seine Leisten zu ziehen. Seine Zunge bewegte sich unbarmherzig, drang in sie ein und zog sich wieder zurück, und ahmte so den Akt nach, nach dem es sie so verzweifelt verlangte.

Sie wimmerte, als Max seinen Mund von ihrem löste und sie seinen Atem rau und hörbar an ihrem Ohr vernahm. »Mist! Wir befinden uns mitten in einem gottverdammten Einkaufszentrum und ich bin kurz davor, dir die Kleider vom Leib zu reißen und dich dumm und dämlich zu ficken.« Und das klang nicht so, als wäre er glücklich darüber.

»Ich dachte, dass du kein Interesse mehr daran hast«, gab Mia immer noch benommen zu.

»Oh, doch! Du hast ja keine Ahnung, woran ich Interesse habe, wenn es um dich geht. Ich bin mir nur nicht sicher, ob du schon dazu bereit bist. Ich sagte dir bereits, dass ich mich verändert habe, Mia. Und ich bin mir nicht sicher, ob ich mich selbst noch unter Kontrolle habe.« Er bog seinen Kopf zurück und durchbohrte sie mit einem gequälten Blick.

Sie fuhr ihm mit der Hand über die Wange; sie liebte es, die raue Beschaffenheit seines Fünf-Uhr Schattens unter ihren Fingern zu spüren. »Dann lass dich einfach gehen!« *Heiliger Jesus...* das, was gerade geschehen war, würde ihr für immer im Gedächtnis bleiben. Sie liebte die pure und wilde Version von Max und sie würde sich darin suhlen. Dies war ein Mann, der richtig heiß werden konnte, und das wollte sie mehr, als sie sich jemals hatte vorstellen können. »Ich brauche dich!«

Mia beobachtete sein Gesicht, während er mit sich kämpfte. Sie konnte sein Zögern spüren, aber falls der animalische Gesichtsausdruck, den sie sah, einen Hinweis gab, dann wuchs sein Verlangen, sie zu vögeln.

Er griff nach ihrer Hand und zog sie zurück in den Fußgängerstrom des Einkaufszentrums. »Ich verliere die Beherrschung«, murmelte er vor sich hin, während er sie in einen trendigen, preislich annehmbaren Laden führte. »Such dir was aus! Geh weg, Mia, bevor ich uns beide in Verlegenheit bringe!«, wies er sie ruhig, aber bestimmt an. Dann ließ er ihre Hand los und ließ sich auf einen Stuhl in der Nähe der Tür fallen.

Mia wusste, dass er Distanz suchte, die sie ihm aber nur widerwillig zugestand. Sie wollte nicht, dass er die Kontrolle über sich zurückgewann. Was sie wirklich wollte, war, diesen anderen Max zu erforschen und herauszufinden, wie feurig er wirklich werden konnte, aber sie befanden sich in einem Einkaufszentrum unter Unmengen von Menschen und er hatte sich bereits in Verlegenheit gebracht, indem er sie atemlos an der Wand geküsst hatte.

Ich wollte ihn so verzweifelt, dass mir alles egal war. Ich würde mich von ihm überall nehmen lassen, wenn er es wollte, weil ich alles um mich herum vergesse, wenn er mich küsst.

Ihr Gesicht begann, rosa anzulaufen, als sie Max Sicherheitskräfte beobachtete, die sie verfolgt hatten und sich auf anderen freien Stühlen neben der Tür niederließen.

Oh Gott! Ich habe nicht an sie gedacht. Ich habe an niemanden gedacht. Ich habe mich zu sehr auf Max konzentriert.

Zweifellos hatten die Sicherheitsbeamten ihnen den Rücken zugekehrt und sie und Max gegen fremde Blicke abgeschirmt, aber es war trotzdem noch ein bisschen peinlich, daran erinnert zu werden, dass sie beschattet – und beobachtet – worden waren, während sie sich gegenseitig in einem öffentlichen Einkaufszentrum begrapschten.

Und wir versuchen, der Aufmerksamkeit der Medien zu entgehen? Du hast noch viel zu lernen, Mia. Was für ein hervorragender Weg, um eine Entdeckung zu vermeiden. Kein Wunder, dass Max versucht hat, sich in den Griff zu bekommen.

Sie wandte sich der Freizeitkleidung zu und suchte sich mehrere Jeanshosen und Blusen aus. Diesmal zwang sie sich dazu, nicht auf das Preisschild zu achten. Sie brauchte ein paar Kleidungsstücke, die ihr passten. Max hatte in ihrem Haus nichts angerührt und sie besaß immer noch ihre alten Kleider, aber die meisten von ihnen waren ihr zu groß, da ihr Körper inzwischen mindestens eine Nummer kleiner war. Sie runzelte die Stirn, als sie alles beisammen hatte, was sie brauchte, weil sie vor sich selbst zugeben musste, dass sie die alten Kleider wahrscheinlich innerhalb kürzester Zeit wieder würde tragen können. Max fütterte sie ununterbrochen, als ob er irgendeine Art von Mangel wieder gutmachen wollte. Offensichtlich hatte sie aber nichts entbehrt. Sie war gertenschlank, aber definitiv nicht abgemagert.

Max traf sie an der Kasse und übergab dem Angestellten stumm seine Platinum-Kreditkarte. Seine Stimmung war undurchschaubar.

Mia griff nach ihren Einkaufstüten, aber Max kam ihr zuvor und packte sie mit einem Arm, nachdem er seine Kreditkarte zurückbekommen hatte. Dann nahm er Mia bei der Hand und drückte sie sanft, während sie den Laden verließen.

»Bist du verärgert über das, was passiert ist? Ich weiß, dass du Zurschaustellung von Zuneigung in der Öffentlichkeit hasst«, fragte sie neugierig, während sie in Richtung des Haupteingangs des Einkaufszentrums schlenderten.

»Zur Hölle, nein! Ich bin nicht verärgert, ich bin stinksauer«, antwortete er freimütig.

»Warum?«, fragte Mia überrascht. Max wurde nur selten wütend.

»Weil ich nicht beenden konnte, was ich angefangen habe«, brummte er, klang aber leicht amüsiert. »Du kannst dir nicht vorstellen, wie nahe du daran warst, von deinem verzweifelten Ehemann gegen eine Wand gefickt zu werden.«

»Es hätte auch noch die Umkleidekabinen gegeben«, gab sie zu bedenken, um ihn zu necken. Dass Max so verrückt nach ihr war, wirkte wie ein Aphrodisiakum auf sie, das ihren Körper schmerzlich danach verlangen ließ, ihn in sich zu spüren. An jedem beliebigen Ort. Überall. Jederzeit.

Max warf ihr einen verärgerten Blick zu, als er ihr die Ausgangstür aufhielt, damit sie hindurchgehen konnte. »Das sagst du mir jetzt?«

»Hättest du es getan?«, fragte sie ihn neugierig und war fasziniert davon, wie sehr ihr eigener Ehemann sie begehrte.

»Ohne zu zögern, wenn ich daran gedacht hätte«, bekannte er heiser, und das Verlangen schwang in seiner Stimme mit. Er hielt sie an der Hand und begann, auf ihren Wagen zuzugehen, während die Sicherheitsleute ihnen in einigem Abstand folgten.

»Wir hätten es ohnehin nicht tun können«, sagte Mia wehmütig. »Außer, du hast ein Kondom dabei.«

Max warf ihr einen verdutzten Blick zu. »Warum? Wir haben früher auch keines gebraucht.«

Mia blickte auf den Asphalt hinunter und die Scham brannte auf ihren Wangen. »Weil wir nicht wissen, was mir widerfahren ist, Max. Du hast keine Ahnung, was passiert sein könnte.«

»Befürchtest du, du wärest fremdgegangen?«, fragte Max zögernd und mit heiserer Stimme.

»Nein«, murmelte sie. »Was auch immer geschehen ist, ich kenne mich, vielleicht besser als je zuvor, und ich habe niemals auch nur einen Gedanken daran verschwendet, mit einem anderen Mann als dir zusammen zu sein. Ich liebe dich genauso wie du mich. Aber wir wissen nicht, ob ich entführt worden bin oder…« Es fiel Mia schwer, das folgende Wort auszusprechen, aber sie brachte es über die Lippen, »…vergewaltigt wurde. Ich kann dich keinem Risiko aussetzen, Max. Nicht, bevor ich nicht mit Sicherheit weiß, was genau geschehen ist. Ich werde meinen Arzt aufsuchen und mich durchchecken lassen, aber ich muss mein Gedächtnis wiederfinden.«

Max zerrte an ihrer Hand, um sie neben seinem Auto zu stoppen. »Das wirst du, Liebes. Du weißt, wenn dir etwas angetan wurde, werde ich denjenigen töten, wer auch immer es war. Und das ändert überhaupt nichts an meinen Gefühlen für dich. Sag mir, dass du das weißt!« Seine Augen blickten sie flehend und gequält an.

»Wenn das geschehen sein sollte, wurde ich dazu gezwungen.« Sie würgte die Worte hervor, so sehr überwältigten sie ihre Gefühle. »Ich liebe dich, Max. So sehr, dass es wehtut. Ich bekomme eine Gänsehaut, wenn ich nur daran denke, mit irgendeinem anderen Mann zusammen zu sein.«

Max hob ihr Kinn an, damit sie ihn ansah; seine Augen loderten voller Emotionen. »Du wirst mit mir zusammen sein.«

»Ich kann nicht.« Gott, ihr Herz verzehrte sich nach ihm. *Ich muss mich erinnern.*

»Ich werde jede Drogerie in Tampa und Umgebung ihrer Kondomvorräte berauben«, sagte er ernsthaft und schenkte ihr ein schiefes Grinsen, das ihr das Herz anschwellen ließ.

Er versuchte, sie von ihrem eventuellen Erlebnis abzulenken und sie wieder in eine glücklichere Stimmung zu versetzen… und es funktionierte. Max war unwiderstehlich, wenn er mit ihr spielte, und normalerweise geschah das so selten. Bei seinem verschlagenen Grinsen schlug ihr Magen Purzelbäume. »Ein bisschen ehrgeizig, meinst du nicht?«

»Keineswegs«, gab er arrogant zurück. »Ich denke daran, vielleicht noch mehr aus anderen Städten einfliegen zu lassen.«

Oh Gott, sie liebte diesen Mann, und sie liebte die Art, wie er ihr jetzt seine Liebe zeigte. Oder die Art, wie er sie immer geliebt haben musste, aber bis vor kurzem niemals gezeigt hatte. »Denkst du daran, das zu beenden, was wir im Einkaufszentrum begonnen haben?«

»Ja. Und dann fangen wir wieder und wieder von vorne an«, antwortete er mit rasselnder, tiefer und beeindruckend sinnlicher Stimme.

Mia erinnerte sich an Max dominante, unkontrollierte Umarmung und platzte heraus: »Später. Das kannst du definitiv später beenden.«

»Darauf kannst du dich verlassen«, erwiderte Max in einem leisen und gefährlichen Tonfall.

Mias Unterleib zog sich zusammen und ihr ohnehin schon feuchtes Höschen wurde noch nasser. Max war immer ein Mann gewesen, der zu seinem Wort stand. Wenn er etwas sagte, meinte er es auch. Er hatte sich vielleicht verändert, aber Mia wusste, das war eine Eigenschaft, die sich niemals ändern würde.

Gott sei Dank!

»Ich kann meinen Ehering nicht finden. Ich habe überall danach gesucht«, murmelte Mia leise, als sie und Max an diesem Abend beim Essen saßen. Max hatte das Abendessen zu Hause organisiert, italienisches Essen von ihrem Lieblingsrestaurant.

»Du musst ihn getragen haben, als du verschwunden bist. Hier war er niemals«, antwortete Max und schaute zu ihr auf, nachdem er die Gabel auf seinen leeren Teller gelegt hatte.

Mia konnte den schmerzvollen Ausdruck in seinen Augen sehen, der ihr ins Herz schnitt. Offensichtlich hatte er den Verlust des Eheringes bemerkt, aber nichts gesagt. »Warum sollte ich ihn abgenommen haben, wenn ich ihn getragen habe? Ich habe ihn niemals vom Finger genommen.«

»Ich weiß«, antwortete er grimmig. »Ich habe mich das auch schon gefragt.«

Frustriert legte Mia ihre Serviette auf ihren leeren Teller und griff nach ihrem Weinglas. Sie nahm ein Schlückchen und versuchte verzweifelt, sich an das zu erinnern, was geschehen war, und ihre Gedanken heraufzubeschwören, jede Information über die vergangenen paar Jahre. Wie gewöhnlich konnte sie nichts sehen, außer einem leeren Zeitabschnitt, als ob sie die letzten Jahre verschlafen hätte. »Ich kann mich nicht erinnern«, gab sie leise zu und wünschte sich verzweifelt herauszufinden, was passiert war. Sie musste es wissen, und Max ebenfalls. Offenkundig nagte die Ungewissheit an ihnen beiden. »Erzähl mir, was geschehen ist, nachdem ich verschwunden war. Gab es jemals irgendwelche Hinweise darauf, wo ich mich aufhielt, was ich tat?«

»Nein«, antwortete Max betrübt. »Das Letzte, an das du dich erinnerst, passierte ein oder zwei Wochen, bevor du verschwunden warst.« Er unterbrach sich und griff nach seinem Bier, von dem er einen Schluck nahm, bevor er fortfuhr. »Ich bin mir noch nicht einmal sicher, an welchem Tag genau du dich in Luft aufgelöst hast. Ich fand deine Sachen an dem Tag am Strand, als ich von einer zweitägigen Geschäftsreise nach Hause kam. Es könnte also an dem Tag passiert sein, an dem ich losgefahren bin, oder am folgenden Tag. Ich kam spät nach Hause. Ich hasste mich dafür, dass ich überhaupt zu dieser Reise aufgebrochen war.«

Er wirkte aufgewühlt, was sie nicht ertragen konnte. »Max, es war nicht dein Fehler. Du hattest ein öffentliches Amt in Betracht gezogen, und du hattest dich um Dinge außerhalb der Stadt zu kümmern -«

»Das war Schwachsinn. Alles davon. Ich wollte niemals ein Politiker sein, und die meisten der Reisen hätte ich dem höheren Management überlassen können. Ich war ein gottverdammter Feigling, Mia. Ich unternahm diese Reisen, um Abstand von uns zu gewinnen.« Nachdem er den Rest seines Biers hinuntergestürzt hatte, stand er abrupt auf und ging zum Kühlschrank, um sich ein neues zu holen.

Mia spürte, wie ihre Hand zitterte, als sie nach ihrem Weinglas griff und einen große Schluck zu sich nahm. Er hatte Abstand gebraucht? Hatte er aus ihrer Ehe ausbrechen wollen? »Habe ich dich erstickt, weil ich dich zu sehr geliebt habe?« Es war schwer, diese Frage zu stellen, aber sie musste das wissen. Ihre Welt drehte sich nur noch um Max, seitdem sie sich kennengelernt hatten, und vielleicht war das zu viel für ihn. Sie hatte die Tendenz, bei allem, was sie tat, ein bisschen extrem zu sein, während bei Max genau das Gegenteil der Fall war. Vielleicht konnte er ihre Intensität über lange Zeiträume nicht aushalten, obwohl sie ihm zuliebe versucht hatte, sich etwas zurückzunehmen, weil sie ihn nicht vergraulen wollte.

Max öffnete den Verschluss seines Biers und lachte heiser, als er den Deckel in den Mülleimer warf. »Es lag nicht an dir; es lag an mir. Ich wollte von dir erstickt werden; ich wollte der einzige Mann in deinem Leben sein, der einzige Mann, der für dich existierte.«

»Aber Max, du *warst* -«

»Es war nicht genug«, bekannte er grob, während er wieder auf seinen Stuhl glitt und sie mit einem besitzergreifenden Blick durchbohrte, den Mia niemals zuvor an ihm gesehen hatte. »Die Dinge, die ich wollte, erschienen mir nicht richtig. Mein Vater liebte meine Mutter und behandelte sie mit Zärtlichkeit und Ergebenheit. Obwohl ich diese Gefühle ebenfalls hegte, gab es da außerdem diese vollkommene Besessenheit, von der ich dachte, sie wäre nicht richtig, nicht natürlich. Du bist meine Frau, eine Frau, die meinen Respekt verdient. Ich habe niemals gewollt, dass du mich verlässt. Ich wollte dich nicht vergraulen, indem ich mich wie ein Wahnsinniger benahm. Die Art, wie ich empfunden habe, war nicht rational. Ich wollte jeden Mann umbringen, der dich nur angesehen hat.«

Oh, Gott! Er hatte auf die gleiche Weise empfunden wie sie, doch hatte er damit nicht umgehen können. Die verrückte Liebe, das alle Grenzen sprengende Verlangen, ihm die Kleider vom Leib zu reißen und wilden, wahnsinnigen Sex zu haben, bis sie beide so gesättigt waren, dass sie sich nicht mehr bewegen konnten. Ihr nüchterner Max, ihr sensibler Ehemann, ihr zärtlicher Liebhaber verspürte wirklich die gleichen wilden Emotionen. Er hatte es ihr nur nicht zeigen wollen.

»Du hältst deine Dominanz also in Wirklichkeit eher unter Verschluss?«, fragte sie und erzitterte, als sie sein Gesicht betrachtete und die stürmischen Gefühle sah, die die goldenen Flecken in seinen Augen zum Glühen brachten, als er sie anstarrte, als wollte er sie zur Gänze verschlingen. Ihr Unterleib wurde von einer Hitzewelle durchflutet, als sie bemerkte, wie er gegen sich selbst kämpfte, und sie hoffte insgeheim, das Alpha-Männchen würde aus ihm hervorbrechen. Nur ein einziges Mal wünschte sie sich zu sehen, wie Max vollkommen die Kontrolle über sich verlor, nicht auf negative Art, sondern eher auf eine sehr, sehr gute. Es würde ihn menschlicher, wahrhafter, authentischer erscheinen lassen, und sie würde es begrüßen.

Wenn das ein Teil von Max ist, den ich nicht kenne... dann her damit!

»Ich denke, das habe ich hinter mir gelassen, und ich glaube nicht, dass ich mich noch länger zurückhalte. Außerdem bin ich immer noch vollkommen vernünftig im Umgang mit jedem und allem, außer mit dir. Du bist die einzige Frau, die mich jemals dazu gebracht hat, Gefühle dieser Art zu empfinden«, knurrte er, und sein Gesicht war feucht von Schweiß.

Mia versuchte, die Sehnsucht zu verbergen, die ihr mit Sicherheit ins Gesicht geschrieben stand, denn sie wünschte sich nichts sehnlicher, als auf seinen Schoß zu klettern und ihn vollkommen aus der Fassung zu bringen. Die weibliche Macht, die sie über ihn hatte, löste plötzlich ein berauschendes, schwindelregendes Gefühl in ihr aus. Dieser Mann, der für sie die Welt bedeutete, wollte sie über alles, vor allen anderen Frauen auf der Erde, und sie wusste, sie konnte ihn dazu bringen, die Kontrolle über sich zu verlieren. Aber er hatte ihr seine Gefühle anvertraut, und sie würde das nicht gegen ihn verwenden, wenn er mit sich kämpfte und verletzbar war. Dafür liebte sie ihn zu sehr. Was ihm in seiner Kindheit beigebracht worden war und seine heutigen Gefühle kämpften gegeneinander an.

Alles in ihr frohlockte. Sie war glücklich, die Gewissheit zu haben, dass er das Gleiche wie sie empfand, dass seine Liebe alles andere als lauwarm und durchschnittlich, kontrolliert und normal war. Jetzt erschien es fast sonderbar, dass keiner von ihnen jemals die Intensität seiner Gefühle enthüllt hatte, aus Angst, denjenigen zu verlieren, den sie bis zum Wahnsinn begehrten. »Mit mir kannst du sein, wer auch immer du wirklich bist, Max. Ich werde niemals aufhören, dich zu lieben.«

»Ich denke, das ist das Problem. Ich habe niemals wirklich gelebt, bevor ich dich getroffen habe. Ich war der Kerl, der niemals seine Fassung verlor, der niemals zugelassen hat, dass Gefühle einem Geschäft in die Quere kommen, und ich war allem gegenüber relativ gleichgültig. Ich wollte meinen Adoptiveltern nur ein guter Sohn zu sein, weil sie mir so viel gegeben hatten. Ich nehme an, ich musste ihren Erwartungen entsprechen und mich wie ein Hamilton verhalten, um die Tatsache wettzumachen, dass ich nicht ihr leibliches Kind war. Mir war selbst noch nicht einmal klar, wer ich eigentlich war«, gab Max zu.

»Und weißt du jetzt, wer du bist?«, fragte Mia leise. Sie liebte ihn noch mehr dafür, dass er in der Lage war, sich vor ihr eine Blöße zu geben.

»Nicht ganz«, sagte er mit einem männlichen Seufzer. »Aber ich kann dir garantieren, dass mir nicht mehr alles gleichgültig ist, besonders, wenn es dich betrifft. Ich weiß genau, was ich für dich empfinde. Das wusste ich immer. Ich war mir nur nicht sicher, ob du damit umgehen konntest.«

»Das kann ich«, versicherte sie ihm ausdrücklich. Um ihm eine Verschnaufpause zu gönnen, blickte sie von ihm weg und fragte ruhig: »Erzähl mir, was geschehen ist, nachdem du herausgefunden hattest, dass ich verschwunden war!«

Max tat einen tiefen Atemzug, bevor er antwortete: »Offensichtlich hat es eine ausgedehnte Suche gegeben, aber die dauerte nur etwa eine Woche an, da es keinerlei Hinweise gab. Danach waren sie davon überzeugt, dass du entweder ertrunken warst oder ermordet wurdest, und für letzteren Fall gab es nur einen möglichen Verdächtigen. Sie haben nicht wirklich nach anderen Möglichkeiten gesucht, weil nichts anderes einen Sinn ergab.«

»Wer wurde verdächtigt?«, fragte sie verwirrt.

»Ich«, antwortete er mit tiefer, heiserer Stimme. »Wenn es sich um eine Frau handelt, die nicht wirklich Feinde hat und die verschwindet und nicht mehr gefunden werden kann, verdächtigt man üblicherweise ihren Ehemann.«

»Oh, Gott! Max, das tut mir so leid.« Es musste furchtbar für ihn gewesen sein, des Mordes an seiner eigenen Frau verdächtigt zu werden. »Aber es gab doch weder ein Motiv noch einen Grund, dich auch nur zu verdächtigen.«

Max zuckte mit den Schultern. »Ein Verbrechen aus Leidenschaft? Eine andere Frau? Ein anderer Mann? Geld? Glaub mir... sie haben jede Möglichkeit überprüft und sich durch alle Unterlagen gegraben, um sicherzustellen, dass ich dir nicht aus irgendeinem dieser Gründe etwas angetan habe. Als sie schließlich von meiner Unschuld überzeugt waren, nahmen sie an, du wärst ertrunken. Sie sagten, sie gingen davon aus, dass kein Verbrechen verübt worden wäre. Es gab niemals eine Forderung nach Lösegeld und daher auch keinen Grund anzunehmen, du wärst entführt worden. Es gab keine Aktivitäten auf deinen Bankkonten. Es war, als ob du einfach... wie vom Erdboden verschluckt wärst.«

Mia stiegen die Tränen in die Augen, als sie beobachtete, wie angestrengt er versuchte, nur die einfachen Tatsachen wiederzugeben, obwohl er doch offensichtlich so gelitten hatte. Sie war sich nicht sicher, ob sie die Situation an seiner Stelle heil überstanden hätte. »Der Medienrummel muss schrecklich gewesen sein.«

»Glücklicherweise ist mir dieser Teil erspart geblieben. Sie haben die Ermittlungen verdeckt gehalten. Ich habe kooperiert und ihnen alles gegeben, was auch immer sie haben wollten.«

Was auch immer sie getan hatte, Mia hasste sich selbst dafür, Max die Hölle bereitet zu haben. Er war ein stolzer Mann, ein ehrenhafter Mann, und sich für die Ermittlung so bloßstellen zu müssen, musste verheerend gewesen sein. Sie presste ihre Augenlider zusammen, um zu verhindern, dass ihr die Tränen aus den Augen quollen, und flüsterte leise: »Ich wünschte, ich könnte mich erinnern. Ich wünschte, ich wüsste, warum ich dir das angetan habe.«

Max erhob sich von seinem Stuhl und zog sie nach oben, um sich gleich darauf auf ihrem Stuhl niederzulassen, sodass er sie auf seinen Schoß nehmen konnte. »Hey, weine nicht! Du weißt nicht, was für einen Grund du hattest oder was geschehen ist. Gib dir nicht die Schuld! Ich habe überlebt. Du bist jetzt hier. Das ist alles, was für mich zählt.«

Als sie die Augen öffnete, liefen ihr die Tränen die Wange hinunter. Sie fragte: »Warum trägst du noch deinen Ring? Du musst die Hoffnung aufgegeben und gedacht haben, ich wäre tot.« Sie nahm seine Hand in ihre und fuhr mit einem Finger über den Platinreif. Ohne ihren eigenen Ehering fühlte sie sich verloren. Sicher... es war nur ein Gegenstand, aber ein Symbol ihrer Liebe zu Max, und sie vermisste sein schweres Gewicht an ihrem Finger. Ihr Hochzeitstag war der glücklichste Tag ihres Lebens gewesen, und der Verlust des Ringes brachte sie beinahe um.

Er vergrub eine Hand in ihrem Haar, bog ihren Kopf nach hinten und erklärte ihr barsch: »Ich habe niemals die Hoffnung aufgegeben. Gleich nachdem du verschwunden warst, habe ich dir das Versprechen gegeben, niemals aufzugeben. Ich konnte es nicht. In meinem Herzen habe ich niemals akzeptiert, dass du gestorben sein solltest. Ich vermute, ich habe gedacht, wenn du wirklich tot gewesen wärst, hätte ich es gespürt.«

Ein Schluchzer entfloh Mias Kehle, als sie Max ernste, wütende Miene sah.

Warum? Welchen möglichen Grund könnte ich gehabt haben, ihm all das zuzumuten?

Sie konnte sich an ihr gemeinsames Leben erinnern, aber nur bis zu etwa einer Woche vor ihrem Verschwinden. Zugegeben, sie hatten sich voreinander versteckt, weil sie Angst gehabt hatten, einige ihrer Charakterzüge preiszugeben. Aber sie hatten einander geliebt, und sie hatte niemals, nicht einmal, auch nur einen Gedanken daran verschwendet, Max aus irgendeinem Grund zu betrügen oder gar zu verlassen.

Sie klammerte sich in sein Hemd und zerknüllte es in ihren Fäusten, während sie heftig weinte. Sie schaffte es gerade noch, mit schmerzverzerrter Stimme hervorzubringen: »Ich will mich erinnern. Ich muss wissen, warum!«

Max umfasste ihre beiden Handgelenke und schlang ihre Arme um seinen Nacken. Seine Bewegungen waren sanft, aber seine Stimme war streng. »Hör auf damit, Mia! Hör auf damit, dir das anzutun! Du wirst dich erinnern und alles wird gut.«

Sie erschauerte, als ihr innerer Kampf verebbte, ihre Gefühle verausgabt waren und ihr Kopf gegen seine breite Schulter fiel. Ihr Mund war nahe an der bloßen Haut seines Nackens und sie atmete tief ein und ließ sich von seinem männlichen, anregenden Moschusgeruch einhüllen. Für den Augenblick lag sie sicher in Max Armen. Leider teilte sie aus irgendeinem unerfindlichen Grund Max Optimismus nicht vollständig. Eine Art warnende Stimme, ein nagender siebter Sinn, sagte ihr, selbst wenn sie sich erinnern würde, wäre nicht alles gut. Irgendetwas stimmte nicht. Ganz und gar nicht. Sie hoffte nur, dieses Wissen würde sie nicht beide zerstören, sobald ihre Gedächtnislücke gefüllt war.

Zwei Frauen in demselben Körper. Sie konnte nur darauf hoffen herauszufinden, wer sie wirklich war und welche der beiden Frauen die echte Mia war.

Kapitel 4

Als Mia die elegante Treppe in ihrem Heim hinunterstieg, ein Handtuch und eine Decke in der Hand, hielt sie inne, um der kraftvollen Musik zu lauschen, die von ihrem Flügel ausging. Obwohl sie Max begnadete Finger sofort erkannte, nahm sie die der Musik innewohnende Gewalt gefangen und hielt sie davon ab, ihren Abstieg fortzusetzen.

Max war immer ein vollendeter Pianist gewesen und spielte manchmal die Werke der großen Meister, aber gelegentlich arbeitete er an einer eigenen Komposition. Dieses Stück kannte sie definitiv nicht und sie wusste instinktiv, dass es sich um sein eigenes Werk handeln musste. Die Musik begann quälend, schmerzlich schön, verwandelte sich dann in ein gewaltiges Crescendo und baute sich auf, bis Mia von der Intensität der Musik am ganzen Körper bebte. Sie setzte sich, und ihr Hintern traf auf eine der Treppenstufen. Mit einer Hand hielt sie sich an einem der hölzernen Geländerpfosten fest und ließ den Kopf an dem Eichenholzgeländer ruhen. Ihre Augen füllten sich mit Tränen, da ihr Ehemann seine Seele in seiner Musik entblößte. Mia konnte jede einzelne Emotion spüren: Liebe, Einsamkeit, Hoffnungslosigkeit, Verzweiflung. All das vermischte sich in einem Wirbel und rang Mias Herz die gleichen Gefühle ab, die er in seine Musik legte.

Tucker ließ sich neben ihr nieder und legte seinen Kopf in ihren Schoß. Mia streichelte ihn abwesend; sie liebte es, seine hündische Gesellschaft zu spüren. »Etwas stimmt nicht, Tucker«, flüsterte sie und wünschte, der Hund könnte sprechen. Tucker hatte immer einen besonderen Instinkt besessen, als ob er wüsste, wenn etwas falsch war. Jetzt versuchte er, sie zu trösten, und sie rieb ihm den Bauch. Sie fühlte sich schon besser, einfach nur, weil er ihr Gefährte war. »Hat er so gespielt, als ich weg war?«, fragte sie den Hund leise und lächelte, als Tucker ihr einen verständnisvollen Hundeblick zuwarf.

Max und Tucker hatten sich enger zusammengeschlossen, und obwohl ihr Hund noch zu ihr kam, um sich seine tägliche Portion an Zuneigung zu holen, schien er nun auch Max gegenüber loyal zu sein. Der Hund rollte seinen pummeligen Körper in eine Sitzposition zurück und warf ihr einen fragenden Blick zu.

»Geh zu ihm!«, forderte sie Tucker auf, weil sie wusste, er war zwischen Max und ihr hin- und hergerissen, da sie beide verwirrt waren und seine Gesellschaft brauchten.

Tucker leckte ihr abschließend die Hand und watschelte die Treppe hinunter und weiter in Richtung Musikzimmer. Weil Mia ihren Mann und ihren Hund zusammen beobachtet hatte, wusste sie, Tucker würde sich zu Max Füßen niederlassen, ohne ein allzu hohes Maß an Zuwendung von Max zu erwarten. Denn Tucker schien sich damit zufriedenzugeben, sich einfach nur in der Nähe des Mannes aufzuhalten, der ihn während der letzten paar Jahre mit Futter und Wasser versorgt und sich um ihn gekümmert hatte.

Das Stück endete mit einem disharmonischen Ton. Der anschließenden Stille folgten spielerische Tastenanschläge. Mia nahm einen tiefen Atemzug und stieß die Luft wieder aus, noch benommen von der bewegten Komposition. Normalerweise spielte Max mit vollendeter Kunstfertigkeit, die einen Flügel zum Singen brachte, aber sie hatte noch niemals das Pulsieren so vieler Emotionen in seiner Musik gespürt.

Plötzlich wurde ihr bewusst, dass sie niemals darüber hinausgegangen war, an der Oberfläche von Max Gefühlen zu kratzen. Er war in jedem Aspekt seines Lebens immer so kontrolliert und vernünftig. Sie hatte niemals tiefer geblickt, weil sie Angst gehabt hatte, nicht das zu sehen, wonach sie so verzweifelt gesucht hatte.

Sie erhob sich, wählte den Weg durch die Doppeltüren des Esszimmers nach draußen und schlüpfte gerade hinaus, als Max begann, Mozart zu spielen. Sein Spiel war nun wieder kontrolliert und absolut perfekt.

Sie seufzte, als die warme, feuchte Luft auf ihren nur spärlich bekleideten Körper traf. Sie hatte einen alten Bikini ausgegraben und ihn angezogen und nur eines von Max T-Shirts übergeworfen. Das Meer lockte sie, und sie nahm je zwei der hölzernen Stufen zum Strand hinunter auf einmal, so begierig war sie darauf, die Liebkosung des Wassers auf ihrer Haut zu spüren. Im Lauf knipste sie das Licht auf der Veranda an. Es war dunkel, aber im Schein des Mondes und der Sterne und dem trüben Strahl der Verandalampe verwandelte sich ihr Lieblingsort in ein matt erleuchtetes Paradies. Während sie die Decke ausbreitete, atmete sie die Seeluft ein. Sie hatte Max fragen wollen, ob er sie begleitete, aber sie hatten sich nach dem Abendessen getrennt. Er war in sein Musikzimmer gegangen und sie nach oben, um sich erneut auf die Suche nach ihrem Ehering zu begeben - eine erfolglose Bemühung, die sie deprimiert und verwirrt zurückgelassen hatte. War er gestohlen oder ihr weggenommen worden? Andernfalls hätte ihn niemals jemand von ihrem Finger entfernen können. Sie musste sich entspannen und versuchen, nur für eine kleine Weile zu vergessen, wie sich ihr Leben verändert hatte, und mit dem riesigen Loch in ihrem Dasein zurechtkommen.

Nachdem sie das T-Shirt ausgezogen und in den Sand geworfen hatte, wendete sie sich dem Wasser zu und versuchte, ihre verworrenen Gedanken hinter sich zu lassen.

In dem Moment, als Max realisierte, dass Mia nicht im Haus war... bekam er Panik. Er war nach oben gegangen, um sie zu suchen, aber er konnte sie nirgendwo finden.

»Mia!«, brüllte er und durchsuchte jeden Raum im unteren Stockwerk, während er ihren Namen rief. »Sie ist irgendwo hier. Sie muss hier sein«, wiederholte er flüsternd für sich selbst, obgleich er jeden Raum leer vorfand.

Als er das Esszimmer betrat, sah er das eingeschaltete Verandalicht und die angelehnte Tür. »Nein. Fuck. Nein«, sagte er mit rauer, verzweifelter Stimme. Er stieß die Tür auf und suchte, ausgehend von der Veranda, den Strand mit seinen Augen ab. Was er sah, verursachte ihm heftiges Herzklopfen. Schweiß bildete sich auf seinem Gesicht, als er die Treppe heruntersprang und quer über den Strand lief. »Nein! Verflucht, nein!«

Er sah ihren Kopf untertauchen und sprang in die Wellen, ohne sich darüber Gedanken zu machen, dass er noch voll bekleidet war. Der Stoff seiner Jeans behinderte ihn, aber sein Entsetzen und seine Furcht ließen ihn wie einen Wahnsinnigen auf Mia zuschwimmen. Plötzlich tauchte ihr Kopf neben ihm auf, und er schlang seinen Arm um ihre Taille.

Er hörte sie schreien, weil sie ihn nicht erkannte, bis sie sich das Wasser aus den Augen gewischt hatte. »Max! Scheiße! Du hast mich zu Tode erschreckt.« Sie versuchte, sich aus seiner Umklammerung zu befreien, aber er ließ sie nicht los und trat auf der Stelle, weil er sie weiter festhalten wollte.

»Geh aus dem Wasser raus!«, knurrte er sie an und schauderte am ganzen Körper, während er sie zur Küste zog. »Sofort!«

Er stieß sie vor sich her und schob sie in Richtung Strand. Sie beschwerte sich, wenngleich sie zu schwimmen begann. »Ich halte mich nahe am Strand auf. Das Wasser reicht kaum über meinen Kopf«, rief sie, schwamm aber stetig auf den Sandstrand zu.

»Beweg dich!« Der Befehl war scharf, aber Max war das scheißegal. Er wollte sie nur aus dem Wasser heraus und zurück an Land haben, irgendwo an einem sicheren Ort. Verdammt! War ihr denn nicht bewusst, dass sie nachts oder allein nicht schwimmen gehen durfte? Niemals. Er hatte sie gerade erst zurückbekommen und würde sie nicht noch einmal verlieren. Er mied diesen Strand und hatte keinen Fuß mehr darauf gesetzt, nachdem er hier vor über zwei Jahren die Nacht verbracht und das erste und einzige Mal Tränen vergossen hatte und mit dem Wissen aufgewacht war, dass es sehr gut möglich war, dass seine Frau für immer aus seinem Leben gegangen war. Er hasste diesen verfluchten Ort. Er hasste den Sand, das Wasser und die Erinnerung an den Gedanken, dass dies der letzte Ort war, an dem Mia sich vor ihrem vermutlichen Tod aufgehalten hatte.

Im selben Moment, in dem Mia wieder Boden unter den Füßen hatte, nahm Max sie auf seinen Arm und trug sie zu der am Strand ausgebreiteten Decke. Er legte sie nieder und beugte sich dann über ihren Körper, atemlos, aber mehr aus Furcht und Entsetzen, sie im Wasser zu sehen, als vor Anstrengung. Er wollte - nein, er brauchte - ihre Hingabe an ihn. Es war ihm egal, ob er seine Emotionen noch verbergen konnte oder nicht. Sie unter sich zu haben, seiner Gnade ausgeliefert, war genau das, was er brauchte, und er genoss es. Immer noch jagte Adrenalin durch seinen Körper, als er mit seinen Händen ihren Kopf umfing, und drängte ihn dazu, sich zu nehmen, was sein war, was ihm gehörte.

»Mein!« Seine Stimme klang wild und animalisch, und sein Schwanz presste sich gegen den durchnässten Stoff seiner Jeans.

Es war dämmrig, aber er konnte noch ihr Gesicht erkennen, und sie sah nicht im Geringsten verängstigt aus. Sie blickte ihn verlangend und erregt an, und es brachte ihn dem Wahnsinn nur noch näher zu wissen, dass sie ihn auf diese Art begehrte. Sie kämpfte nicht… sie entspannte sich, ergab sich ihm auf eine so süße Art, dass es sein Verderben war, und jeder besitzgierige und herrschsüchtige Instinkt, den er seit dem Moment ihres ersten Treffens zurückgehalten hatte, brach explosionsartig aus seinem Körper hervor, als ob sie auf einer gespannten Feder gesessen hätten und der Auslöseknopf endlich gedrückt worden wäre, und es gab keine Möglichkeit, dass diese Emotionen sich jemals wieder in sein Inneres zurückziehen würden.

Max Hamilton hatte endlich seine berühmte Hamiltonsche Beherrschung verloren, und es fühlte sich verdammt fantastisch an.

»Max?«, flüsterte Mia, als sie die stürmischen Gefühle beobachtete, die über das Gesicht des Mannes über ihr jagten, und Gott helfe ihr, er war total scharf. Ihr Unterleib war mit Hitze durchflutet worden, als er sie mit einem Wort zu seinem Besitz erklärt hatte, und sein wilder Gesichtsausdruck warnte sie, dass er bereit war, alles in die Tat umzusetzen, was er zuvor gesagt hatte.

»Du wirst nie wieder einen Fuß auf diesen Strand setzen! Nie wieder! Ich hasse diesen Ort, verdammt nochmal!«, stieß er ungestüm hervor. Das Wasser tropfte ihm noch vom Gesicht und aus den Haaren, seine Miene war wütend und die Luft fuhr rasselnd in seine Lungen und wieder heraus, so schnell, dass es so aussah, als würde er nach Luft schnappen.

Mia hegte keine Zweifel bezüglich der Ursache seiner Reaktion. Dies war der Strand, von dem sie angeblich verschwunden war. Er drehte ihretwegen durch. Aber sie liebte diesen Strand und sie würde keine Versprechen abgeben, die sie nicht einhalten konnte. »Ich werde sicherstellen, dass immer eine zweite Person dabei ist. Ich verspreche es. Du weißt, dass ich diesen Ort hier liebe«, umging sie seine Forderung diplomatisch.

»Ich hasse ihn«, wiederholte er scharf.

Gut. Dann würde sie ihm eben eine bessere Erinnerung an diesen Ort bereiten und direkt damit beginnen. »Lass mich los! Ich möchte dich berühren«, flüsterte sie leise.

»Nein. Ich werde dich hier ficken. Genau hier. Jetzt sofort.« Er beugte sich hinunter und flüsterte mit heiserer Stimme in ihr Ohr: »Ich werde dich erst lecken, bis du um meinen Schwanz bettelst, und dann werde ich dich ficken, bis du um Gnade flehst, Liebling.«

Heilige Scheiße! Sie war bereits jetzt zum Betteln bereit. Ihr gefasster, kontrollierter Max wurde richtig heiß. Und redete auch so. Sie musste alles in Frage stellen, was sie über Max wusste und wie gut sie ihren eigenen Ehemann wirklich gekannt hatte. Er war immer diszipliniert und gelassen gewesen, auch in seinem Liebesleben. Aber im Moment sah er nicht im Geringsten beherrscht aus. Er wirkte heißhungrig, wie ein Wilder, und all seine Wildheit war vollkommen auf sie konzentriert. »Kondom«, erinnerte sie ihn. »Wir müssen eines holen.«

Er langte in die Tasche seiner durchnässten Jeans und zog eine Handvoll Kondome heraus, die durch ihre Plastikumhüllung vor dem Wasser geschützt waren, und warf sie in den Sand. »Das war mir, verdammt noch mal, am Wichtigsten«, krächzte er.

Ihre Muschi bebte noch von seinen unartigen Neckereien, sodass Mia nicht in der Lage war, sich eine Antwort zu verkneifen. »Gut. Dann fick mich! Und lass mich kommen«, forderte sie ihn heraus. Irgendwie wusste sie genau, was sie sagen musste, um ihn in Rage zu bringen.

So etwas würde sie normalerweise nicht von sich geben, aber jetzt fühlte es sich gut an. Während ihrer bisherigen Ehe hatte sie nie geflucht oder schmutzige Wörter benutzt, weil Max das ebenso wenig getan hatte, aber nun schien sie dieses Problem nicht mehr zu haben.

Zwei Frauen in demselben Körper... schon wieder.

»Liebste, es steht außer Frage, ob du kommen wirst oder nicht. Du wirst es... und du wirst meinen Namen rufen, während du kommst«, versprach er und klang gefährlich.

Mia starrte in sein wildes Mienenspiel über ihr und wusste, dass sie wahrscheinlich versuchen sollte, ihn zu zügeln. Seine Reaktionen basierten auf Furcht und Schrecken, ihr Verschwinden hatte ihn veranlasst, entgegen seinem Charakter zu handeln. Aber mein Gott... sie wollte ihn so sehr haben. Er war urtümlich, männlich und gefährlich: eine neue Seite von Max, von dessen Existenz unter seinem sanften Äußeren sie nichts gewusst hatte. Und er war vollkommen unwiderstehlich. Sie fürchtete sich kein bisschen vor ihm. Max würde ihr niemals etwas zu Leide tun. Tatsächlich war sie so erregt, dass ihr ganzer Körper lichterloh in Flammen stand und sie so bereit für ihn war, dass sie ihn sofort in sich haben wollte. »Ich bin kein Schreihals«, erinnerte sie ihn beiläufig, obwohl ihre Emotionen sie zu überwältigen drohten.

»Du wirst schreien«, antwortete er mit so rauer und entschlossener Stimme, dass diese ihr direkt in die Eingeweide fuhr und vibrierend bis zwischen ihre bebenden Schenkel hinunter. »Beweg dich nicht!«, befahl er, während er ihre Handgelenke losließ, um sich sein durchweichtes T-Shirt über den Kopf zu ziehen und seinen unglaublichen Körper zu entblößen, der sich in den letzten Jahren nicht sehr verändert hatte. Max Hamilton hatte einen heißen Körper, der oft unter Anzug und Krawatte versteckt war; jeder kleinste Muskel war durch sein tägliches Training wohlgeformt und geschmeidig und erregte in Mia das Verlangen, jeden einzelnen Zentimeter seines muskulösen Brustkorbs und der wohlgeformten Bauchmuskeln abzulecken. Und dann wollte sie diesem kleinen süßen behaarten Pfad folgen, der an seinem Bauchnabel begann und aufreizend unter dem Taillenbund seiner Jeans verschwand.

Sie war kein Schreihals; sie hatte stets befürchtet, dass Max eventuell von ihrer urtümlichen Reaktion auf sein Liebesverhalten abgestoßen würde. Sie hatte immer angestrengt versucht, die elegante Frau zu verkörpern, von der sie dachte, Max wünschte sie sich als Partnerin, eine Frau, auf die er stolz wäre, mit ihr verheiratet zu sein. Langsam hatte sie sich selbst verändert, um zu der Frau zu werden, von der sie annahm, dass er sie sich wünschte und bräuchte, und hatte versucht, ihr oft impulsives Verhalten aufzugeben, um ihn glücklicher zu machen. Bis jetzt war ihr das zwar noch nicht ganz gelungen, aber sie hatte daran gearbeitet. Zumindest… hatte sie es… bevor sie verschwunden war.

»Du – du willst wirklich, dass ich schreie«, stotterte sie, plötzlich verwirrt angesichts dieses Max, den sie nicht kannte, der sie aber total faszinierte.

Er griff nach den Schalen des Oberteils ihres Bikinis, wobei er die Kordel zwischen ihnen mühelos zerriss und ihre Brüste der milden Nachtluft aussetzte. Ihre Brustwarzen waren hart und sensibel und sehnten sich nach seiner Berührung. Und sie stöhnte vor Lust, als er ihre Brüste mit den Händen umschloss und ihre Nippel mit seinen Daumen umkreiste.

»Oh, zur Hölle, ja! Schreie, stöhne, bettle, komm für mich!«, befahl er barsch und mit einem leidenschaftlichen Gesichtsausdruck, als er seine Hände beobachtete, die über ihre Brüste wanderten, immer und immer wieder. »Ich will dich hören.«

»Wir halten uns draußen auf«, bemerkte sie, während sie bei jeder Berührung ihrer hartgewordenen Brustwarzen keuchte.

»Willst du, dass ich aufhöre?«, fragte er zärtlich, während er sich zurückbewegte, ihre Beine spreizte und seinen Kopf auf ihre Brust herabneigte.

Eine Berührung seiner Lippen, ein Strich mit seiner Zunge, und sie war vollständig verloren. »Nein! Bitte!« Ihre Arme bewegten sich unfreiwillig und ihre Hände verkrallten sich in seinen Haaren. »Ich brauche dich, Max. Jetzt.«

»Du bist so hübsch«, stöhnte er gegen ihre Brüste, als er an der einen Brustwarze knabberte und saugte und die andere mit seinen Fingern neckte. »Du gehörst zu mir, Mia. Das hast du immer schon getan«, sagte er mit rauer Stimme, während sein Mund von ihrer Brust zu ihrem Unterleib wanderte und eine feurige Spur auf ihrem Bauch hinterließ.

Sie war bereit, vor Frustration zu schreien, und seufzte auf, als er die Bänder zerriss, die Vorder- und Hinterteil ihres Bikinihöschens zusammenhielten. Er spreizte ihre Beine und glitt zwischen sie, während seine Zunge immer noch maßlos Liebkosungen auf ihrem Unterleib vollführte.

Mit einem Griff zog sein kräftiger Arm das Bikinihöschen unter ihr hervor und warf es einfach weg. Es landete irgendwo mit zerrissenen Bändern am Strand. Mia hielt den Atem an, als seine Finger über das sorgfältig getrimmte Haar an ihrer Muschi glitten, ganz anders als früher, als sie zur Brasilianischen Wachsenthaarung gegangen war, einer Prozedur, die sie immer mit weiblicher Folter verglichen hatte. Was immer sie auch getan hatte, offensichtlich hatte sie diese Gewohnheit nicht beibehalten und sich stattdessen auf Rasieren und Trimmen verlegt.

»Das gehört mir. So weiblich. So süß. So köstlich«, brummte er, und sein Mund liebkoste bereits die Falten ihrer Muschi.

Ihr Atem entwich mit einem langen Stöhnen ihrer Lunge, und das Gefühl seiner Lippen auf ihrem bebenden Fleisch und seine versengende Zunge, die ihre Falten teilte, vernichtete sie vollständig. Sie war längst darüber hinaus, sich um irgendetwas anderes zu scheren als seine begnadete Zunge, die sie dringender auf ihrer pochenden Klitoris brauchte als den nächsten Atemzug. »Oh Gott, bitte Max. Bitte!«

Er öffnete ihre Beine weiter und breitete sie wie ein Festmahl vor sich aus. Und er verzehrte sie; seine Zunge hinterließ überall dort, wo sie von ihr berührt wurde, flüssiges Feuer und brachte ihren ganzen Körper zum Zittern. Da war nichts mehr von seiner sanften, langsam entflammenden Technik zu spüren. Sein Hunger war unersättlich, und er verschlang sie wie ein hungernder Höhlenmensch, der sich nicht davon abhalten kann, seine Beute anzuspringen, nachdem er sie einmal gefunden hat.

Er belagerte ihre Klitoris und tauchte tief durch ihre durchnässten Falten, um mit seiner Zunge um ihre entflammte Knospe herum und über sie zu fahren. Er stöhnte auf, als er mit zwei Fingern in ihren sich zusammenziehenden Tunnel fuhr. Ihre inneren Muskeln zogen sich fest um seine Finger zusammen und versuchten, sie dort zu halten, und ihre Hüften hoben sich, um mehr von ihm in sich aufzunehmen. Mehr. Sie brauchte mehr. »Max! Bitte!«

Sie war bedürftig und verzweifelt und so bereit für Max, dass sie sich wünschte, er würde sie endlich nehmen. »Fick mich, Max! Bitte!«

Sie konnte seine aufreizende Zunge und erforschenden Finger keinen Moment länger ertragen, die nun über ihren süßen Punkt wogten und strichen, um sie gnadenlos zu reizen. Es war nicht so, als hätte er sie nicht schon früher da unten berührt… aber lieber Gott… nicht so, nicht wie ein Mann mit einer Mission: verwegen, entschlossen und vollkommen wild. Normalerweise war es das Vorspiel, ein Mittel, das er einsetzte, um sie anzuregen und bereit zu machen. Aber so war es dieses Mal nicht.

Mia fühlte sich genau wie die Wellen, die in der Ferne an die Küste brandeten – vom Sturm getrieben und vollkommen unfähig, die anschwellende Woge in ihr einzudämmen. Sie wimmerte, als

Max begann, sie mit seinen Fingern zu ficken, seine Stöße tief und hart. Er richtete sein ganzes Augenmerk auf die pochende Knospe, die um seine Aufmerksamkeit flehte. Sie ertrank in sensationellen Empfindungen und schüttelte sich in Krämpfen, die ihren Körper erfassten, als sie der überwältigendste Orgasmus überkam, den sie jemals erlebt hatte. »Max! Oh, ja! Max!« Zum Schluss stöhnte und schrie sie und konnte nicht anders, als seinen Namen zu rufen, als er auch noch das letzte bisschen Genuss hervorlockte, das er ihrem Körper abringen konnte, indem er langsam und gefühlvoll die Sahne ihres Orgasmus aufleckte.

Keuchend, aber ohne ihr eine Chance auf Erholung zu lassen, stand Max auf, streifte seine sandige, durchnässte Jeans von seinem Körper und zog gleichzeitig seine Boxershorts mit nach unten. Er nahm eines der Kondome vom Boden, riss es mit den Zähnen auf und rüstete sich damit. Nachdem er fertig war, lag er im Bruchteil einer Sekunde auf ihr und zwang seinen kräftigen, nackten Körper zwischen ihre Oberschenkel. »Ich finde, du bist die erotischste Frau auf Erden«, sagte Max, seine Stimme rau und rasselnd. »Zu hören, wie du stöhnst und meinen Namen ausrufst, dich zum Kommen zu bringen. Es gibt kein besseres Gefühl auf Erden. Außer vielleicht, meinen Schwanz in dir zu haben.«

Mia war kaum über die Auswirkungen ihres Höhepunktes hinweg, brauchte diesen Mann aber schon wieder. Das Verlangen saß in jeder Zelle ihres Körpers und war dringend, eine Begierde, die über reine Wollust hinausging. Sie musste von ihm genommen werden, von ihm einverleibt werden, mit ihm verbunden sein. Max war die andere Hälfte ihrer Seele und sie wollte ihn jetzt. »Fick mich, Max! Bitte!«

»Sag mir, dass du mich brauchst, Mia! Denn ich weiß, ich brauche dich, verdammt. Ich muss wissen, dass du mich in diesem Moment genauso sehr begehrst wie ich dich«, brach es gequält aus ihm hervor, bevor sein Mund den ihren nahm und es ihr unmöglich machte, die Worte auszusprechen, die ihr auf der Seele brannten.

Mia gab alles, was ihr möglich war, und verwob ihre Zunge mit seiner, als er sie besinnungslos küsste. Sie schlang ihre Arme um seine Schultern und konnte fühlen, wie sein kräftiger Körper erschauderte, als er immer und immer wieder seine Zunge in sie hineinstieß und wieder herauszog, als ob er sie beherrschen und erobern und sie mit seinem Körper sein Eigen machen müsste. Ihre Beine schlangen sich um seine Taille, sodass ihre Fersen an seinen steinharten Hintern gelangten und ihn antrieben, sich mit ihr zu vereinigen.

»Ich brauche dich. Ich brauche dich so sehr, dass ich es nicht mehr aushalte«, keuchte Mia, als Max ihre Lippen freigab. »Ich liebe dich, Max. Habe es immer getan. Werde es immer tun.«

Niemals waren ehrlichere Worte ausgesprochen worden. Sie hatte von dem Moment an, in dem sie sich getroffen hatten, zu Max gehört. Sie war aus einem Café herausgestürmt, im Geiste schon mit der Vielfalt an Pflichten beschäftigt, die sie an jenem Tag noch erledigen musste, und kopfüber in Max hineingerannt. Im wahrsten Sinne des Wortes. Sie hatte ihm ihren großen, fettarmen Milchkaffee über das Vorderteil seines Anzugs gekippt, was ihr sehr peinlich gewesen war. Aber er hatte gelacht und sie sofort verzaubert. Und sechs Monate später waren sie verheiratet. Dass sie ihn brauchte, dass sie ihn wollte, stand nie in Frage. Ihre Unsicherheit bestand darin, ob sie die richtige Frau für ihn war oder nicht; sie beide waren so offenkundig unterschiedlich, und ihre Vergangenheit beinhaltete einige hässliche Tatsachen, die sie ihm niemals offenbart hatte.

»Und ich liebe dich, meine wunderschöne, sexy Mia. Lass mich nie wieder allein!«, forderte er anmaßend, obwohl seine samtweiche Stimme einen Hauch Verletzlichkeit verriet.

»Das werde ich nicht. Fick mich, Max! Ich kann nicht länger warten.« Wenn noch ein weiterer Augenblick verginge, ohne dass sie ihn in sich spürte, würde sie den Verstand verlieren.

Max rollte sich herum und zog sie mit sich, während er seine starken Arme um ihre Taille schlang. Seine Hände wanderten zu ihren Hüften. »Du fickst mich, Liebling. Ich will dich sehen. Diesmal will ich dich beobachten, wenn du kommst.«

Sie zögerte keinen Moment. Sie ergriff seinen harten, pochenden Schwanz und spießte sich selbst auf ihm auf. Sie stöhnte, als er sie fast bis zur Schmerzgrenze ausfüllte. Fast… aber nicht ganz. Max war hervorragend ausgestattet und dehnte sie bis zum Äußersten ihrer Möglichkeiten, während die Wände ihres Tunnels ihm den Weg freigaben und ihn dann in ihr gefangen hielten. Ihre Hände ruhten auf seinem muskulösen Brustkorb, und sie konnte nicht widerstehen, seine überhitzte Haut zu streicheln und mit ihren Fingern über die hellen, flaumigen Haare auf seiner Brust zu streichen, über seinen kräftigen Bizeps und seine Schultern. *Mein Gott, er ist ein wunderschöner Mann!*

»Oh, zur Hölle ja! Berühr mich! Beweise mir, dass du wirklich wieder bei mir bist!«, krächzte Max und umklammerte ihre Hüften, um sich aus ihr zurückzuziehen, nur um sie dann wieder auf sich hinabzureißen. Und noch einmal. »Verdammt. Es. Gibt. Kein. Besseres. Gefühl.« Jedes einzelne Wort wurde durch einen Stoß betont, durch ein kraftvolles Vorrollen seiner Hüften, das jede erneute Bewegung einleitete.

Mia beugte sich nach vorn, ihr Körper begann zu schmelzen und sie stützte ihre Handflächen neben Max Kopf ab. Sie stöhnte, als er die Geschwindigkeit und Intensität seiner Stöße kontrollierte. Sie war vielleicht oben, aber ihr Ehemann hatte die vollständige Kontrolle und hämmerte wie ein Besessener unbarmherzig in sie hinein.

Mia konnte ihren bevorstehenden Höhepunkt spüren und bebte am ganzen Körper. »Max«, krächzte sie, unfähig, noch irgendetwas anderes in Worte zu fassen.

Ohne seinen Rhythmus zu verlangsamen, ließ Max ihre Hüften los und umschloss ihre Hände. Ihre Finger verhakten sich ineinander, während er ihren Mund in Besitz nahm. Seine Zunge bohrte sich zwischen ihren Lippen hindurch und imitierte die Bewegungen seines Schwanzes. Und sie unterwarf sich ihm, begierig darauf, mit diesem unglaublichen Mann auf jede ihr mögliche Art verbunden zu sein. Während ihre Finger ineinander verschränkt, ihre Münder miteinander verschmolzen und ihre Körper vollständig vereint waren, schlugen Mias und Max Herz im Einklang. In diesem Augenblick waren sie genau so, wie es ihnen bestimmt war… vollständig miteinander verwoben und verflochten, unsicher, wo der eine endete und der andere begann. Sie schwankte auf der Schwelle zum Orgasmus, bereit, sich von der Klippe in die Verzückung zu stürzen. Es war beschwingend. Es war beängstigend.

»Komm für mich, mein Herz. Lass los!«, flehte Max an ihren Lippen, als er seinen Mund von ihrem löste und sein Schwanz noch tiefer, härter in sie hineinstieß und seine Leisten sich an ihrer Klitoris rieben und sie mit jedem Vorstoß seiner Hüften stimulierten.

Der Höhepunkt traf sie wie eine Lawine – kraftvoll, wild und völlig unkontrollierbar. Sie gab sich den Wellen hin und stöhnte bei jedem heftigen Pulsieren. »Es ist zu viel. Zu viel.«

Max gab ihre Hände frei und hielt ihre Hüften, um immer und immer wieder in sie einzutauchen. Fast wahnsinnig fand er seine eigene Erlösung. »Nie genug. Nie genug«, stöhnte er und legte eine Hand auf ihren Hintern, um sich tief in ihr zu vergraben, als ob er es nicht ertragen könnte, von ihr getrennt zu sein.

Mia brach auf Max Brust zusammen, völlig verausgabt und leicht verwirrt, nicht wirklich sicher, wie sie es geschafft hatte, diese Art der Leidenschaft durchzustehen, die sie gerade mit ihrem Ehemann erfahren hatte.

Keiner von ihnen sprach ein Wort, doch das war auch nicht nötig. Max Hand blieb besitzergreifend auf Mias Pobacken liegen, während seine andere Hand sich auf ihrem Rücken ausbreitete, leicht streichelte und beruhigte. Sie saugte das Gefühl seines heißen Atems an ihrem Hals in sich auf, das Kratzen seiner rauen Bartstoppeln auf ihrer Haut und das beständige, schnelle Schlagen seines Herzens unter ihren Fingerspitzen.

Schließlich beruhigten sich sowohl ihre Atmung als auch ihr Herzschlag und sie murmelte: »Hasst du diesen Strand noch immer?«

»Nein. Aber jetzt wird mein Schwanz jedes Mal hart werden, wenn ich hier herauskomme «, brummte er, aber seine Stimme verriet einen Hauch Belustigung.

Während sie sich sinnlich an ihm rieb, antwortete sie: »Gut. Ich werde mit dir zusammen herkommen.«

»Das solltest du, verdammt noch mal, auch besser tun«, wandte er ein und gab ihr einen spielerischen Klaps auf den Hintern.

Sie richtete sich auf und legte ihre Stirn an seine. »Sie haben ein recht großes Schandmaul entwickelt, Mr. Hamilton. Ich wusste nicht, dass Sie so unartige Reden schwingen können.«

»Ich bin mir nicht sicher, ob ich mich noch länger bändigen kann«, erklärte Max und hörte sich leicht verärgert an. »Du hast mich schon immer verrückt gemacht.«

»Dann halte dich nicht zurück. Ich liebe dich, Max. Nichts zwischen uns ist falsch. Du kannst mir gegenüber jederzeit schmutzige Reden führen. Es macht mich an«, gab sie zu und strich ihm mit der Handfläche über die stoppligen Wangen und das Kinn.

»Dann werde ich niemals versuchen, das zu kontrollieren.« Er nahm ihre Hand von seinem Gesicht und führte sie an seine Lippen, um ehrerbietig ihre Handfläche zu küssen. »Komm nicht allein hierher, Mia. Ich kann dich nicht noch einmal verlieren. Ich würde es nicht überleben.«

Sein Tonfall war köstlich herrisch, aber der gequälte Ausdruck auf seinem Gesicht brachte sie fast um. Was auch immer sie getan hatte, Max hatte deswegen gelitten, und sie hasste sich dafür, weggegangen zu sein, aus was für Gründen auch immer. Sie hatte ihn durch die Hölle geschickt, und sie verstand noch nicht einmal warum. »Das werde ich nicht. Ich verspreche es.« Da war etwas Neues, eine Offenheit zwischen ihnen, die sie nicht zerstört sehen wollte.

»Sorg dafür, dass du das nicht tust«, antwortete Max grob und löste sich von ihr, um das Kondom abzustreifen. Er setzte sich auf, drehte sie auf seinem Schoß herum und stellte sich auf seine Füße, während er sie noch immer fest in seinen Armen hielt.

Mia kämpfte darum, dass Max sie herunterließ, weil sie befürchtete, es könnte damit enden, dass er seinen Rücken überanstrengte, wenn er sie die Treppe herauftragen würde, aber er hielt ihren nackten Körper nur noch fester und ließ seinen Griff nicht locker.

»Ich werde dich niemals loslassen«, erklärte er ihr unerbittlich. Es klang mehr nach einem Schwur als nach einer Feststellung.

Mit einem Seufzer gab Mia auf. Darüber konnte sie nicht diskutieren. »Die Kondome. Du hast sie nicht mitgenommen.

Vielleicht brauchen wir sie«, bemerkte sie ein bisschen verschämt, weil sie dachte, es wäre etwas anmaßend zu glauben, Max würde sie so schnell wieder wollen.

Max Gelächter dröhnte durch die Luft, als er das Haus betrat. »Liebling, glaubst du, ich hätte nicht in jedem Winkel und jeder Ritze dieses Hauses einige gebunkert?« Er schenkte ihr ein herzhaftes Grinsen. »Wie ich schon sagte, das hatte absoluten Vorrang.«

Befreit lächelte sie zurück, und ihr Herz schwoll an aufgrund der Tatsache, dass es für ihn so wichtig gewesen war, mit ihr zusammen zu sein, wichtig genug, um überall Kondome zu verteilen.

»Hast du immer noch Ambitionen?«, neckte sie ihn, immer noch nicht ganz an diesen neuen Max gewöhnt.

»Verdorben und willenlos«, antwortete er verärgert.

»Ich denke, darum können wir uns kümmern«, gab sie sehnsüchtig zurück, als Max sie in Richtung Schlafzimmer trug.

»Oh, das habe ich vor«, antwortete er in einem eingebildeten, hochmütigen Tonfall.

Mia seufzte sprachlos. Gewiss würde sie darüber nicht streiten.

Kapitel 5

»**M**illiardärsfrau kehrt ohne Gedächtnis vom Tod zurück!«

Mia drehte die Zeitung auf dem Bett herum. Es verdrehte ihr den Magen, als sie realisierte, dass die Medien sie eingeholt hatten. »Ich hasse die Medien«, bemerkte sie ungestüm, unfähig, das leichte Zittern in ihrer Stimme zu verbergen.

Max kam mit zwei Tassen Kaffee in den Händen durch die Schlafzimmertür und reichte ihr eine davon, bevor er die Zeitung einsammelte, einen schnellen Blick darauf warf und sie dann in den Papierkorb neben dem Bett schleuderte. Er setzte sich neben sie aufs Bett, präsentierte sich ihr wie in den heißesten Fantasien einer jeden Frau nur in sexy, schwarzen, seidenen Boxershorts gekleidet und antwortete: »Hey, lass dich davon nicht ärgern, Liebes. Ich werde eine Erklärung abgeben. Für eine Weile werden sie uns unerbittlich verfolgen, aber dann werden sie etwas Interessanteres finden, über das sie schreiben können. So ist es immer.«

Mia wusste das, doch während sie das heiße Thema waren, würden sie zu Tode gejagt werden. Liebevoll wanderte ihr Blick über Max, und ihr Puls beschleunigte sich, als sie seine kräftigen Oberschenkel betrachtete, diese verlockende Behaarung auf seinen wohlgeformten

Bauchmuskeln und seine breite, nackte Brust. Schließlich landete ihr Blick auf seinem Gesicht und die Besorgnis, die sie darauf sah, als er sie über den Rand seiner Kaffeetasse genau beobachtete, ließ sie sich entspannen. »Entschuldige. Ich weiß ja, das ist ein Teil unseres Lebens, aber sie haben niemals von mir abgelassen, nachdem das mit meinen Eltern passiert war…« Ihre Stimme versagte; sie wollte nicht wirklich über ihre Mutter und ihren Vater reden.

Sie war finanziell privilegiert aufgewachsen, doch das bewies nur, dass auch die Reichen unglaublich kaputt sein konnten. Ihr Vater war im geschäftlichen Bereich ein brillanter Mann, emotional jedoch gestört gewesen, und jeder in ihrer Familie hatte auf die eine oder andere Art dafür bezahlen müssen, ihre Mutter sogar mit ihrem Leben. Sie wollte weder in den Nachrichten auftauchen noch wollte sie, dass der Mord/Selbstmord ihrer Eltern wieder ausgegraben und diskutiert wurde. Das Thema hatte sich kaum totgelaufen, als sie Max getroffen hatte. Seitdem hatte sie alles Mögliche getan, um nicht in den Klatschspalten der Presse zu erscheinen.

»Sie werden es nicht ausgraben, Mia. Ich werde die erste Person umbringen, die das tut«, versprach er großspurig.

Mia lächelte, nippte an ihrem Kaffee und beobachtete ihren Ehemann, wobei ihr Herz unter seinem gefährlichen Blick raste. Sie hätten beide erschöpft sein müssen, nachdem sie den größten Teil der Nacht damit verbracht hatten, sich gegenseitig zu verschlingen, auch noch nach ihrem leidenschaftlichen Zwischenspiel am Strand. Aber sonderbarerweise fühlte sie sich glücklicher als jemals zuvor, auch wenn ihr ein Teil ihrer Vergangenheit fehlte. Und Max sah entspannt aus, selbst mit dem verärgerten Ausdruck auf seinem hinreißenden Gesicht wegen des Gespräches über die Presse.

»Es geht mir nicht um mich. Ich kann damit umgehen. Ich will nicht, dass sie darüber berichten, weil es für dich, Kade und Travis schwer sein würde«. Sie nahm einen weiteren Schluck Kaffee und beobachtete, wie Max Miene von Verärgerung zu Fassungslosigkeit wechselte.

»Für mich? Warum zum Teufel sollte mich das kümmern?« Max leerte seine Kaffeetasse und stellte sie auf den Nachttisch.

»Ich bin deine Frau. Du bist ein milliardenschwerer Geschäftsmann. Ich habe immer versucht, die Frau zu sein, die du brauchst -«

»Du bist die Frau, die ich brauche«, versicherte er ihr nun mit zorniger Stimme. »Es ist mir scheißegal, wer deine Eltern waren und was sie getan haben.«

»Mein Vater war geisteskrank. Er hat meine Mutter erschossen und sich dann die Waffe in den Mund geschoben und sich das Gehirn weggeblasen. Du denkst, sie werden nicht auch meine Gesundheit anzweifeln und sich fragen, ob ich nicht auch ein bisschen verrückt bin? Ich kehre mit einem großen Loch in meinem Gedächtnis von den Toten zurück. Ich bin mir sicher, dass die Leute mich aufgrund meiner Vergangenheit verurteilen werden.« Und Gott, sie hasste das.

»Es ist nicht deine gottverdammte Vergangenheit«, widersprach Max und seine Kiefermuskeln zuckten. »Und wir können auf jeden scheißen, der dich für etwas verurteilt, das deine Eltern getan haben. Du, Kade und Travis seid nicht aus dem gleichen Holz geschnitzt.«

»Ich habe immer versucht, vorsichtig zu sein und nicht die Aufmerksamkeit auf mich zu ziehen. Ich wollte dir eine gute Frau sein, Max. Ich habe versucht, mich zu ändern. Ich weiß nicht, was geschehen ist.« Sie verstand, was er sagte, aber die Leute verurteilten, sie redeten, und Max war niemals zum Thema negativer Presse geworden. Er wurde als Geschäftsmann respektiert und sein Privatleben wurde niemals durch den Dreck gezogen, weil er den Medien nichts lieferte, über das sie hätten schreiben können.

»Hattest du das Gefühl, du müsstest dich meinetwegen ändern?«, fragte Max neugierig, seine Stimme ruhiger.

»Ja. Nein. Ich weiß es nicht. Ich wollte perfekt sein. Manchmal passierte mir ein Ausrutscher und ich tat etwas Dummes oder Gedankenloses.« Ehrlich, nun, da sie darüber nachdachte, hatte sie ihr Innerstes nach Außen gekehrt, um die Frau zu werden, die Max sich ihrer Meinung nach wünschte. »Jedes Mal, wenn ich von dir eine Lektion erteilt bekam, habe ich versucht, darüber zu lachen, aber ich habe mich um Besserung bemüht. Aber du warst einfach so verdammt perfekt«, gab sie ehrlich zu.

Max fing an, vor Lachen zu prusten, rollte sich auf dem Bett und sein schallendes Gelächter wurde von den Wänden des riesigen Schlafzimmers als Echo zurückgeworfen.

»Was ist los?« Mia leerte ihre Kaffeetasse und stellte sie auf den Tisch.

Max setzte sich auf und nahm sie bei den Schultern. Er lachte immer noch leise, als er ihr eindringlich erklärte: »Liebling, ich bin weit davon entfernt, perfekt zu sein. Hast du bemerkt, dass wir beide versucht haben, dem jeweiligen Bild zu entsprechen, von dem wir angenommen haben, es wäre das Ideal des anderen? Es könnte wirklich komisch sein, wenn es nicht so herzzerreißend wäre.« Er zog sie behutsam auf die Kissen hinunter, legte sich auf die Seite und schlang ihr einen Arm um die Taille, während er mit dem anderen seinen Kopf stützte und sie liebevoll ansah. »Erzähl mir, was du getan hast!«

Max schien so zugänglich und vergnügt, dass sie beschloss, es ihm einfach zu sagen. Sie begannen von neuem, also sollte er vielleicht auch genau wissen, was sie getan hatte, um zu versuchen, die perfekte Ehefrau zu sein. »Ich habe mich mit Wachs enthaaren lassen und im Geist die Frau, die es getan hat, als Sadistin verflucht. Und ich habe versucht, nicht mehr so tollpatschig zu sein. Jeden Morgen nach dem Aufstehen habe ich mich schön gemacht, obwohl ich eigentlich einfach nur ein ärmelloses Hemd ohne BH und verschlissene Shorts anziehen und mich an die Arbeit machen wollte. Ich habe Diäten eingehalten in dem Versuch, schlank zu sein, dabei habe ich mich die meiste Zeit gefühlt, als würde ich mich zu Tode hungern. Ich habe aufgehört zu fluchen, weil ich dachte, es beleidigte dich, obwohl ich gelegentlich einem Ausrutscher nahe war. Ich bin mit zwei Brüdern aufgewachsen, deshalb fiel es mir schwer, vor dem Reden nachzudenken. Und ich habe Kleidung gekauft, weil sie modisch war, nicht weil sie mir gefiel. Auf Partys habe ich mir auf die Zunge gebissen, auch wenn ich nicht einverstanden war mit dem, was die Leute gesagt haben.« Sie knabberte an ihrer Unterlippe und betrachtete sein Gesicht, auf dem sich ein sexy Lächeln ausbreitete.

Max blieb einen Moment still, bevor er antwortete: »Erstens, mir gefiel die Wachsenthaarung nicht, aber da du es wolltest, war es mir egal. Zweitens, du bist nicht tollpatschig – du bist absolut anbetungswürdig. Ich glaube, ich habe mich in dem Moment in dich verliebt, in dem du deinen Kaffee auf meinen Lieblingsanzug verschüttet hast, der sich niemals davon erholt hat. Aber ich habe dich dabei gewonnen, deshalb war es mir scheißegal. Drittens, gestern Abend, als du ins Meer gesprungen bist, wurde dein ganzes Make-up abgewaschen, und dein Haar ist heute Morgen wild, weil du bestens befriedigt worden bist. Und du raubst mir den Atem. Ich bin durchaus dafür, Shorts und keinen BH zu tragen; doch du musst wissen, dass ich das Haus unter Umständen niemals wieder verlassen werde, nachdem ich diese unglaublichen Brüste gesehen habe. Viertens, du brauchst keine Diät zu machen. Deine Figur war füllig und wunderschön; du bist aktiv und gesund. Die meiste Zeit habe ich um meine Beherrschung gekämpft. Fünftens, ich möchte, dass du alles trägst, was auch immer du willst, und dass du nur du selbst bist. Falls so ein hochgestochenes Spießerarschloch dich auf einer Party anmacht, sag ihm, es soll sich verpissen. Sechstens, nichts könnte mich weniger stören, als wenn du fluchst. Besonders, wenn du mir gegenüber schmutzige Ausdrücke gebrauchst. Aber vergiss nicht, ich werde dich beim Wort nehmen, wenn du das tust«, warnte er sie großspurig. Er strich ihr zärtlich die Haare aus dem Gesicht, bevor er hinzufügte: »Ich habe mich in dich verliebt, Mia. Für mich musst du nicht anders sein, als du bist. Ich fühlte, wie die Distanz zwischen uns wuchs, nachdem wir geheiratet hatten, aber ich dachte, es läge an mir. Ich habe zu angestrengt versucht, der vernunftbetonte Mann zu sein, von dem ich annahm, du wolltest ihn.«

Mia musste zugeben, jetzt war sie neugierig. »Was hast du getan? Du hast mir von den Reisen erzählt, die du unternommen hast, um Distanz zu gewinnen. Was noch?«

»Ich tat eine Menge kleinerer Dinge, wie zum Beispiel mich zweimal am Tag zu rasieren, doch wegzugehen war der schlimmste Teil. Es hat mich fast umgebracht zu gehen, aber ich habe mich immer so gefühlt, als bräuchte ich einen Halt, weil du einen soliden

Ehemann wolltest anstatt einer wahnsinnigen Bestie, die von der Frau besessen war, die er liebte. Für mich warst du immer perfekt und ich konnte nie gut genug sein, um dich zu verdienen. Also lief ich stattdessen davon, wenn ich meine Emotionen nicht beherrschen konnte«, erklärte er mit heiserer und dunkler Stimme. »Ich wurde nicht dazu erzogen, meine Gefühle offen zu zeigen. Und was ich für dich empfand, war in meinen Augen nicht normal. Ich befürchtete, wenn du wüsstest, wie ich wirklich fühlte, würdest du wie der Teufel flüchten. Die meisten Frauen würden das... oder sollten das.«

»Ich wäre nicht davongelaufen. Ich fühlte genauso, Max. Immer. Aber ich nehme an, ich war davon überzeugt, du bräuchtest die perfekte Frau und ich hätte Kompromisse eingehen oder mich selbst diesem Bild anpassen müssen, um deine Liebe zu behalten«, gab Mia zu und fühlte sich einmal mehr wie zwei Frauen in demselben Körper. »Du warst welterfahren, gebildet und vollständig beherrscht. Ich wollte dich nicht mit meinen Emotionen ersticken. Ich fühlte... zu viel.«

Max rollte sich auf sie. Sein heißer, muskulöser Körper schwebte über ihr, weil er den Großteil seines Gewichtes mit seinen Armen abstützte. »Ersticke mich, Mia! Lass mich in deiner Liebe und Zuneigung ertrinken. Berühr mich. Umhülle mich mit deinem Gelächter. Das ist alles, was ich jemals wollte. Ich brauche das von dir. Ich will dir einfach nur nahe sein.« Sein Gesichtsausdruck war gequält, aber hoffnungsvoll. »Bitte«, fügte er heiser hinzu.

Mia schloss die Augen und ihr Herz pochte. Der Ausdruck auf Max Gesicht vernichtete sie. Ihr solider, ruhiger, sachlicher Ehemann wollte geliebt werden. Wirklich geliebt werden. Er wollte nicht die perfekte Frau. Er wollte einfach nur sie und all die Verrücktheit, die mit einer so intensiven Liebe einherkam, dass keiner von beiden in der Lage gewesen war, damit umzugehen. »Ich glaube, ich bin erwachsen geworden, Max. Ich bin mir nicht sicher, was mir zugestoßen ist, aber ich will mich nicht mehr ändern. Wenn du meinst, du kannst mit mir zurechtkommen, werde ich dir all die Liebe geben, die ich habe, und dich um eine Gnadenfrist betteln lassen«, warnte sie ihn spielerisch. »Und ich liebe dich wahnsinnig. Kannst du damit umgehen?«

Sein Grinsen verwandelte sich in einen schelmischen Ausdruck, als seine hinreißenden haselnussbraunen Augen über ihr Gesicht schweiften. »Oh ja!«

Oh, Mist! Ich werde ihn jede Minute eines jeden Tages bespringen wollen, wenn er mich weiter so anschaut.

Ihre Blicke trafen sich und versenkten sich ineinander, und Mia hob die Hand an sein raues Kinn und liebkoste ihn zärtlich. »Liebe mich einfach für immer auf diese Weise. Das ist alles, was auch ich immer wollte.«

Mit einem Stöhnen verbarg Max sein Gesicht in ihren Haaren. »Das werde ich, Liebes. Ich verspreche es.«

Mia seufzte und schlang ihre Arme um ihn. Dann strich sie mit ihren Händen über seinen Rücken bis zur Taille hinunter und nahm den berauschenden, männlichen Duft und das Gefühl der Nähe des geliebten Mannes in sich auf.

In diesem Augenblick war alles perfekt.

Am nächsten Morgen beobachtete Mia Max mit einem Lächeln von der anderen Seite des Warteraums. Kara lag seit drei Uhr morgens in den Wehen, und jeder Freund und jedes Familienmitglied von Simon waren heute Morgen hier aufgetaucht, um ihre Anteilnahme zu zeigen. Max und Helen Hudson, Sams und Simons Mutter, trösteten Sam laufend, um ihn davon zu überzeugen, dass es nicht *so* schlimm werden würde, wenn Maddie ihr Baby bekäme. Maddie war zwar nicht Karas Ärztin, aber als enge Freundin hatte sie den Gynäkologen als Beobachterin begleitet. Niemand hatte Simon gesehen, seitdem er sich gesträubt hatte, von Karas Seite zu weichen; aber Maddie kam mit periodischen Fortschrittsberichten heraus.

»Wie verflucht lange dauert es denn, ein Baby zu bekommen? Sie liegt nun schon seit ewigen Zeiten in den Wehen«, brummte Sam laut genug, sodass Mia ihn quer durch den kleinen Warteraum hören konnte.

Maddies letzter Fortschrittsbericht ungefähr dreißig Minuten zuvor besagte, dass Kara zum Pressen bereit war. Sie hatte auch berichtet, dass Simon geschworen hatte, Kara nie wieder zu berühren. Maddie hatte diese Äußerung mit einem Schnauben begleitet, da sie wusste, Simon würde dieses Versprechen schnell genug vergessen.

Mia hörte, wie Helen ihrem Sohn geduldig erklärte: »Das ist ihr erstes Baby, Sam. Das dauert seine Zeit.«

Mia schaute nach rechts und lächelte Kade schwach zu, von dem sie nicht wusste, warum genau er eigentlich hier war. Aber sie war froh darüber, denn so hatte sie ihm die Ergebnisse der DNA-Analyse geben können, die gerade aus dem Labor gekommen waren.

»Hasst du mich, weil ich zuerst einige Zweifel hatte?«, fragte Kade leise und mit ernster Miene.

»Du bist mein Bruder. Ich liebe dich. Ich wurde für tot erklärt. Also nein, ich hasse dich nicht, weil du mich nicht sofort anerkannt hast«, antwortete sie ehrlich, obwohl es ein wenig geschmerzt *hatte*. Sie hatte ihren Zwillingsbrüdern immer nahegestanden und sie wusste, dass beide sie immer vor den Aktionen ihres verrückten Vaters geschützt hatten. Kade war der Bruder, der sie zum Lächeln brachte, und sich ihm gegenüber beweisen zu müssen, hatte ihr wehgetan, auch wenn sie in gewisser Weise verstanden hatte, warum das nötig gewesen war.

»Ich war ein Arschloch. Ich wusste von dem Moment an, in dem du im Park mein Hemd kritisiert und mich beim Namen gerufen hast, dass du es warst, aber ich konnte nur daran denken, was geschehen würde, wenn Max sich irren und etwas passieren würde. Er war ein Wrack, Knirps. Er lief wie eine leere Hülle herum, als ob es ihm egal wäre, ob er lebte oder starb. Ehrlich, ich glaube nicht, dass es ihn kümmerte. Ich wollte ihn nicht mehr leiden sehen.« Kade verstummte abrupt, als ob er ungern über Max Kummer reden würde. Oder über seinen eigenen.

Mia griff sanft nach seiner Hand und drückte sie, froh darüber, dass ihr Bruder für Max dagewesen war und dass sie sich nähergekommen waren. Sie warf ihm einen finsteren, spöttischen Blick zu. »Ich bin neunundzwanzig Jahre alt, fast dreißig. Glaubst du nicht, es ist an der Zeit, mich nicht mehr mit diesem dummen Spitznamen aus der Kindheit anzureden?« Gott, sie hatte es immer gehasst. Als sie jünger waren, hatte sie um plötzliches Wachstum gebetet - was nie eingetroffen war - damit sie Kade und Travis hätte überragen können und sie aufgehört hätten, sie mit ihrer kleinen Statur zu necken. Sie maß einen Meter und dreiundsechzig, nicht übermäßig klein, aber ihre Brüder waren beide mehr als einen Kopf größer als sie.

Kade grinste und zwinkerte ihr zu. »Nein! Du bist immer noch ein Knirps.«

»Und du trägst immer noch hässliche Hemden«, erinnerte sie ihn liebevoll und betrachtete seine heutige Aufmachung. Sie nahm an, er hatte sie für das Krankenhaus entschärft. Heute sah er fast normal aus in einem schwarzen T-Shirt und Jeans, die sein attraktives blondes Haar und die blauen Augen unterstrichen. Kein Wunder, dass Frauen in allen fünfzig Staaten während seiner professionellen Fußballerkarriere seinetwegen ohnmächtig geworden waren. Frauen waren einfach übergewechselt und hatten seiner Mannschaft die Treue geschworen, nur weil Kade mitspielte. Als seine Schwester hatte sie nur mit den Augen gerollt und gelacht, wenn jede Frau, die sie kannte, ihn treffen wollte. Ihr Bruder hatte nie besonders viel geflirtet und war weit davon entfernt, ein Frauenheld zu sein. Er war seiner langjährigen Freundin über Jahre treu gewesen, und das Miststück hatte ihm das Herz gebrochen.

Kade erwiderte ihren Händedruck. »Ich möchte nur nicht, dass du glaubst, ich sei nicht froh darüber, dich zurückzuhaben. Das bin ich nämlich. Mehr als ich sagen kann. Aber ich habe mir auch um Max Sorgen gemacht.«

Sie schaute zu ihm auf und blickte in Augen, die so sehr ihren eigenen ähnelten. »Ich bin froh. Wirklich.« Seltsamerweise war sie glücklich. Wenn Kade versucht hatte, Max zu beschützen, ließ sie das ihren Bruder nur noch mehr lieben.

»Er liebt dich, Mia. Es ist nur Scheiße, dass ich mich nun mit drei Kerlen auseinandersetzen muss, die sich ihren Frauen gegenüber wie Idioten benehmen, und eine von diesen Frauen ist sogar noch meine Schwester.« Kade nickte mit seinem Kopf in Richtung von Sam und

Max, und Mia wusste, er bezog auch Simon in seine Feststellung mit ein, auch wenn dieser abwesend war.

»Du wirst es überleben«, antwortete sie kühl. Sie wusste, Kade hatte einfach nur noch nicht die richtige Frau gefunden. Sie hatte seine Ex-Freundin nie gemocht, und obwohl sie ihren Bruder nicht mit gebrochenem Herz sehen wollte, war *sie* definitiv nicht *die Eine* gewesen.

Mia beobachtete, wie Max Sam einen Klaps auf den Rücken gab und sich erhob, um herüber zu schlendern und sich neben sie zu setzen.

»Worüber sprecht ihr beide?«, fragte Max beiläufig und streckte seine Jeans-bekleideten Beine vor sich aus, während er die beiden vorsichtig beäugte.

Mia hielt sich zurück, weil sie wusste, ihr Wiederauftauchen hatte zwischen ihrem Bruder und ihrem Ehemann eine gewisse Spannung erzeugt.

»Der Knirps weigert sich, mich zu bemitleiden, weil ich damit zurechtkommen muss, dass du, Sam und Simon wegen eurer Frauen ausflippt«, erklärte Kade traurig.

»Du bist noch auf meiner schwarzen Liste, Kumpel«, warnte Max und blitzte Kade an. »Aufgrund der Situation biete ich dir einen zeitweiligen Waffenstillstand an, aber ich habe immer noch vor, dich bei der erstbesten Gelegenheit zusammenzuschlagen. Wenn du auch nur ein Wort gesagt hast, das sie verärgert hat, wirst du es bereuen.«

»Klar! Mal sehen, ob du es versuchst«, gab Kade grinsend zurück. »Ich habe vielleicht ein lahmes Bein, aber ich kann dich immer noch in den Arsch treten.«

»Keine Gnade wegen deines Beins. Ich werde dich deshalb nicht verschonen«, drohte Max. »Es ist verheilt.«

»Das habe ich auch nicht erwartet. Gib dein Bestes! Hab nur einen Rettungswagen in Bereitschaft, wenn du dich entschließt, es zu versuchen!«, erwiderte Kade gütig, als ob er über das Wetter reden würde und nicht davon, seinen Kumpel ins Krankenhaus zu befördern.

Mia bekam fast ein Schleudertrauma, während sie zwischen den Männern hin und her blickte – der eine scheinbar gelassen, der andere stinkwütend.

»Ihr hört alle beide auf damit!«, kommandierte sie. »Wir sind wegen eines freudigen Anlasses hier.« Sie wendete sich ihrem Ehemann zu. »Kade hat sich Sorgen um dich gemacht. Ich mache ihm keinen Vorwurf daraus. Ich bin froh, dass er versucht hat, dich zu schützen, weil ich dich liebe.« Sie drehte sich zu ihrem Bruder und tippte ihm mit dem Finger ins Gesicht. »Und du benimmst dich! Du provozierst ihn absichtlich, und das ist nicht witzig.«

Als sie wieder geradeaus blickte, sah sie, wie Sam und Helen sich unterhielten, aber sie konnte nicht verstehen, was gesagt wurde. Sie spürte zwei auf sie gerichtete Augenpaare, bevor schließlich ein großer, muskulöser Arm an ihr vorbeilangte. *Kades.*

»Lass uns die Hand reichen und uns wieder vertragen, Mann!« Es war dummes Gelaber, aber Kades Tonfall war mürrisch.

»Gut. Ich werde dir später in den Arsch treten«, stimmte Max zu und streckte die Hand aus, um die von Kade zu schütteln.

Mia biss sich auf die Lippe und fragte sich, ob sie der Testosteronüberschuss der beiden Männer, zwischen denen sie saß, umbringen würde. »Ich bin froh, dass ihr beide euch wie Erwachsene benehmen könnt«, bemerkte sie trocken.

»Habe ich eine Wahl?«, fragte Max und ließ sich wieder auf seinem Stuhl nieder.

»Nicht, wenn ich es dir später besorgen soll.« Der freche Kommentar entschlüpfte ihrem Mund, bevor sie hatte nachdenken können.

»Liebling, *dafür* würde ich auf die Knie fallen und betteln.«

Mia zitterte. Die leise, sexy Antwort ließ die Erinnerung an die Nacht zuvor vor ihrem geistigen Auge wieder aufleben.

»Mist. Also bitte. Schluss damit. Sie ist meine verdammte Schwester.« Kades Stimme klang empört, als er sich von seinem Stuhl erhob. »Ich hole Kaffee. Möchte jemand irgendetwas?«

»Kaffee«, sagten Max und sie wie aus einem Munde.

Sie sahen einander an und lachten. »Abhängig«, beschuldigte Mia ihn und lachte immer noch.

»Die Abhängigkeit habe ich von dir«, warf er ihr vor und lächelte jetzt.

Die Wahrheit war, sie waren beide abhängig und waren es schon immer gewesen. Schließlich hatten sie sich vor einem Café getroffen, weil sie beide an diesem Tag ihren Schuss gebraucht hatten.

Maddie betrat das Wartezimmer und ihr Gesicht strahlte vor Glück. »Sie ist wunderschön. Drei Kilo, neunhundert Gramm und völlig gesund«, meldete sie und umarmte ihren Ehemann, der sich erhoben hatte, um sie in seine Arme zu nehmen.

»Ist Kara okay?«, fragte Sam besorgt.

»Ihr geht es gut. Völlig erschöpft, aber überglücklich«, antwortete Maddie. »Wenn ich ihn loseisen kann, werde ich Simon veranlassen, das Baby aus dem Kreißsaal herauszubringen, damit ihr sie alle sehen könnt.«

Mia stand auf und bemerkte glücklich: »Ich bin sicher, er ist ein stolzer Vater.«

»Das wird er sein. Im Moment ist er ein bisschen grün um die Nase. Ich habe nicht gedacht, dass er die Prozedur im Kreißsaal durchstehen würde. Kara war ruhiger als er«, sagte Maddie vergnügt und pflanzte einen Kuss auf die Wange ihres Ehemannes.

Alle waren auf den Beinen und redeten gleichzeitig und staunten über die Geburt von Helens erstem Enkelkind und Sams neuer Nichte.

Max hielt Mia fest bei der Hand und behielt sie beschützend an seiner Seite. Während er Sam auf den Rücken klopfte, sagte er im Scherz zu seinem Freund: »Nächstes Mal bist du an der Reihe, Kumpel!«

Sams Lächeln verschwand und seine normalerweise braune Gesichtsfarbe wechselte zu Weiß, als er auf seine Frau hinunterblickte. »Ich glaube nicht, dass ich das fertigbringe«, sagte er zu Maddie, seine Stimme voller Furcht.

»Du hast nichts zu tun. Ich tue es«, antwortete Maddie ruhig. »Da nun alle hier sind, denke ich, wir können es euch allen sagen. Sam und ich sind doppelt gesegnet. Wir werden Zwillinge bekommen.«

»Oh, Mist«, hörte Mia Max im Flüsterton murmeln, aber er stand so nahe neben ihr, dass nur sie ihn hören konnte. Sie drückte seine Hand, um ihn davor zu warnen, seine Besorgnis zu zeigen. Offensichtlich war Sam jetzt schon krank vor Sorge.

Sam setzte sich, sein Gesicht weiß, und sah aus, als ob er seinen Kopf zwischen die Beine stecken müsste, um nicht ohnmächtig zu werden. Kein Wunder, dass er sich solche Gedanken über die bevorstehende Geburt machte.

Mia lächelte Maddie zu, deren Glück sich in ihren Augen widerspiegelte. Augenscheinlich war ihre Schwägerin überglücklich, und das wärmte Mia das Herz. Sie schlang ihre Arme um Maddie und flüsterte: »Herzlichen Glückwunsch, Maddie. Wir werden den Kerlen helfen, es durchzustehen«, sagte sie scherzend, obwohl sie sich nicht so sicher war, ob die Aussage zutraf.

»Ich habe es Sam gerade erst mitgeteilt«, gab Maddie zu und erwiderte Mias Umarmung. »Irgendwann wird er sich an den Gedanken gewöhnt haben.«

Beide Frauen betrachteten Sam, dessen Gesicht nun weiß wie ein Laken war.

»Oder auch nicht«, sagten beide gleichzeitig und lachten, als Helen sich der weiblichen Gruppenumarmung anschloss und sie die Männer ihren Grübeleien über die Hölle, Zwillinge zu bekommen, überließen.

Mia und Max warteten, bis sie das Baby sehen konnten, bevor sie gingen. Nachdem sie Simons anbetungswürdiges kleines Mädchen betrachtet hatten, verließen sie Hand in Hand das Krankenhaus durch den Hauptausgang, vollständig umgeben von Max Sicherheitsbeamten, die sie vor der Presse abschirmten.

»Ich wünschte, ich könnte ein Baby von dir haben«, grübelte sie nachdenklich.

»Liebes, sag nicht so etwas zu mir, ohne zu erwarten, dass ich entsprechend reagiere. Ich dachte, du wolltest warten«, entgegnete Max mir rauer Stimme.

Mia dachte eine Minute nach, bevor sie antwortete. Sie wusste, sie war bereit für ein Kind von Max. Tatsächlich begann sie, sich nach seinem Baby zu sehnen. »Ich weiß, wir haben gewartet, eine Familie zu gründen, aber -«

»Ich bin bereit, wenn du es bist. Ich denke, wir haben lange genug darauf gewartet, mit unserem gemeinsamen Leben zu beginnen«, sagte er warm und schlang einen Arm um ihre Taille.

»Ich auch«, antwortete sie und erstaunte sich selbst mit dieser Antwort. Bis jetzt war sie nicht bereit gewesen, aber plötzlich konnte sie es nicht mehr abwarten, Max Kind zu bekommen und ein mit Liebe gezeugtes Kind in sich entstehen zu sehen. Vielleicht war sie wirklich erwachsen geworden.

Zwei Frauen in demselben Körper… schon wieder.

Aus irgendeinem Grund mochte sie die Frau, die sie jetzt war. »Wenn ich mein Gedächtnis wiedererlangt habe, können wir darüber reden«, antwortete sie. »Wir brauchen etwas Zeit nach allem, was geschehen ist, aber es wäre schön, es zu planen.«

»Ich werde mehr als glücklich sein, meinen Teil dazu beizutragen«, antwortete Max mit intensiver und sinnlicher Stimme, als ob er es nicht erwarten könnte, sie nackt zu sehen.

»Wirst du mein Zuchtbulle sein, wenn ich erst weiß, was geschehen ist und dass alles gut wird?«, fragte sie neckend.

»Baby, ich *bin* dein Zuchtbulle. Der einzige, den du jemals brauchen wirst. Und alles wird gut«, scherzte er arrogant.

»Wir können nicht gerade sofort damit anfangen, aber du könntest üben«, reizte sie ihn, während sich Hitze zwischen ihren Oberschenkeln sammelte und nach außen drängte.

Sie hatten seinen Wagen samt Fahrer dabei, und er half ihr auf den Rücksitz der Limousine. Nachdem er hinter ihr in den Wagen gestiegen war, ließ er zur Sicherung ihrer Privatsphäre die Scheibe zwischen Vorder- und Rücksitzen hochfahren.

Während er sie frech angrinste, drückte er auf einen Knopf, der ein abgeschrägtes Ablagefach öffnete, und Kondome ergossen sich daraus bis auf den Boden.

»Du hast Kondome im Auto? Du bist wirklich vorbereitet«, sagte sie und lachte, als er wahllos eine Packung aufriss.

»Ich war Pfadfinder«, informierte er sie mit einer sündhaften Stimme.

Der unartige Max war überwältigend verführerisch, und sie konnte sich nicht dagegen wehren. Nicht, dass sie es gewollt hätte. Sie war mehr als willig, ihn üben zu lassen, und er tat es.

Kapitel 6

Es waren nur achtzehn Grad, aber Mia schwitzte. Schweißperlen rannen ihr Gesicht hinunter, eine nach der anderen, und sie zitterte am ganzen Körper, als sie tat, was ihr befohlen wurde, und in das Zielfernrohr des Gewehrs blickte, nur um zurückzuzucken, als sie den verwundbaren Kopf ihres Ehemannes direkt im Zentrum der Sicht erkannte. »Nein! Verletz ihn nicht! Ich tue alles, was du willst. Lass nur meine Familie in Ruhe!«, schrie sie verzweifelt, während sie gegen den stählernen Griff ankämpfte, der sie zurückhielt.

Langsam senkte sich das Gewehr und die wahnsinnige Stimme fuhr fort, ihrem Opfer zu erklären: »Ein einfacher Schuss. Einige hundert Meter. Ich kann ihn in weniger als zehn Sekunden erledigen und dann deine beiden Brüder abknallen, bevor irgendjemand auch nur realisiert, was geschehen ist. Der Sicherheitsdienst dieser reichen Kotzbrocken ist keinen Pfifferling wert.«

Er konnte es tun. Mia wusste, dass er das konnte. Danny Harvey war immer schon ein Scharfschütze gewesen und bestens geschult, sein Ziel zu treffen. »Du wirst damit nicht durchkommen. Die Polizei -«

»*Die wird dir auch nichts nützen, nachdem sie tot sind. Und ich bezweifle, dass dem hier vorher große Beachtung geschenkt wird. Jeder kennt die verrückten Harrisons. Sie werden mich niemals finden*«, antwortete er giftig. »*Willst du das Risiko wirklich eingehen?*« *In einer weicheren Singsang-Stimme erklärte er ihr dann:* »*Du liebst keinen von ihnen, Mia. Nicht so, wie du mich liebst. Du willst mich. Du hast diesen reichen Schnösel nur als Ersatz geheiratet. Jetzt bin ich hier. Kooperiere und wir können wieder zusammen sein!*«

Sie schreckte zurück, als seine große, schmutzige Hand ihre Wange berührte. »*Was willst du, Danny?*«

»*Dich. Wir gehören zusammen. Das haben wir immer getan*«, *erklärte er ihr barsch.*

»*Und mein Geld*«, *fügte sie mit einem selbstironischen Unterton hinzu. Danny würde kein Problem haben, sich auf seine Art durch ihren Treuhandfond zu arbeiten, jetzt, da sie Zugang dazu hatte.*

Er ergriff eine Handvoll ihrer Haare und stieß ihren Kopf zurück gegen den Baum, an dem er sich nur einen Moment zuvor abgestützt hatte. »*Das ist nur ein positiver Nebeneffekt. Ich liebe dich.*«

Das ist keine Liebe. Es war niemals Liebe gewesen. Es war Wahnsinn.

Der Stoß gegen ihren Schädel machte Mia benommen, sodass sie ihren Kopf schüttelte, um wieder klar denken zu können. Mit einer Sache hatte Danny Recht… sie konnte es nicht riskieren. Und sie würde es nicht riskieren. Sie musste einen Weg finden, Danny von ihrer Familie fernzuhalten, bevor sie alle wie ihre Eltern tot endeten. Er war wahnsinniger, als ihr Vater es gewesen war, und auch tödlicher.

Es ist mein Fehler. Ich habe diesen Hurensohn in mein Leben gelassen, und jetzt bedroht er jeden, der mir nahesteht. Niemals hätte ich Max heiraten dürfen. Ich hätte mich von ihm fernhalten sollen. Das hier verdient er nicht.

Ein Paar kalte, schleimige Lippen senkte sich auf ihre herab, und Mia versuchte, die Galle herunterzuschlucken, die in ihrer Kehle aufstieg, und zwang sich, sich nicht zu wehren. Es würde ein

Kampf gegen einen Wahnsinnigen sein und sie würde verlieren. Sie musste nachdenken. Wenn sie das nicht tat, könnten Max und ihre Brüder sterben.

Sie konzentrierte ihre Gedanken auf Max und versuchte, alles außer ihren Ehemann auszublenden, bis Danny endlich aufhörte, seinen Mund auf ihrem zu wetzen, und ihr eine blutende Lippe hinterließ.

»Ich kann mir einen besseren Einsatz für deinen Mund vorstellen«, sagte er in seinem irren Tonfall. Er stieß sie auf die Knie und riss den Hosenstall seiner Jeans auf, sodass sein Glied direkt vor ihrem Gesicht heraussprang. »Blas mir einen! Ich weiß, dass du das willst.«

Ich kann das nicht tun. Ich kann das nicht tun.

Doch nur ein Gedanke an Max, der Gedanke, dass er dabei war, ein Flugzeug zu besteigen, das ihn aus der Gefahrenzone bringen würde, und sie tat das Undenkbare und fügte sich dem, was der Psychopath wollte, und blendete dabei alles aus, um den demütigenden Akt zu überstehen, der Max genügend Zeit geben würde abzuheben.

Sie hörte, wie sich die Motoren des Flugzeugs drehten, und das gab ihr Hoffnung, als sie schließlich ihren Mund fest schloss und versuchte, sich von dem Körper vor ihr zu lösen, aber sie konnte sich nicht bewegen; der Griff, mit dem ihr Kopf fixiert wurde, war unerbittlich.

Sie schloss ihren Mund, gerade als das Flugzeug die Rollbahn hinunterfuhr.

Und dann erbrach sie sich, und für diese unfreiwillige Reaktion wurde sie schwer bestraft.

Nach Luft schnappend wachte Mia auf und setzte sich kerzengerade im Bett auf, eine Hand auf dem Bauch, um ihre Übelkeit zu bekämpfen. Ihr Körper war feucht und die Laken nass von ihrem Schweiß.

Es war ein Albtraum. Nur ein schrecklicher Traum.

Sie keuchte immer noch, als sie ihre Füße auf den Boden gleiten ließ und völlig nackt ins Badezimmer stolperte. Nachdem sie die Tür geschlossen und das Licht angeknipst hatte, starrte sie auf das erschrockene Gesicht, das ihr im Spiegel entgegenblickte. Das war sie, eine Person, die sie wiedererkannte, nicht länger zwei Frauen in demselben Körper, sondern eine Frau, die sich in den letzten Jahren verändert hatte. Plötzlich wusste sie, wer sie war, und alle Erinnerungen, die ihr entwichen waren, kamen in einem Strom der Erkenntnis zurückgeflutet, der ihre Sinne überwältigte.

Zitternd drehte sie die Dusche auf und ließ das Wasser heiß werden, bevor sie sich darunter stellte. Sie hoffte, die Wärme würde das Kältegefühl beseitigen, das durch den Schock, ihr Gedächtnis wiedererlangt zu haben, an ihrer Wirbelsäule aufstieg. Die Furcht ließ ihren Adrenalinspiegel ansteigen, sodass ihr ganzer Körper fluchtbereit war.

Lauf. Lauf. Lauf. Ich kann nicht hierbleiben. Ich muss weg. Ich muss Max schützen.

Mia füllte ihre Hand mit Duschgel und benutzte es großzügig in dem Versuch, die Gedanken an ihren Traum wegzuschrubben. Bei der Erkenntnis, dass sie nicht mit Max zusammenbleiben konnte, zerriss der Schmerz ihr die Brust. Nicht, wenn sie ihn wirklich liebte. Und das tat sie. So sehr, dass es sie in Stücke riss.

Beinahe, als ob sie ihn durch puren Willen herbeigerufen hätte, stand Max plötzlich hinter ihr, sein Arm schlang sich besitzergreifend um ihre Taille und sein stabiler, muskulöser Körper stützte sie.

»Vermisst du mich?«, fragte er mit heiserer Stimme an ihrem Ohr. »Du hättest mich aufwecken und mitnehmen sollen.«

Oh Gott, sie würde ihn gern mitnehmen, wo auch immer sie hinging, damit sie niemals wieder würde von ihm getrennt sein müssen. Max war die andere Hälfte ihrer Seele, und der Gedanke, jemals wieder von ihm getrennt zu sein, brachte sie beinahe um. Sie drehte sich herum und schlang ihre Arme um seinen Nacken.

Ihr Kopf ruhte an seiner Schulter, als sie ihn Haut an Haut an sich drückte. Sie wollte in Erinnerung behalten, wie er sich anfühlte, und versuchte, seinen Duft in sich aufzusaugen. »Schlechter Traum. Ich war durchgeschwitzt«, murmelte sie und hoffte, er würde nicht zu viele Fragen stellen. Nicht jetzt.

»Dann hättest du mich definitiv aufwecken sollen. Ich liebe es, mit dir zu schwitzen.« Er nahm sie sachte bei den Schultern, bog sie zurück, um ihr in die Augen zu blicken, und hob mit seinen starken Fingern ihr Kinn. »Hey. Geht es dir gut?«

»Ja. Jetzt schon«, log sie hastig und war dem Weinen nahe, als sie die Sorge in seinen schönen Augen sah.

Ich brauche noch eine Erinnerung. Eine gute, um die schlechten zu ersetzen.

Mit noch von der Seife glitschigen Fingern bewegte sie ihre Hand langsam an seinem Körper herunter, fuhr jeden harten Muskel seines Brustkorbs nach und bewegte sich langsam auf der sexy Spur von Haaren nach unten, die zu seiner Leiste führte. Ohne Hast ergriff sie seinen Schwanz und unterdrückte ein Stöhnen; er war schon hart und bereit. Sie wollte ihn in sich, aber noch mehr als das wollte sie alte Geister austreiben und wusste genau, wie sie das anstellen musste.

Sie umfasste seinen Hinterkopf und zwang seine Lippen auf ihre. Verzweifelt sehnte sie sich danach zu fühlen, dass sein Mund ihren verschloss und dass seine Zunge in sie hineinstieß und sie wärmte, wie nichts anderes es konnte. Er reagierte sofort. Seine Hände bewegten sich hoch zu ihrem Kopf, um ihn in der Stellung zu halten, und er stöhnte in ihren Mund, als er ihn nahm. Sein Verlangen loderte schon feuerrot, weil ihre schlüpfrigen Finger immer und immer wieder über sein angeschwollenes Glied wanderten und ihn reizten, aber nicht wirklich befriedigten. Sie öffnete sich ihm und ließ sich von ihm den Mund plündern und ihre Sinne beherrschen. Es war ein Kuss der Verzweiflung und des Verlangens, und sie gab sich ihm hin und genoss Max Inbesitznahme.

Endlich löste er seinen Mund von ihrem und ließ sie beinahe atemlos zurück. Sie glitt an seinem Körper hinunter, bis sie auf ihren Knien war, in der gleichen Position wie in ihrem Albtraum. Aber dies… dies war Wirklichkeit. Und dies war Max. Und es gab nichts, was sie lieber wollte, als ihm Vergnügen zu bereiten. Sie ließ die Seife vom Wasser abwaschen, als sie mit beiden Händen seinen Hintern umklammerte und ihre aufreizenden Finger durch ihren Mund ersetzte. Sie ließ jeden Gedanken fahren, außer den an den Mann, den sie liebte.

Max kam beinahe in dem Moment, in dem Mia ihn in ihren Mund nahm, und ihre unverhohlene Sexualität brachte ihn fast ohne Vorspiel zum Höhepunkt. *Jesus!* Das Gefühl dieser samtigen Zunge auf seinem Schwanz und die Reibung ihres begeisterten Saugens genügte, um ihn die Besinnung verlieren zu lassen. Sie war die erotischste Frau, die er je kennengelernt hatte, und sie wurde sexuell völlig hemmungslos, was ihn an den Rand des Wahnsinns trieb.

Meine Frau. Sie gehört ganz mir.

Er stemmte eine Hand gegen die gefliese Wand der Duschkabine, um nicht das Gleichgewicht zu verlieren. Das heiße Wasser traf ihn auf den Brustkorb, während Mia seinen Schwanz mehr mit Begeisterung als mit Kunstfertigkeit attackierte. Aber das machte nichts. Jede Berührung war köstlich, jeder Augenblick erotisch. »Mia, ich kann nicht mehr länger.« Nein. Er würde es nicht mehr aushalten. Er würde die nächste Minute nicht mehr ohne einen Herzanfall überstehen.

Er bohrte seine Hand in ihr nasses Haar und führte sanft ihren Kopf. Ein würgendes Stöhnen entwich ihm, das er nicht davon abhalten konnte, seinen Lippen zu entfliehen. Er blickte nach unten und beobachtete, wie sie ihn immer und immer wieder zwischen diese hinreißenden Lippen nahm, und der Anblick, wie die Frau, die er liebte, ihm Vergnügen bereitete, ließ seine Eier fast unerträglich hart werden.

Fuck. Fuck. Fuck.

Feuer brannte in seinen Leisten. Er war hin und her gerissen, sie zu drängen, härter und schneller zu machen – oder sie hoch zu zerren und in ihre warme, ihn willkommen heißende Wärme zu stoßen. In der Badezimmerschublade waren Kondome; er könnte...

Mia stöhnte und Max konnte völlig fasziniert sehen, wie sie mit einer Hand zwischen ihre Oberschenkel glitt und ihre Finger zwischen ihren Falten versanken, um sich selbst mit keiner anderen Absicht zu streicheln, als sich mit ihm zum Orgasmus zu bringen. Das war das Heißeste, was Max je gesehen hatte. Ihre Finger arbeiteten zwischen ihren Oberschenkeln, während sie ihre andere Hand hochnahm, die nun ihrem Mund assistierte, um ihn völlig in den Wahnsinn zu treiben.

»Komm mit mir, Mia!«, forderte er, knirschte mit den Zähnen und warf den Kopf zurück, als sie ohne Unterlass gegen sein Fleisch stöhnte und seinen Schwanz vibrieren ließ, bis es ihm fast den Kopf von den Schultern blies. »Komm mit mir!«

Sein Orgasmus war wild und bewegt und sein ganzer Körper erschauerte, als er stöhnend Erlösung fand. Mia löste nicht einmal ihren Mund von ihm, während sie unter ihrem eigenen Höhepunkt erbebte.

Max zog sie nach oben, drückte ihren anschmiegsamen Körper an sich und schlang seine Arme um sie. Ihm war bewusst, dass er seine gesamte Welt in den Armen hielt.

Er duschte sie beide sanft ab und stellte das Wasser ab. Nachdem er sie beide abgetrocknet hatte, trug er seine Frau zum Bett zurück. Während er sie in seinen Armen hielt, fragte er sich, wie er so viel Glück hatte haben können, mit der einzigen Frau, die sein ganzes Universum ins Wanken gebracht hatte, eine zweite Chance zu bekommen.

Miteinander verschlungen fielen sie in Schlaf, zwei Teile, die perfekt zueinander passten. Max befand sich in einer Welt des totalen Glücks und der vollkommenen Zufriedenheit, als er einschlief.

Als er am Morgen aufwachte, war Mia fort.

Max brauchte nicht lange, um in Panik zu verfallen. Als er aufgewacht war und gesehen hatte, dass seine Frau schon aufgestanden war, hatte ihn das noch nicht beunruhigt. Die Besorgnis hatte erst eingesetzt, als er sie nirgendwo im Haus hatte finden können.

»Mist«, murmelte er leise, als er die Tür öffnete, die zum Strand führte. »Mia!«, brüllte er, aber er bekam keine Antwort. Es gab keine Anzeichen dafür, dass sie nach draußen gegangen war. Die Hintertür war verschlossen gewesen, etwas, das sie nicht getan hätte, wenn sie sich hinaus an den Strand gewagt hätte.

Er griff nach seinem Handy und sprach mit seinem Sicherheitsteam, aber sie war nicht bei ihnen und niemand hatte sie beim Verlassen des Hauses beobachtet.

Nachdem er das Gespräch beendet hatte, tippte er eine andere Nummer ein und wartete ungeduldig, während der Rufton ertönte.

»Ich hoffe, es ist wichtig. Es ist noch früh«, antwortete Kades raue, rasselnde Stimme.

»Mia ist weg«, erklärte ihm Max gereizt. »Ist sie bei dir?«

»Zur Hölle, nein. Sie ist nicht hier. Ich habe geschlafen. Was ist passiert?«, antwortete Kade und klang aufmerksamer.

Max atmete enttäuscht aus, bevor er erwiderte: »Nichts ist passiert. Sie ist nur nicht hier. Niemand hat sie weggehen sehen. Keines der Autos fehlt.« Er fröstelte, als er das Esszimmer betrat und Mias Telefon, ihre Schlüssel und ein Stück Papier auf dem Esszimmertisch entdeckte.

»Bleib dran. Ich habe etwas gefunden«, teilte Max Kade mit, klemmte sich das Handy zwischen Ohr und Schulter und zog den Zettel unter den Schlüsseln hervor. Schnell überflogen seine Augen die Worte.

Max,

mein Gedächtnis ist endlich zurückgekehrt und ich erinnere mich an alles. Ich habe dich freiwillig verlassen. Meiner Meinung nach

lief unsere Beziehung nicht gut und ich war der Ansicht, es wäre
an der Zeit, sich zu trennen.

Ich werde dir sobald wie möglich die Scheidungspapiere
zukommen lassen.

Mia

»Was zum Teufel soll das?«, fluchte Max heftig ins Telefon und
nahm es wieder in die Hand, während er die Notiz auf den Tisch warf.

»Was? Was ist passiert?«, fragte Kade ängstlich und jetzt hellwach.

»Sie hat mich verlassen. Mit Absicht. Sie will nicht mehr
verheiratet sein«, erzählte ihm Max wie ein Roboter. Er war unfähig,
die von Mia geschriebenen Worte zu begreifen, während er Kade
erklärte, was in der kurzen und unpersönlichen Notiz stand.

»Schwachsinn!« Kades Stimme explodierte durch das Telefon. »Sie
ist in dich verliebt. Du weißt das.«

»Ich kann sie nicht zwingen zu bleiben, wenn sie nicht will«,
antwortete Max und fühlte sich, als ob sein Herz zerbrechen würde.
»Sie wollte niemals mit mir zusammen sein. Sie hat sich nur nicht
daran erinnert.«

»Du hast sie nie aufgegeben, Mann. Nicht einmal. Gib jetzt nicht
auf! Da läuft etwas, von dem wir nichts wissen«, argumentierte
Kade. Er hörte sich an, als ob er sich anziehen würde, während er
mit gedämpfter Stimme sprach.

»Niemand hat sie dazu gezwungen, diese Nachricht zu schreiben.
Niemand zwingt sie dazu wegzugehen. Sie hat ihre verdammte
Wahl getroffen. Zweimal sogar. Offensichtlich hat sie sich daran
erinnert, dass sie mich nicht geliebt hat«, äußerte Max leise und
resigniert. Er hatte Jahre damit verbracht, an sie zu glauben und
niemals aufgegeben, nur damit sie ihn wieder verließ, nachdem er
sie wiedergefunden hatte. Zum Teufel mit ihr! Er konnte das nicht
mehr mitmachen. Er hatte sich die ganze Zeit über selbst getäuscht
und gedacht, Mia liebte ihn auf die gleiche Weise wie er sie liebte.
Offensichtlich tat sie das… nicht.

»Max, du kennst sie. Du weißt, dies ist nicht Mia. Wir müssen
herausfinden, was läuft«, drängte Kade.

Max ließ sich auf die Couch fallen; alles, woran er immer geglaubt hatte, war vollständig erschüttert. An diesem Punkt wusste er nicht mehr, was er glauben sollte. Er wusste nur, dass er in sich zusammenbrach und seine ganze Welt in Stücke gesprengt wurde. »Die Wahrheit ist, vielleicht habe ich sie nie wirklich gekannt«, antwortete er gebrochen.

Er beendete den Anruf, starrte mit leerem Blick auf die gegenüberliegende Wand und versuchte, seine Gefühle zu begraben, versuchte, sie tief in sich zu verdrängen, bis er völlig gefühllos war. Er wusste, wenn er das nicht tat, würde er niemals überleben.

Kapitel 7

Ohne anzuklopfen betrat Kade Harrison das Büro seines Bruders Travis bei der Harrison Corporation. Er rempelte so hart gegen die solide Eiche, dass die Tür mit voller Gewalt aufschwang und mit einem massiven Dröhnen gegen die Wand stieß. Kade ignorierte das Geräusch und konzentrierte seine Aufmerksamkeit auf seinen Bruder, der hinter seinem Schreibtisch saß, begraben unter einem Berg von Papieren. Travis blickte kurz zu Kade und wandte seinen Blick dann wieder seiner Arbeit zu, unbekümmert der Tatsache, dass Kade beinahe die schwere Holztür zerstört hatte.

Kade war nicht erstaunt, seinen Bruder in dessen Büro zu finden, obwohl es Samstag war. Travis hielt sich immer im Büro auf. Er war sich ziemlich sicher, dass sein Bruder irgendwo in diesem Gebäude ein verstecktes Apartment hatte, wo er einige Stunden schlief, bevor er wieder in sein Büro zurückkehrte.

Er sank in den Stuhl vor dem Schreibtisch seines Bruders und fragte ohne Umstände: »Wo ist sie?«

Travis blickte wieder hoch und verengte seinen Blick, als er Kades finstere Miene sah. »Wer?«

»Mia«, fauchte Kade ungeduldig, während er das Gesicht seines Bruders beobachtete. Sie waren zweieiige Zwillinge, Travis war nur einige Minuten älter als er, aber sie teilten die gleichen blauen Augen. Während Kade jedoch wie seine Mutter und Mia blond war, war Travis Haar pechschwarz und seine Gesichtszüge ähnelten denen ihres Vaters. »Sie hat das nicht allein schaffen können. Und es gibt nur eine Person, die ich kenne, die so etwas durchziehen könnte.« Verdammt, er war davon überzeugt, dass Travis etwas wusste. Mia war eine intelligente Frau, aber sie musste einen Komplizen gehabt haben, jemanden, der ihr nahestand und ihr geholfen hatte, so spurlos für über zwei Jahre zu verschwinden. Niemand konnte seine eigenen Spuren so gut verwischen. Und niemand war so akribisch genau und so gerissen wie sein Zwillingsbruder. Diese Tat roch förmlich nach Travis. »Zweimal ohne eine Spur verschwunden? Wo ist sie, Travis? Das bringt Max um.«

Travis lehnte sich in seinem Stuhl zurück und verschränkte die Finger hinter seinem Kopf. »Was meinst du damit... zweimal? Sie ist zurück.«

»Sie ist wieder verschwunden«, berichtete Kade knapp und beobachtete für einen Augenblick den Gesichtsausdruck seines Bruders, ziemlich sicher, dass Travis nicht wusste, dass sie geflohen war... dieses Mal. Die beiden widersprachen sich in fast allem, aber sie waren Zwillinge und konnten sich gegenseitig noch gut lesen. *Manchmal zu gut.*

»Mist. Ich habe sie zurückgeholt. Hat sie ihr Gedächtnis zurück?«, fragte Travis eindringlich, setzte sich aufrecht hin und legte seine Hände auf den Schreibtisch.

»Ja. Was macht das für einen Unterschied?«, fragte Kade vorsichtig.

»Darin liegt der bedeutende Unterschied. Es gibt etwas, das ich ihr erzählen musste, sobald ihr Gedächtnis zurückgekehrt war. Ich musste ihr sagen, dass sie nicht mehr weglaufen soll. Sie muss es nicht mehr«, erklärte Travis verärgert, aber Kade konnte es als genau das erkennen, was es war... Angst.

Kade biss die Zähne zusammen und fauchte: »Du hast ihr beim ersten Mal geholfen unterzutauchen?«

»Ja.«

»Und du hast mir nicht gesagt, dass sie nicht tot ist?« Kade wollte aufstehen und seinen Bruder bewusstlos prügeln. Travis, sein eigener, verdammter Zwillingsbruder, hatte ihn glauben lassen, seine Schwester wäre tot. »Warum?«

»Sie war in Schwierigkeiten. Ihr Leben war in Gefahr, so wie deines und das von Max. Ich musste schweigen, um das Leben aller zu beschützen.« Travis Faust donnerte auf den Schreibtisch und brachte jeden Gegenstand darauf zum Erbeben und Erzittern. »Glaubst du, es war einfach für mich, nichts zu sagen und jeden trauern zu sehen? Im Gegensatz zu dem, was du vielleicht denkst, Bruder… genieße ich es nicht, dich oder Max leiden zu sehen.«

»Du warst nicht in Max Nähe, du hast nicht gesehen, wie sehr er -«

»Weil ich es nicht konnte«, antwortete Travis ärgerlich.

Travis konnte ein kaltherziger Hurensohn sein, wenn er wollte, aber Kade wusste, dass er seine Familie liebte. Obwohl er immer noch verärgert war, musste Kade wissen, was geschehen war. »Erzähl mir alles! Und zwar von Anfang an.«

»Dafür haben wir jetzt keine Zeit. Später werde ich dir alles erzählen. Wir müssen Mia finden. Sie muss Angst haben. Sie weiß nicht, dass der Mann, der jedermanns Leben bedroht hat, nicht länger ein Problem darstellt.« Travis stand auf und griff nach seiner Anzugjacke, um sie in fahrigen Bewegungen überzuziehen, wobei er in nichts seinem gewöhnlich ruhigen, kontrollierten Selbst glich.

»Und warum nicht?«, fragte Kade und erhob sich, um sich neben seinen Bruder zu stellen.

»Er ist tot«, stellte Travis mit tödlicher Ruhe fest. »Unglücklicher Unfall.«

»Du hättest mir das sagen sollen. Du bist mein gottverdammter Bruder«, sagte Kade mit feindseligem Ton. Dass Travis sein Wissen so lange für sich behalten hatte, weckte in Kade immer noch den Wunsch, ihn zu erwürgen. Travis dachte immer, er wüsste, was das Beste für jeden war, und verbrachte mehr Zeit damit zu versuchen, alle anderen und alles andere in Ordnung zu bringen, außer sich selbst.

Travis drehte sich abrupt zu ihm um und durchbohrte ihn mit einem kalten Blick. »Warum? Was hättest du getan? Hättest du sie gesucht und dir eingebildet, wir könnten sie beschützen? Hättest du es Max erzählt, damit er sie sucht?«

»Wahrscheinlich. Sie hätte nicht so reagieren müssen. Wir haben den Sicherheitsdienst -«

»Agenten, denen es nicht gelungen ist, sie vor einem Verrückten zu schützen«, informierte Travis seinen Bruder bitter. »Max war weg, du warst weg... und ich blieb übrig, um eine Entscheidung zu fällen. Also habe ich das getan. Also los... prügle mich zu Tode, weil ich versucht habe, unsere kleine Schwester zu beschützen, weil ich sie niemals wieder am Boden zerstört und misshandelt sehen wollte. Wenn du und Max sie verfolgt hättet, hätte sie niemals versteckt bleiben können und wäre nie in Sicherheit gewesen. Ich werde mit deinem Hass leben können, wenn das bedeutet, dass ihr alle am Leben seid.« Travis endete mit der Unbarmherzigkeit eines Mannes, der immer getan hatte, was auch immer er tun musste, wobei seine blauen Augen seinen Zwillingsbruder eisig und gefährlich musterten.

Kade wich zurück. Er hasste es, wenn Travis ihn mit diesem unheimlichen, arktischen Blick durchbohrte. »Ich nehme an, ich muss dich ausreden lassen. Ich will wissen, was passiert ist. Du wirst es mir erzählen, während wir auf dem Weg sind, Mia zu suchen«, brummte Kade. Er wusste, es würde ihm nicht gefallen, was sein Bruder zu sagen hatte. So sehr Travis auch eine Nervensäge sein konnte, so war er doch der Leim, der ihre Familie zusammenhielt, der Problemlöser, der Macher, der die schmutzigen Jobs ausführte, die erledigt werden mussten.

Travis nickte einmal kurz und ging auf die Tür zu. »Ich bin mir ziemlich sicher, dass ich weiß, wo sie ist. Wir haben genügend Zeit zum Reden.« Travis hielt an der Tür an und ließ seine Augen über Kades Brustkorb und Rumpf wandern, als er lässig bemerkte: »Das ist wahrscheinlich das hässlichste Hemd, das ich jemals an dir gesehen habe. Gratuliere, du hast das kotzgrüne mit den hässlichen Fröschen noch übertroffen.«

Kade grinste. »Ich wusste, dass es dir gefallen würde.« Er folgte Travis aus der Tür und zum Aufzug.

»Wirst du jemals erwachsen werden?«, fragte Travis freimütig, als er den Aufzug betrat.

»Nicht, wenn ich es verhindern kann.« Kades Grinsen wurde breiter, als er den missbilligenden Gesichtsausdruck seines Bruders sah.

»Du wirst dein Hemd wechseln, okay? Ich werde nicht mit dir reisen, wenn du dieses Hemd trägst.«

»Sicher. Ich kann es wechseln. Wir müssen nur an meinem Haus anhalten, nachdem wir es Max gesagt haben«, antwortete Kade mit unbeweglicher Miene. »Ich kann etwas zusätzliche Kleidung mitnehmen, falls wir über Nacht bleiben, um Mia zu holen.«

Travis sah erleichtert aus. »Gut.«

Kade hatte kein Problem damit, seine Kleidung zu wechseln. Zu Hause hatte er einen ganzen Schrank voll ähnlicher Hemden. Trotz der Dringlichkeit der Situation lachte er leise, als die Aufzugtüren sich schlossen.

Später an diesem Tag traf Mia auf der sechzehn-Hektar Ranch ihrer Großmutter in Montana ein, erschöpft und leer, ihr Herz vollständig gebrochen. Zwei Wochen zuvor war sie nach Tampa gereist, weil Travis ein Sicherheitsteam geschickt hatte, um sie zu holen und ihr ausrichten zu lassen, nach Florida zurückzukehren. Sie hatte nicht einmal die Chance gehabt herauszufinden, warum er sie kontaktiert hatte und wollte, dass sie zurückkam. Übrigens hatte sie keinerlei Kontakt zu Travis oder irgendjemand anderem aus Florida gehabt, seitdem sie vor über zwei Jahren auf ihrem Weg nach Montana aus dem Staat geflüchtet war. Nicht bis vor kurzem, als sie endlich alle wiedergesehen hatte, ohne zu wissen, dass sie die geliebten Menschen über zwei Jahre nicht zu Gesicht bekommen hatte.

Nach Montana zurückzukehren unterschied sich dieses Mal so sehr von dem Augenblick, als sie hierhergekommen war, um sich zu verstecken und unterzutauchen. Jahrelang war niemand hier gewesen, bevor sie vor über zwei Jahren zur Ranch zurückgekehrt war. Selbst Travis hatte daran erinnert werden müssen, dass sie hier ein Haus besaß.

Dieses Mal war sie nicht geheim in Travis Privatjet hierhergeschickt worden. Sie war offiziell unter ihrem eigenen Namen geflogen und hatte eine so offensichtliche Spur hinterlassen, dass jeder sie finden konnte. Das war absichtlich geschehen, um die Aufmerksamkeit auf die Tatsache zu lenken, dass sie Tampa verlassen hatte. Die Medien hatten den Umstand offengelegt, dass sie nicht tot war, und sie musste das Übel von den Menschen weglocken, die sie liebte. Wenn das das Böse in ihre Richtung führen würde, war es nur gut so. Es war besser, Danny Harvey würde *sie* finden, als jemanden, den sie liebte. Lass ihn ruhig kommen. Es kümmerte sie nicht länger. Wenn er erfuhr, dass sie nicht tot war, *würde* er sie finden, aber es war besser, so weit wie möglich von ihrer Familie entfernt zu sein. Sie würde der Lockvogel sein, der Köder, der Danny hierherbringen würde, weit weg von Max und ihren Brüdern.

Auch wenn Danny mich nicht tötet, auch, wenn er etwas tut und zurück ins Gefängnis geht… ich werde niemals mehr in der Lage sein, zu Max zurückzukehren. Ich werde ihn nie wieder ins Unglück stürzen für etwas Dummes, das ich in der Vergangenheit getan habe.

Mia stieg aus ihrem gedrungenen Mietwagen und nutzte das Mondlicht, um ihren Weg die Treppe hinauf zu dem Natursteinhaus der Ranch zu finden, dem Platz, den sie die letzten zweieinhalb Jahre ihr Zuhause genannt hatte. Sie grub in der Erde der verwelkten Topfpflanze neben der Tür, fand den Hausschlüssel, säuberte ihre Hände an ihrer Jeans und öffnete die Tür. Als sie die Lichter anknipste, die ihr eine willkommene Erlösung aus der Dunkelheit bescherten, dachte sie, wie schade es war, dass sie nicht die Düsternis ihres Herzens und ihrer Seele erhellen konnten. Das Haus sah noch aus wie zuvor: bequeme Ledermöbel im Wohnzimmer, die steinerne Feuerstelle, die in kalten Winternächten in Montana für Gemütlichkeit sorgte, und massenhaft Erinnerungen an ihre Großmutter, die ihr genau in diesem Raum beigebracht hatte, ihr erstes Schmuckstück anzufertigen. Hier hatte sie Frieden gefunden, hier hatte sie sich selbst gefunden. Aber jetzt konnte sie nichts empfinden außer einer Hoffnungslosigkeit, die sie fast zur Gänze verschlang. Es hatte nie eine Zeit gegeben, in der sie sich nicht nach Max gesehnt hatte, aber jetzt, nachdem sie ihn wiedergesehen hatte, war der Trennungsschmerz unerträglich.

Sie warf ihre Geldbörse und den Hausschlüssel auf die Couch und machte sich auf den Weg in die Küche. Dann warf sie einen Blick auf die Uhr, um sich zu vergewissern, dass es nicht zu spät war, um Maude und Harold, ihre nächsten Nachbarn, anzurufen. Verglichen mit anderen Anwesen in Montana war die Ranch zwar nur klein, eine Hobby-Farm, doch sie bot immer noch genügend Einsamkeit. Maude und Herold kümmerten sich um die Ranch, wenn niemand hier war, was die ganzen letzten Jahre über der Fall gewesen war, bevor sie vor über zwei Jahren eingezogen war. Sie wählte die Nummer und erklärte ihnen, sie sei zurück und sie müssten nicht mehr täglich vorbeikommen, um sich um die Pferde zu kümmern. Tatsächlich genoss sie diese Aufgabe und sie war auch der Grund für ihre rauen, nicht manikürten Hände. Und die anstrengende Arbeit auf der Ranch hatte ihren Körper auf natürliche Weise schlanker gemacht. Nach einem kurzen Austausch mit Maude legte sie auf, weil sie schon der Versuch erschöpfte, am Telefon fröhlich zu klingen. Alles erschien ihr anstrengend zu sein, und es war schmerzhaft zu heucheln, alles sei in bester Ordnung. Nichts war in Ordnung. Max war vollständig aus ihrem Leben verschwunden, und es fühlte sich so an, als ob sie einen Teil von sich selbst verloren hätte, einen Teil, den sie niemals wiederfinden würde.

Du bist Mia Hamilton. Du musst nicht mehr Mary Peterson sein.

Für jeden war sie Mary Peterson gewesen, außer für Maude und Harold, die aufgrund ihrer Besuche während ihrer Kindheit, als sie den Sommer hier mit ihrer Großmutter verbracht hatte, genau wussten, wer sie war. Sie waren gut mit ihrer Großmutter befreundet gewesen, und es gab keine Möglichkeit, sie zu täuschen. Obwohl Jahre vergangen waren, hatten sie sich an sie erinnert, aber ihr Geheimnis bewahrt. Es hatte sehr wenige andere gegeben, die sie wirklich kannten – auch als Mary Peterson. Sie hatte abgeschieden auf dieser Ranch gelebt und nur Fahrten nach Billings unternommen, um einzukaufen, ihren Schmuck zu verkaufen und an ihren Therapiesitzungen teilzunehmen.

Es ist egal, wenn jetzt jeder weiß, wer ich bin. Ich habe nicht länger noch irgendwelche Geheimnisse. Ich versuche, Danny hierherzulocken, weg von meiner Familie.

Es war immer noch unwahrscheinlich, dass irgendjemand sie erkennen würde, auch wenn sie nicht vorhatte, ihre wahre Identität noch länger zu verbergen. Ihre Nachbarn waren zu beschäftigt auf ihren Farmen, um den gesellschaftlichen Klatsch aus Florida zu lesen, und sie hatte sich immer soweit wie möglich aus den Medien herausgehalten. Selbst wenn sie nach Billings fuhr, um Bekannte zu besuchen, würde niemand wissen, wer sie war und wer ihre Eltern gewesen waren, wenn sie ihren richtigen Namen benutzte. Dies war ein Grund, warum es ihr gefiel, hier zu leben. Sie wurde aufgrund ihrer Persönlichkeit von den Menschen hier entweder gemocht oder abgelehnt, doch nicht aufgrund ihres Wohlstands oder der Tatsache, wer ihre Familie war.

Mia ging durchs Wohnzimmer zurück, den Flur entlang und in eines der Schlafzimmer, das sie in eine Werkstatt umfunktioniert hatte. Wie gewöhnlich wirkte der Raum chaotisch, genau wie sie ihn zurückgelassen hatte. Aber die Unordnung war ein organisiertes Durcheinander. Sie wusste, wo sich jeder Stein, jede dekorative Perle und jedes Stück Metall befanden. Weil ihr die Edelsteine und Metalle, mit denen sie normalerweise gearbeitet hatte, nicht zur Verfügung standen, hatte Mia begonnen, an indianisch inspirierten Schmuckstücken zu arbeiten und ihre Nische gefunden, was nie der Fall gewesen war, als sie noch Schmuck angefertigt hatte, der für sie keinen wirklichen Sinn beinhaltete. Nun war jedes von ihr erschaffene Stück ein Werk der Liebe, jeder Gegenstand enthielt einen Teil von ihr selbst, jeden Ring, jedes Armband und jedes Paar Ohrringe hatte sie eigenhändig hergestellt.

Wunderbarerweise waren ihre Unikate gut angekommen und sie verkaufte genügend, um ihren Lebensunterhalt bestreiten zu können. Deshalb hatte sie niemals wirklich das von Travis geschickte Geld anrühren müssen.

Deshalb schaue ich auf die Preise; ich verausgabe mich nicht. Ich wollte meinen eigenen Weg gehen, und das habe ich getan. Nur ein einziges Mal hatte sie das Geld benutzt, das Travis geschickt hatte, nämlich als sie den ziemlich alten Kleintransporter gekauft hatte, eine Notwendigkeit, wenn man so weit entfernt von der nächsten Stadt lebte.

Ziellos herumwandernd ging sie in ihr Schlafzimmer, wo sie den Blick sofort auf ihre Garderobe richtete.

Er ist noch hier.

Ohne wirklich über ihre Handlungsweise nachzudenken, ging sie zur Garderobe, ergriff ihren Ehering und steckte ihn an ihren Finger. Ihn zu tragen verursachte gleichermaßen Glück und Leid.

Ich hätte ihn niemals wiedersehen sollen. Ich hätte auf das Gespräch mit Travis warten und wieder gehen sollen.

»Nun hasst er mich wirklich«, flüsterte sie mit gequälter Stimme zu sich selbst. Aber sie hatte es tun müssen. Er musste sie hassen und durfte niemals versuchen, nach ihr zu suchen.

Gott, sie hatte ihn so sehr vermisst. Seit sie ihn das erste Mal verlassen hatte, war nicht ein Tag vergangen, an dem sie sich nicht danach gesehnt hätte, ihn zu sehen, sich nicht gefühlt hätte, als ob ein Teil von ihr selbst fehlen würde. Während sie unter der Lücke in ihrem Gedächtnis gelitten hatte, hatte sie sich nicht daran erinnern können, wie es sich angefühlt hatte, von ihm getrennt zu sein. Nun erinnerte sie sich daran und es schmerzte wie die Hölle. Ihr einziger Trost war gewesen, dass ihre Familie in Sicherheit war.

Sie versuchte, den Ring wieder abzunehmen, aber sie konnte es nicht. Das Gewicht des Platinreifes und der wunderschönen Diamanten gab ihr ein gewisses Maß an Trost. Es war nicht viel, aber immerhin etwas.

Sie ging in die Küche zurück und wählte Travis Büronummer, aber er ging nicht ran. Während der letzten paar Jahre hatte er offensichtlich seine Handynummer gewechselt und die aktuelle kannte sie nicht. Kade hatte sein Handy selten dabei, eine Gewohnheit, die er entwickelt hatte, als er so lange im öffentlichen Rampenlicht stand und sein Handy ständig klingelte und ihm keine Ruhe ließ, bis er es abschaltete und nicht mehr bei sich trug.

Ihre Hand schwebte über den Nummern des Telefons, so verdammt in Versuchung, Max anzurufen, nur um ihm zu sagen, wie leid es ihr tat und wie sehr sie ihn liebte.

»Nein«, befahl sie grob sich selbst und legte den Hörer zurück auf die Gabel. »Du kannst nie wieder mit ihm sprechen. Du musst dich vollständig von ihm trennen. Du bist gefährlich für ihn.«

Es gab so vieles, das Max nicht wusste, so vieles, das sie ihm nie erzählt hatte. Was würde er von ihr denken, wenn er wirklich wüsste, wie dumm sie gewesen war und wie sehr ihre Vergangenheit sie beschädigt hatte?

Zwei Frauen in einem Körper.

Nun wusste sie genau, warum sie auf diese Weise empfunden hatte. Sie hatte sich nur an die Frau erinnert, die sie gewesen war, bevor sie ihre Therapie angetreten und herausgefunden hatte, wie sie mit ihrer Vergangenheit zurechtkommen konnte. Und bevor sie tatsächlich angefangen hatte, die Frau zu mögen, die sie unter ihrem funktionsgestörten Selbst gefunden hatte.

Max hatte sich in eine Illusion verliebt, eine Frau, die sich umgekrempelt hatte, um ihm zu gefallen, und eine Persönlichkeit geschaffen hatte, die nicht real war. Max kannte sie nicht wirklich. Hatte sie niemals gekannt.

Ich habe Max auch nicht völlig gekannt, obwohl ich ihn geliebt habe. Ich liebe ihn immer noch.

Mia verbot sich ihre Gedanken, weil sie nicht an die Qual denken wollte, Max immer noch auf die Weise zu lieben, wie sie es tat. Er hatte nicht all seine Gefühle offenbart, aber er verbarg keine Geheimnisse dieser Art vor ihr, von denen sie ihm nie erzählt hatte, den schrecklichen Dingen ihrer Vergangenheit. Was würde er von einer Frau halten, die dumm genug gewesen war, sich mit einem Mann einzulassen, der weder ein Gewissen noch Bedenken hatte, jeden zu töten, der ihr nahestand? Ihr Vater war geisteskrank gewesen, aber Danny war ein mordender Soziopath.

Mia konnte das Auto den Weg heraufkommen hören, noch bevor es am Haus ankam. Reifen knirschten auf Schmutz und Schotter, als sich das Fahrzeug seinen Weg die lange, gewundene Auffahrt hinauf suchte. Ihr Herz begann zu hämmern und sie lief in die Küche, um sich das schnurlose Telefon zu schnappen. Ihre Hand zitterte, als sie danach griff. Obwohl sie gewillt war, alles zu opfern, um Max und ihre Brüder zu beschützen – und sie hatte vor, genau das zu tun – hatte sie sich noch nicht mit den tatsächlichen Konsequenzen ihrer Handlungsweise auseinandergesetzt. Sie konnte tot sein, bevor die Polizei eintraf.

Als sie durch das Fenster gleich neben der Vordertür spähte und das Verandalicht einschaltete, konnte sie neben ihrem Mietwagen einen eleganten schwarzen Sportwagen sehen. Eine schemenhafte Gestalt tauchte auf – eine sehr kräftige, große Gestalt. Unfähig, das Gesicht zu erkennen, blinzelte sie, um sich auf ihre Umrisse zu konzentrieren, als die Gestalt in den Lichtkreis der Verandalampe trat.

Der Mann stolperte und machte einen unsicheren Schritt, fluchte und bewegte sich wieder vorwärts und offenbarte schließlich seinen ganzen Körper. Mias Beine gaben nach, erst vor Erleichterung, dann vor Entsetzen.

Max. Oh mein Gott. Nein!

Schließlich hatte er schwerfällig seinen Weg bis zur Tür zurückgelegt und verschwand aus dem Blickfeld. Mia konnte noch sein Murmeln hören, dann schlug er gegen das Holz und rief: »Mach die Tür auf, Mia! Ich weiß, dass du da bist.«

Sie wankte zur Tür, entriegelte das Schloss und ließ die Tür aufschwingen.

Zum ersten Mal in seinem Leben sah Max wirklich schmutzig aus.

Zum ersten Mal in seinem Leben sah Max völlig betrunken und unordentlich aus.

Und zum ersten Mal in seinem Leben sah Max *nicht* glücklich aus, sie zu sehen.

Kapitel 8

Es war eine sehr, sehr bedauerliche Situation, wenn ein Mann ein beträchtliches Maß an Whiskey brauchte, nur um seiner Frau gegenüberzutreten!

Max war betrunken, und er wusste es. Okay... irgendwie wusste er es, aber er versuchte verzweifelt, sich selbst einzureden, er wäre es nicht. Vielleicht war es keine so gute Idee gewesen, am Ende von Mias Auffahrt zu sitzen und einige Schlucke aus der Flasche Fusel zu nehmen, die er in Billings gekauft hatte. Im Moment schwankte er zwischen den Alternativen »König der Welt« und »Kaiser der Dumpfbacken«.

»Max... hast du getrunken?«, fragte Mia erstaunt.

Bingo. Die Frau verdient einen Preis.

»Ich hatte ein paar«, antwortete Max, obwohl das nicht so ganz der Wahrheit entsprach. Er hatte mehr als nur ein paar gehabt. Einige? Viele? Ja... er dachte, das wäre zutreffender.

Noch immer brachte es ihn beinahe um, sie vor sich zu sehen, so wunderschön wie immer, lässig in Jeans und ein rotes, ärmelloses Hemdchen gekleidet. Vielleicht hatte der Alkohol überhaupt nicht geholfen, den Schmerz zu lindern, weil seine Brust schon wehtat, wenn er sie nur anschaute. Sie sah... besorgt und ängstlich aus, und als er die Furcht in ihren blauen Augen aufflammen sah, konnte er sich beinahe nicht erklären, warum. Hatte sie Angst vor ihm oder vor der Konfrontation? Sie schien es vorzuziehen wegzulaufen. Doch genau das hatte er eigentlich auch getan. Er hatte es nur nicht mit einer anderen Frau getan.

»Du trinkst nie viel«, murmelte sie und wich zurück, um ihn eintreten zu lassen. »Und du fährst nie, wenn du getrunken hast.«

Nein. Normalerweise tat er das nicht, tatsächlich war er niemals betrunken gewesen, was vielleicht der Grund dafür war, dass es ihm so schwerfiel zu entscheiden, ob er *wirklich* berauscht war oder nicht. »Ich bin nicht gefahren, während ich getrunken habe – außer deine Auffahrt hinauf, die übrigens verdammt viele verfluchte Schlaglöcher hat.« Und in seinem wahrscheinlich berauschten Zustand war er in jedes einzelne hineingefahren.

Als er ins Wohnzimmer torkelte, wobei er angestrengt versuchte, nicht auf seinen Hintern zu fallen, hörte er ein unterdrücktes Lachen.

»Du bist völlig mit Schmutz bedeckt, Max«, informierte Mia ihn. Ihre Augen blickten besorgt, aber ihre Lippen lächelten leicht. »Wie viel hast du getrunken?«

»Ich weiß nicht«, antwortete er ehrlich, weil er sich wirklich nicht erinnern konnte, wie viele Schlucke er aus der Flasche genommen hatte. Er hatte genügend trinken wollen, um ihn gefühllos zu machen, genügend, um ihn davon abzuhalten, auf Mia zu reagieren. Allerdings war die Sache die, dass er nicht glaubte, dass es in der ganzen Welt genügend Alkohol gab, um *das* zu schaffen.

»Woher wusstest du, dass ich hier bin?«, fragte sie vorsichtig.

»Deine Brüder. Ich bin mir nicht sicher… aber ich glaube, ich habe Travis getötet«, antwortete er fröhlich. Er war sich ziemlich sicher, dass Travis nicht tot war, aber er hatte ihn fertiggemacht, und der Gedanke *daran* machte Max verdammt glücklich.

»Du hast meinen Bruder nicht getötet, und du hättest nicht mit ihm kämpfen sollen. Er versucht nur, mich zu schützen«, erklärte sie ihm ruhig und schaute zu ihm auf, die Hände in die Hüften gestützt. »Hast du deshalb diesen Schnitt über dem Auge? Er blutet.«

Verdammt. Travis *hatte* einige Faustschläge einstecken müssen, während er versucht hatte, sich zu schützen. Aber im Moment fühlte Max keinen Schmerz. »Ach ja? Wenn du findest, ich sehe schlimm aus, dann solltest du *ihn* sehen«, knurrte Max äußerst beleidigt, dass Mia ihn nicht ernst genommen hatte, als er gesagt hatte, er hätte ihren Bruder getötet. »Er kämpft wie ein Mädchen«, fügte er hinzu und wusste, dass er log. Wenn Travis es wirklich versucht hätte und Kade den Kampf nicht beendet hätte, zweifelte Max nicht daran, dass sie beide in der Notaufnahme geendet hätten. »Der Hurensohn hätte es mir sagen sollen. Du bist meine gottverdammte Frau. Ich hatte das Recht zu wissen, dass du mich für einen anderen Mann verlassen hast.«

Mia streckte ihre Hand aus und berührte sanft die Schrammen auf seinem Gesicht. »Oh, Max. Was haben sie dir erzählt? Das ist nicht -«

»Ich will dich hassen. Ich sollte dich hassen. Aber verdammt, ich kann es nicht«, sagte Max grob und hasste sich dafür, dass er immer noch nicht fähig war, sie anzuschauen und den Hass heraufzubeschwören, den er für eine Ehefrau empfinden sollte, die ihn leer und mit gebrochenem Herzen für über zwei Jahre zurückgelassen hatte, was alles, das er gefühlt hatte – und noch fühlte – wie einen einzigen großen Witz erscheinen ließ... auf seine Kosten. »Wusstest du, dass ich auch sterben wollte, als ich dachte, du wärest tot? Ich wollte nicht mehr weiterleben ohne dich.« Max wusste, das waren Worte eines Betrunkenen, aber es war ihm scheißegal. »Ich war vollständig von dir besessen, so außer Kontrolle, dass ich alles verdrängen musste, um mich einigermaßen im Griff zu haben. Und die ganze verfluchte Zeit über warst du mit einem anderen Mann beschäftigt.« Er streckte die Hand aus, ergriff ihr Handgelenk und zog sie mit sich auf das Ledersofa herunter, ihren Körper unter seinem. Er mochte vielleicht betrunken sein, aber als er auf sie herabblickte, konnte er den schmerzlichen, gepeinigten Ausdruck in ihren Augen nicht missverstehen. Fühlte sie Mitleid mit ihm? *Jesus.* Er hoffte nicht. Das Letzte, was er wollte, war ihr Mitleid.

»Ich weiß nicht, was meine Brüder dir erzählt haben, aber -«

»Sie haben mir gesagt, du hast mich wegen eines anderen Mannes verlassen. Sie sagten mir, du hättest dich draußen in Montana auf der Farm deiner Großmutter versteckt. Die ganze verdammte Zeit über warst du am Leben und hast glücklich und zufrieden in einem anderen Staat gelebt, während ich mich mit dem Gedanken gequält habe, dass du tot bist und dass ich dich niemals wiedersehen würde«, knurrte Max, jetzt ärgerlich, da er darüber hinweg war, sich selbst zu bemitleiden. Er und diese Frau waren niemals Seelenverwandte gewesen. Alles zwischen ihnen war immer eine Lüge gewesen. »Warum mich heiraten? Es war nicht so, als hättest du nicht dein eigenes Geld gehabt«, krächzte er, stocksauer, dass er jemals wegen ihrer blauen Augen und ihres süßen Auftretens solch ein Trottel gewesen war. »Und wo zum Teufel ist dieser andere Kerl? Bist du ihm auch davongelaufen?«

Sie kämpfte unter ihm und wand und drehte sich, um ihre Arme von der Masse seines Körpers auf ihr zu befreien. »Ich habe dich geheiratet, weil ich dich geliebt habe. Ich wollte niemand anderen.« Schließlich bekam sie ihre Arme frei und ergriff ihn an beiden Seiten seines Kopfes, um ihm wild in die Augen zu starren.

Max starrte zurück und verlor sich in den Tiefen eines schimmernden, blauen Augenpaares, dem es niemals misslungen war, ihn zu faszinieren. Ihn immer fasziniert hatte. Und in diesem Augenblick, nur für einen kurzen Moment, wollte er ihr so verdammt verzweifelt glauben. Weil in diesem Moment… nichts einen Sinn ergab. Seine Gedanken wurden von der Menge des Alkohols herumgewirbelt, und alles, was er sehen konnte, waren Mias feurige Augen und lockende Lippen, und sie zu küssen, erschien ihm wie etwas, das er tun musste, das er brauchte, und zum Teufel mit allem anderen. Er ergriff ihre Handgelenke und hielt sie über ihrem Kopf fest. Er stöhnte beinahe, als ihre Brüste sich hervorwölbten und seinen Oberkörper streiften. Er stieß auf sie herab, bedeckte ihren Mund mit seinem und labte sich an ihr wie ein vor Durst sterbender Mann. Sie öffnete sich ihm sofort, wie eine Blume, die nur darauf gewartet hatte, voll zu erblühen. Max gestattete sich, es zu genießen, und wenn er nicht schon vom Alkohol betrunken gewesen wäre, wäre er von ihr berauscht worden. Ihr Geschmack, ihr Geruch, ihre

Reaktion – alles an ihr bezauberte ihn, und er konnte nicht genug bekommen. Gott helfe ihm, aber er war vollkommen verloren.

Plötzlich überkam ihn Nüchternheit. *Sie hat mich betrogen. Sie spielt mit mir. Und ich lasse es sie dieses Mal bewusst tun.*

»Fuck!« Der Fluch brach heftig durch seine Lippen, während er, auf sich selbst wütend, seinen Mund von ihrem riss. »Was zur Hölle tue ich hier? Ich muss eine Art versteckter masochistischer Tendenzen haben.«

Mia wand sich unter ihm hervor, kam auf die Füße und ließ ihn auf dem Bauch liegend auf dem Sofa ausgebreitet zurück. Vor seinen Augen begannen sich weiße Flecken zu formen.

Entweder dreht sich die Couch oder ich bin wirklich hinüber.

»Ich glaube, du brauchst einen Kaffee«, sagte sie ruhig und ging in die Küche.

»Ich brauche dich«, flüsterte er heiser; er wusste, sie konnte ihn nicht hören. Er fühlte sich einsamer und verlassener als jemals zuvor in seinem Leben. Vor Schmerz schloss er die Augen, und alles, woran er denken konnte, waren die Dinge, die Kade und Travis ihm eröffnet hatten, bevor er losgefahren war, um Mia zu finden.

Sie musste gehen...

Da war dieser Freund...

Sie hielt sich in dem Haus unserer Großmutter in Montana auf, und ich glaube, dort ist sie jetzt auch...

Sie wollte dich niemals verletzen...

Ja, ich habe ihr geholfen zu verschwinden...

Die letzte Bemerkung war von Travis gekommen, und Max war nicht in der Lage gewesen, sich davon abzuhalten, den Hurensohn zu erwürgen. Während die Unterhaltung noch in seinem verwirrten Geist dröhnte, gab er der Dunkelheit nach, die ihn aufzusaugen drohte. Sie würde ihm eine kurze Zeitspanne verschaffen, in der er nicht zu denken brauchte.

Dankbar für diese gewisse Art von Gnade, verlor Max das Bewusstsein.

»Max?« Mia stupste ihn erst probeweise an und dann ein bisschen fester, weil er nicht reagierte. Sie stellte die Tasse mit dem starken Kaffee auf den Beistelltisch und fischte seinen Schlüssel aus seiner Tasche. Dann ging sie nach draußen zu dem sportlichen kleinen Wagen, den er offensichtlich gemietet hatte. Als sie die Tür öffnete, sah sie sofort die angebrochene Flasche Whiskey auf dem Beifahrersitz.

»Nicht genug, um ihn umzubringen, aber er wird morgen einen recht schlimmen Kater haben«, sprach sie laut ihre Vermutung aus. Plötzlich raste etwas gegen sie. Der unvermittelte Aufprall des Geschosses warf sie beinahe mit ihrem Hintern in den Dreck.

»Tucker«, keuchte sie überrascht, nahm seine Pfoten von ihrem Brustkorb und tätschelte ihn, sobald alle vier Pfoten wieder auf dem Vordersitz standen. Der Jagdhund warf ihr einen missbilligenden Blick zu, aber er leckte ihr die Hand, als sie ihn kraulte, und sein pummeliger Körper zitterte vor Wonne.

Nachdem der Hund genügend Aufmerksamkeit bekommen hatte, sprang er vom Sitz und schnüffelte am Boden, um sein Geschäft zu machen, verhielt sich aber, als wäre er sich nicht ganz sicher, ob ihm seine neue Umgebung gefiel.

»Komm«, forderte Mia Tucker liebevoll auf, nahm ihn mit ins Haus und schloss die Tür hinter sich.

Tucker bewegte sich sofort auf Max ausgestreckten Körper zu und schnüffelte zuerst an ihm, um sich dann direkt neben der Couch auf dem Boden hinzulegen. Dann warf er Mia einen vorwurfsvollen Blick zu.

»Er ist betrunken. Das ist nicht meine Schuld. Ich war nicht dabei. Warum hast du ihn nicht aufgehalten?«, verteidigte sie sich und lachte dann über sich selbst. Sie hatte doch tatsächlich eine Unterhaltung mit ihrem Hund geführt und das Tier der Fahrlässigkeit beschuldigt.

Mia nahm die für Max bestimmte Kaffeetasse vom Tisch und setzte sich in einen Sessel. Sie fragte sich, warum Max Tucker mitgebracht hatte. Für einen Mann, der behauptete, dass er und der Hund sich nicht leiden konnten, schien er dem Hund doch recht verbunden zu sein.

Sie schlürfte den heißen Kaffee und beobachtete Max, dessen Augenbrauen zusammengezogen waren, als ob er im Schlaf missbilligend die Stirn runzelte.

Solange sie ihn kannte, war sie nie Zeuge geworden, dass Max mehr als einen Drink zu sich genommen hatte. Er tat niemals etwas bis zum Äußersten, und das beinhaltete auch, nicht mehr zu trinken, als er verkraftete. Was hatte ihn veranlasst, sich so zu betrinken?

Vielleicht hatte er das Gefühl, sonst nicht in der Lage zu sein, mich wieder anzuschauen.

Mia schauderte, fast sicher, dass sie der Grund für Max plötzliche Sauferei war. Warum sonst sollte er am Ende seiner Fahrt eine Tonne des billigen Whiskeys hinunterkippen müssen?

»Er hasst mich, Tucker«, flüsterte sie ihrem Hund leise zu und erntete von ihm nur etwas, das aussah wie ein Nicken, als er seinen Kopf hob. »Und er glaubt, ich hatte einen anderen Mann.«

Vielleicht war es für Max das Beste gewesen zu glauben, sie hätte ihn auf diese Weise betrogen, damit er sie durch und durch hasste, doch fragte sie sich auch, was ihre Brüder ihm erzählt hatten. Sie hatte versucht, Travis in seinem Büro und Kade auf seinem Handy zu erreichen, während sie den Kaffee zubereitet hatte, hatte jedoch immer noch niemanden erreichen können.

Ich will dich hassen, aber verdammt, ich kann es nicht.

Max Worte spulten sich immer und immer wieder in ihrem Geist ab, aber sie wusste, das war betrunkenes Gerede gewesen. Jedes Wort, jede Handlung, seitdem er durch jene Tür geschritten war, war von einem schweren Rausch beeinflusst gewesen. Nichts, was er gesagt oder getan hatte, konnte man ernst nehmen. Jedoch dieser Kuss…

»Mia«, rief Max und rollte sich auf der Couch herum, bis er auf dem Rücken lag. Er schlug um sich, als ob er im Schlaf gegen Dämonen kämpfte. »Komm zurück!«, murmelte er mit leiser, verzweifelter Stimme.

Mia stellte ihren Kaffee auf dem Tisch neben dem Sessel ab. Dann ging sie zur Couch und sank auf die Knie. »Max?« Sanft strich sie über die Schrammen auf seinem Gesicht und zuckte zusammen, als sie über die sich schnell entwickelnden purpurfarbenen und gelben Bereiche unter seinen Augen streichelte. Sie stieß Tucker an, um ihn dazu zu bewegen, zur Seite zu rutschen, damit sie seinen Platz einnehmen konnte.

»Mia«, brach es wieder aus ihm heraus, und seine Stimme klang zunehmend verzweifelt.

»Wach auf, Max! Du träumst«, rief sie lauter und eindringlicher.

Er setzte sich kerzengerade auf und seine Augen öffneten sich und blinzelten ins Licht, als ob es ihm wehtun würde. Er schaute sich im Zimmer um, und schließlich blieb sein Blick auf Mias Gesicht hängen. »Du bist hier«, sagte er und klang erleichtert.

Mia stand auf. »Ich bin hier«, bestätigte sie und streckte die Hand nach ihm aus.

Sie wusste, Max war vollkommen betrunken – seine Augen waren glasig – trotzdem ließ es ihr Herz anschwellen, als er seine Hand nach ihrer ausstreckte und sie ohne Zögern ergriff, als ob er ihr völlig vertraute. »Wohin gehen wir?«, murmelte er, als er unsicher auf die Füße kam.

»Ich bringe dich ins Bett«, antwortete sie unerbittlich, entschlossen, ihn zum Schlafen an einen bequemeren Ort zu bringen.

Er grinste sie animalisch an. »Dagegen habe ich nichts einzuwenden«, sagte er glücklich und strich mit seinen Fingern über den Ring an ihrer linken Hand. »Du trägst meinen Ring. Du hast ihn gefunden.«

Mia wollte ihm nicht sagen, dass sie ihn niemals verloren hatte. Sie hatte ihn zurückgelassen, weil sie nicht sicher war, was Travis geplant hatte, als er seine Männer zu ihr schickte, und sie hatte versuchen wollen, vollständig unbemerkt zu bleiben. Max Hamilton war nicht der Typ Mann, der irgendetwas Halbherziges tat, und so hatte er ihr einen wunderschönen Ring gekauft mit genügend hochwertigen Diamanten, um einen Menschen erblinden zu lassen.

Er war definitiv auffällig, also hatte sie ihn widerstrebend, aber absichtlich zurückgelassen.

»Das tue ich. Ich liebe ihn«, antwortete sie wahrheitsgemäß und hätte ihm so gern versichert, dass er während der ganzen Zeit ihrer Trennung kaum ihren Finger verlassen hatte. Aber sie tat es nicht, sondern sie zog an seiner Hand und führte ihn in ihr Schlafzimmer.

Als sie neben dem Bett anhielt, musste sie leise über die Art lachen, wie Max leicht schwankte und ihr ein breites Grinsen zeigte, das sie nie zuvor an ihm gesehen hatte. Es war schelmisch. Es war heiß. Und… er war betrunken.

Auf keinen Fall würde sie einen Vorteil aus der Situation ziehen, ganz zu schweigen von der Tatsache, dass er so besoffen war, dass er ihn wahrscheinlich noch nicht einmal hochbekommen konnte. Sie hob seine Arme an und zerrte am Rückenteil seines T-Shirts, unfähig, die Spannung seines kräftigen Bizeps zu ignorieren, als er seine Arme vorstreckte, damit sie ihm sein T-Shirt über den Kopf ziehen konnte. Ihr stockte der Atem, als Max muskulöser Brustkorb und wohlgeformte Bauchmuskeln zum Vorschein kamen, und warf das T-Shirt auf den Boden; sie nahm nicht wahr, wo es landete. Ihr Mund wurde ganz trocken und sie versuchte verzweifelt, nirgendwohin zu schauen außer auf sein Gesicht, als sie an den Metallknöpfen seiner Jeans herumfummelte.

Ich muss ihn wie ein Kind behandeln, das in diesem Augenblick meine Hilfe braucht. Er ist nicht bei vollem Verstand.

Sie versuchte es… sie versuchte es wirklich. Aber er war definitiv kein Kind, und als ihre Finger Schwierigkeiten hatten, aufgrund der mächtigen Schwellung den Reißverschluss seiner Jeans zu öffnen, grinste Max.

»Hast du Probleme, Liebling?«, fragte er, und seine heißblütige Stimme klang etwas undeutlich.

Sie trat zurück und befahl: »Zieh deine Jeans aus!«

Mit einer sinnlichen, langsam gleitenden Bewegung strich er mit der Hand an seinem Waschbrettbauch hinunter. »Ich hatte es lieber, als du es getan hast«, beschwerte er sich mit leiser, sexy Stimme, die Mia beinahe veranlasste, ihn anzuspringen, betrunken hin oder her.

Mit einem Ruck schnipste er den Knopf auf und zog langsam den Reißverschluss herunter.

Soviel zu der Vermutung, er könnte in seinem berauschten Zustand nicht hart werden.

Max begann, seine Jeans herunterzuziehen und die Boxershorts gleich mit. Sie griff nach dem Elastikbund seiner Unterhose und hielt ihn auf seinen Hüften fest, während er sich aus seiner Hose schälte.

»Ausziehen«, beharrte er und zerrte an den rot und schwarz gestreiften Boxershorts.

»Anlassen«, befahl sie. Zur Hölle! Es gab eine Grenze bei dem, was eine Frau aushalten konnte, und selbst in seinem derzeitigen Zustand war Max eine einzige geballte Masse versengend heißer Männlichkeit. Sie stieß ihm hart gegen den Brustkorb und brachte ihn aus dem Gleichgewicht, sodass er auf dem Bett landete.

Umgehend brachte er sich selbst in eine neue Lage, indem er zum Kopfende des Bettes kroch und sich in ihre Kissen zurücklehnte. »Ich bin einsam«, brummte er und tätschelte den Platz neben sich.

Oh nein. Zum Teufel, nein. Sie würde nicht in dieses Bett steigen.

»Ich liebe dich«, sagte er heiser. »Komm hier neben mich! Ich vermisse dich.«

Dieser Beweis seiner Verletzbarkeit, die Tatsache, dass er sich gestattete, sich ihr so weit zu öffnen, noch nachdem sie ihn verletzt hatte, ließ sie vollends zerbrechen. Tränen strömten ihr die Wangen herunter, als sie ihren Ehemann betrachtete, den Mann, in den sie sich hoffnungslos verliebt hatte und der nicht mehr verlangte als ihre Anwesenheit. Ja. Sicher. Er war berauscht, aber er bot in diesem Moment einen so verletzlichen und ungeschützten Anblick, dass es ihr das Herz aus dem Leibe riss.

Sie versuchte, vor ihrem geistigen Auge Möglichkeiten aufzuzählen und sich auf das zu konzentrieren, was sie tun musste, um die Situation zu retten, aber es funktionierte nicht. Max rief nach ihr, und genau in diesem Moment brauchte er sie, und sie konnte ihn nicht abweisen.

Morgen wird er mich hassen. Wahrscheinlich war er gekommen, um die Scheidung zu besprechen und wie man sie so schnell wie möglich abwickeln konnte. Er brauchte Tonnen von Alkohol, nur um mit mir zu sprechen. Er ist gerade total im Arsch.

Es gab genügend Gründe, ihn zu ignorieren, aber sie konnte es nicht. Es könnte das letzte Mal sein, dass sie ihn jemals berührte, und die Versuchung war zu groß, um ihr zu widerstehen. Sie kickte ihre Sandalen von den Füßen, kletterte ins Bett und kuschelte sich neben ihn. Sie seufzte, als ihre Finger auf warme Haut trafen. »Ich liebe dich auch«, gab sie zu. Sie wusste, am Morgen würde er sich wahrscheinlich an nichts erinnern, und dachte, das wäre auch besser so. Aber die Worte waren ihr unfreiwillig über die Lippen gekommen, weil sie es ihm noch ein letztes Mal sagen musste.

Seine warmen, beschützenden Arme schlangen sich um sie und sie legte ihren Kopf auf seine Schulter, gestattete sich diese Zeit, diesen gestohlenen Moment, die freudige Erregung zu genießen, die sie empfand, wenn sie mit Max zusammen war. Ihre Beziehung war niemals behaglich oder auch nur im Geringsten zufriedenstellend gewesen. Für sie war es immer eine herzzerreißende Achterbahnfahrt gewesen, die niemals endete. Vielleicht, wenn sie jahrelang verheiratet, Jahrzehntelang zusammen gewesen wären, wären ihre Emotionen zur Ruhe gekommen, was sie jedoch bezweifelte. Sie hatte Max ihr Herz nicht geschenkt, er hatte es gestohlen, das dickköpfige Organ war ihr in dem Moment, in dem sie sich getroffen hatten, aus ihrem Brustkorb heraus und in seinen hinein gesprungen.

Verrückte Liebe.

Die Spannung in Max Armen löste sich, aber er ließ sie nicht los, auch nicht, nachdem er eingeschlafen war. Mia entspannte sich an seinem Körper und seufzte. Sie versuchte, jede Kleinigkeit von ihm in ihre Seele aufzunehmen, versuchte, jede Empfindung in ihrem Gedächtnis zu verankern.

Morgen konnte er sie hassen. Denn dann wäre sie schon weg.

Kapitel 9

»Max, wo zum Teufel steckt meine Schwester?«

Das laute, männliche Geschrei schreckte Max aus seinem Schlummer und veranlasste ihn, sich im Bett aufzusetzen, aber schnell ließ er seinen Kopf in die Kissen zurückfallen. Verdammt. Seine Eingeweide drehten sich und er schluckte und versuchte, das Pochen in seinem Kopf zu stoppen. Es war, als ob ein Vorschlaghammer gegen seinen Schädel schlug.

Als er blinzelnd die Augen öffnete, sah er zwei Männer in seinem Blickfeld, zwei wütend dreinschauende Kerle. Er brauchte einen Moment, um die beiden als Kade und Travis zu identifizieren, da sein Blick ein wenig verschwommen war.

Er hob schwach die Hand. »Nicht schreien. Mein Kopf steht kurz vor der Explosion.« Er zuckte zusammen, als ob selbst seine eigene Stimme seine hämmernden Kopfschmerzen verschlimmern würde.

»Niemand hat geschrien«, antwortete Kade, seine Stimme getränkt mit Gelächter. »Jesus, du musst ja ganz schön gesoffen haben.«

»Kaffee und Aspirin«, sagte Travis ruhig, drehte sich um und ging aus dem Zimmer.

»Du siehst furchtbar aus, Kumpel. Was zum Teufel ist passiert? Wo ist Mia?«, fragte Kade neugierig.

Max schloss die Augen; er sah nur vereinzelte Szenen der vergangenen Nacht aufblitzen. Waren sie real oder eingebildet? Er hatte nicht die leiseste Ahnung. Er wusste nur, dass er wie ein Wahnsinniger nach Montana gerast war, um eine Ehefrau zu sehen, die kein Verlangen danach hatte, *ihn* zu sehen. »Ist sie weg?« Er stöhnte, als er versuchte, sich aufzusetzen. Er erinnerte sich nur vage daran, ob er von allein in Mias Bett gegangen war oder ob er von seiner Frau ins Bett gebracht worden war. Er hoffte, dass sie sich irgendwo hier aufhielt. Ihm war furchtbar schlecht und er war es leid, einer Frau hinterherzulaufen, die ihm immer wieder davonlief. Was zum Teufel dachte er sich dabei?

Die Wahrheit war, er hatte überhaupt nicht gedacht. Er war von Wut und Adrenalin angetrieben worden. Als er schließlich Mias Haus in Montana erreicht hatte, hatte er sich selbst und seine geistige Gesundheit in Frage gestellt. Beinahe hätte er kehrtgemacht und wäre wieder weggefahren, aber nachdem er einige Schlucke von diesem beschissenen Whiskey getrunken hatte, hatte er entschieden, sie müssten reden – der Grund, warum sie miteinander sprechen mussten, war ihm in jenem Moment entfallen.

»Also, sie ist nicht hier. Und in der Auffahrt steht noch ein Kleintransporter, von dem ich annehme, dass er ihr gehört.« Kade warf ihm einen verärgerten Blick zu.

»Sie hatte einen Mietwagen. Den muss sie sich am Flughafen genommen haben.« Max erinnerte sich, das gedrungene Fahrzeug in der Auffahrt neben einem älteren Transporter gesehen zu haben.

»Dann ist sie weg«, stellte Kade reumütig fest. »Verdammt!«

»Ich werde mich von ihr fernhalten. Vielleicht hört sie dann auf wegzulaufen.« Max gab auf. Mia schien nichts anderes tun zu können, als von ihm wegzulaufen, also musste er aufhören, sie zu verfolgen. Es war sowieso ziemlich aussichtslos.

»Sie läuft nicht vor dir davon, Mann. Sie hat Angst«, antwortete Kade ärgerlich.

»Wovor?«, fragte Max verdutzt. Er schwang sich herum und stellte seine Füße auf dem Boden ab, während er Kade einen zweifelnden Blick zuwarf.

»Eine lange Geschichte, die du hören musst. Geh erstmal duschen, um Gottes Willen. Du riechst wie eine verdammte Schnapsbrennerei. Seit wann besäufst du dich?« Kade trat zurück und wedelte zur Verdeutlichung seiner Worte mit seiner Hand in der Luft, um den Gestank zu vertreiben.

»Seitdem deine Schwester beschlossen hat, mich wieder für einen anderen Mann zu verlassen«, gab Max zurück. Gereiztheit und was er für einen gewaltigen Kater hielt, zerrte an seinen Nerven.

»Eine Sache müssen wir klarstellen!« Kade schrie nun. »Meine Schwester liebt dich. Ich habe keine Ahnung warum. Ich persönlich denke, du bist ein richtiges Arschloch, das man wachrütteln muss, aber demgegenüber ist sie offensichtlich blind. Sie hat dich nicht *für* einen anderen Mann verlassen. Sie hat dich *wegen* eines anderen Mannes verlassen. Da gibt es einen großen Unterschied. Wenn du geblieben wärst, um Travis zuzuhören, anstatt zu versuchen, ihn umzubringen, würdest du jetzt die Wahrheit kennen. Geh duschen und komm zu uns ins Wohnzimmer, bevor du mich stocksauer machst und ich dir in die andere Gesichtshälfte schlage.«

Max hatte Kade selten wütend gesehen, daher überraschte ihn dieser Ausbruch seines Schwagers. Er beobachtete, wie Kade sich umdrehte, das Schlafzimmer verließ und ihn seinen Gedanken und seinem Kater überließ.

Er fand das benachbarte Badezimmer mit der Dusche und wusch sich, während er über Kades Worte nachdachte. Was zum Teufel bedeutete das? Wen oder was fürchtete Mia… und warum?

Er fühlte sich schon fast wieder menschlich, als er ins Wohnzimmer ging, mit demselben T-Shirt und derselben Jeans bekleidet, die er am Tag zuvor getragen hatte. Er hatte sich zwar die Zeit genommen, ein paar Sachen in eine Tasche zu stopfen, aber die war im Auto.

Kade kam mit zwei Bechern Kaffee aus der Küche. Wortlos reichte er Max einige Aspirin, die dieser umgehend herunterschluckte, um dann über den Kaffee herzufallen.

Travis saß bereits in einem der Sessel mit einer Tasse Kaffee in der Hand und las in einer Zeitung. Ihm zu Füßen saß Tucker.

»Verräter«, nuschelte Max dem Hund zu, einigermaßen befriedigt, als er bemerkte, dass Travis genauso mitgenommen aussah wie er selbst.

Er setzte sich auf die Couch und kippte still so viel Kaffee wie möglich in sich hinein. Tucker warf ihm einen entschuldigenden Blick zu und kam herüber, um sich zu seinen Füßen niederzulassen.

Travis legte die Zeitung beiseite, und Kade ließ sich in den anderen Sessel fallen. Beide Brüder zeigten ihm eine feindliche Miene.

»Ich weiß nicht, wohin sie gegangen ist. Ich war betrunken und wir... haben geredet. Sie war hier, als ich eingeschlafen bin«, berichtete er rundweg. »Ich weiß nicht, warum sie weggegangen ist, und ich weiß nicht, wohin sie gegangen ist. Sie ist weggelaufen. Schon wieder. Darin scheint Mia sich selbst zu übertreffen. Ich nehme an, dieses Mal hat sie keine Nachricht hinterlassen?«

»Nichts. An wie viel erinnerst du dich?«, fragte Kade und sein Gesichtsausdruck entspannte sich etwas.

»Nicht an viel«, antwortete Max ehrlich. »Ich erinnere mich, dass sie hier war, als ich eingeschlafen bin. Ich habe einige Lücken in meiner Erinnerung an letzte Nacht. Ich bin nicht sicher, was wirklich passiert ist und was ich mir eingebildet habe.« Und er hasste es. Kein Wunder, er war noch nie vollständig berauscht gewesen.

»Willkommen zum Morgen danach, Mr. Perfect«, sagte Kade böswillig. »Ich wünschte nur, ich hätte hier sein können, um es zu sehen. Der ›immer beherrschte Max Hamilton‹ komplett durch den Wind? Für diese Show hätte ich gutes Geld bezahlt.«

»Keine Wiederholung. Es war eine Exklusivvorstellung«, brummte Max und schwor sich, sich niemals mehr so zu betrinken. Den nächsten Morgen war es nicht wert. Er fühlte sich, als ob er von irgendeinem mythologischen Monster mit rasiermesserscharfen Zähnen aufgefressen und ausgespuckt worden wäre. »Erzähl mir was von Mia!« Sein Verstand beschäftigte sich im Augenblick mit nur einer Sache, und das war seine launische Ehefrau. »Ist sie in Sicherheit?«

»Ich habe ein Team Detektive eingesetzt, die sie verfolgen, während wir uns hier unterhalten. Ich sollte sie bald lokalisiert haben. Offensichtlich ist sie in Richtung Flughafen gefahren. Den Wagen hat sie dort gemietet, und es gibt nicht viele andere Transportmittel, um von hier wegzukommen.« Travis sprach zum ersten Mal. Seine Stimme klang gedämpft und beherrscht, als ob er bei einem geschäftlichen Treffen wäre. Nur an dem Ausdruck seiner Augen konnte man seine Gefühle ablesen; sein normalerweise eisiger Blick drückte ungezähmte Emotionen aus. »Um es kurz zu machen: Damals, als sie das College besucht hat, hat sie sich in eine üble Beziehung verstrickt. Das Arschloch wurde schließlich ins Gefängnis gesteckt, und wir dachten, es wäre vorbei. Er wurde aus dem Knast entlassen, kurz bevor Mia zum ersten Mal verschwunden war. Er drohte damit, dich, Kade und mich zu töten, wenn sie nicht zu ihm zurückkehren würde. Sie fürchtete sich… und ich habe ihr geholfen. Sie ist meine Schwester. Meine Hauptsorge galt ihrer Sicherheit.«

»Sie war meine gottverdammte Frau. Warum hast du mir nichts gesagt? Ich hätte sie beschützen können«, antwortete Max ärgerlich, bereit, Travis wieder zusammenzuschlagen.

»Du warst nicht verfügbar. Danny hatte Mia in dem Augenblick in seiner Gewalt, als dein Flugzeug abhob. Dein Kopf befand sich im Zielfernrohr eines Gewehrs, bereit, dir dein Gehirn wegzupusten«, erklärte Travis lässig. »Danny Harvey war ein professioneller Verbrecher, vollkommen geisteskrank und durchaus bereit, alles Mögliche zu tun, um Mia zurückzubekommen. Außerdem war er ein Scharfschütze, der ein Ziel über weite Entfernungen hinweg treffen konnte. Er hat eine Menge Wettkämpfe gewonnen, als er jünger war. Kaum jemals hat er ein Ziel verfehlt.«

»Warum war Mia überhaupt mit ihm zusammen? Sie konnte jemand wie ihn nicht geliebt haben«, fragte Max barsch.

Kade antwortete: »Sie war einundzwanzig Jahre alt und hatte einen senilen Vater, der ein unverbesserlicher Alkoholiker und völlig geisteskrank war. Oft hat er seine Frau und Kinder geschlagen. Mia hat unter der Hand meines Vaters gelitten. Das ging uns allen so. Glaubst du wirklich, sie wusste überhaupt, was Liebe ist? Denkst du, sie wusste, was normal war?« Kade beugte sich mit geballten Fäusten im Stuhl nach vorn. »Ich war weg, du warst weg, und Travis war das

Einzige, das zwischen Mia und ihm stand. Ich war auch stinksauer, als ich herausgefunden habe, dass er derjenige war, der sie versteckt hat. Aber vielleicht hätte ich, verdammt nochmal, das Gleiche getan, wenn das Mias Sicherheit gedient hätte.«

»Du hättest es mir sagen sollen. Ich dachte, sie wäre tot.« Max war noch nicht überzeugt. Verflucht, sie war seine Frau. »All die Jahre habe ich sie, verdammt nochmal, betrauert.«

»Für sie war es auch nicht gerade ein Sonntagsausflug. Glaubst du, sie wollte gehen? Sie hatte Angst, er würde dich töten. Sie ist geflüchtet, um dich zu retten. Ihr war es scheißegal, was mit ihr passierte. Ich kann das bezeugen, weil ich die Art gesehen habe, wie er sie fertiggemacht hat.« Travis Stimme klang nun emotionaler. »Damals auf dem College und bevor sie verschwand.«

»Wusstest du Bescheid, als sie auf dem College war?«, fragte Max nachtragend.

»Nicht sofort. Sie zog nach Virginia, um dort das College zu besuchen. Mein Vater wollte, dass sie auf die Wirtschaftsschule in Florida ging und ins Familiengeschäft einstieg, aber das war nicht das, was Mia wollte. Großmutter stellte zu ihren Lebzeiten Schmuck her, und das war es, was Mia machen wollte. Mia bekam als Erbin ihr Haus und ihren Fond, aber noch keine Verfügungsgewalt darüber. Sie musste sich mit einem Studentendarlehen belasten, das sie später zurückzahlen konnte, um das College in Virginia zu besuchen, wo man die Abschlüsse machen konnte, die sie brauchte, um Schmuckdesignerin zu werden.« Travis atmete hörbar aus und machte eine kurze Pause, bevor er fortfuhr: »Kade und ich gingen auch beide zur Schule, aber sobald ich meinen Wirtschaftsabschluss hatte und arbeitete, beschloss ich, nach Virginia zu reisen und Mia zu überraschen. Am Schluss war ich mehr überrascht als Mia, als ich sah, was mit ihr geschah.« Travis Stimme brach, und ein kleiner Riss entstand in seinem emotionalen Schutzschild.

»Was geschah?«, fragte Max stoisch, nicht sicher, ob er das überhaupt hören wollte. Aber er musste es hören. »Hat er ihr wehgetan?«

»Ja«, gestand Travis. »Recht schlimm, genau zu der Zeit, als ich sie besuchte. Aber selbst, als sie in all dieser Scheiße steckte, arbeitete sie Teilzeit und erzielte hervorragende Noten. Sie war fast so weit, ihren Abschluss zu machen. Und er versuchte, sie zu überzeugen, das nicht zu tun – mit seinen Fäusten. Er wollte nicht, dass sie noch mehr Darlehen ansammelte. Der Hurensohn wollte, dass noch genügend von diesem Fond übrig war, sobald sie darauf zugreifen konnte.«

»Fuck!« Max explodierte. Er war so aufgebracht, dass er den Kerl umbringen wollte. Wie konnte irgendein Mann Mia verletzen? »Wie hat sie sich von ihm getrennt?«

»Sie musste das nicht. Er kam in den Knast. Ich glaube, sie hatte eine Zeit lang versucht, aus der Beziehung auszubrechen, aber er hat sie wirklich nicht gehenlassen«, antwortete Travis, stellte seinen Kaffeebecher auf den Tisch, lehnte sich in seinem Stuhl zurück und verschränkte die Arme vor seiner Brust.

»Wessen wurde er beschuldigt?«, fragte Max und verengte die Augen, als er Travis ansah und etwas Ungesagtes in dessen Blick lesen konnte.

»Körperverletzung mit einer tödlichen Waffe. Scheußliche Angelegenheit«, antwortete Travis mit unbeweglicher Miene.

»Du hast das veranlasst«, erriet Max, ziemlich sicher, dass Travis der Mann war, der das Arschloch hinter Gitter gebracht hatte.

»Ich hatte ein Gespräch mit ihm. Lass uns einfach sagen, ich habe sichergestellt, dass es Zeugen gab.«

»Wusste Mia das?« Max war wütend, und in seinem Verstand blitzten Szenarios auf von einer verletzten Mia, weinenden Mia, blutenden Mia.

»Nein«, antwortete Travis ruhig. »Sie hatte sich um ihr Studium und ihre Arbeit zu sorgen. Sie wusste nur, dass er ins Gefängnis kam und sie in Sicherheit war. Mehr musste sie auch nicht wissen.«

Max bemerkte kaum, dass Kade aufstand und ihm den leeren Becher aus der Hand nahm. Er ließ ihn los, wobei seine Hand vor unterdrückter Wut zitterte. »Und letztes Mal?«, krächzte Max und durchbohrte Travis mit einem aufgebrachten Blick.

»Er überraschte sie, als sie ihr Auto auf einem Parkplatz abstellte. Sie hatte deine Sicherheitsleute weggeschickt und ihnen gesagt, sie würde sich mit Kade und mir treffen, und unsere Wachleute würden sich um alles kümmern. Sie bot ihnen an, einige Zeit frei zu nehmen, weil sie nicht wollte, dass sie ihr bei ihren Besorgungsgängen durch die ganze Stadt folgten. Danny hatte sie in seinem Wagen, bevor sie überhaupt realisiert hatte, was geschah. Es war an dem Morgen, an dem du wegflogst. Er brachte sie auf ein Gelände in der Nähe deines Flugzeugs und zwang sie zuzuschauen, während er ihr demonstrierte, wie leicht er dich töten konnte«, erklärte Travis, griff seinen Becher vom Tisch und nahm einen Schluck Kaffee. Seine Miene verdüsterte sich, als er merkte, dass er bereits kalt war.

»Sie ist eine kluge Frau. Sie sagte ihm, sie würde mit ihm gehen, und bestätigte ihm alles, was er hören wollte, aber sie erklärte ihm, sie bräuchte vorher einen Tag, um sich um einige Dinge zu kümmern. Schließlich überzeugte sie ihn davon, sie allein losgehen zu lassen, indem sie ihm sagte, sie müsste einige Dinge arrangieren, um an ihren Treuhandfond zu gelangen. Irgendwie hat sie ihn dazu überredet, sie am nächsten Morgen zu treffen, und ließ ihn glauben, sie wolle mit ihm gehen. Ich glaube nicht, dass sie mir überhaupt etwas davon sagen wollte, aber sie hat mich um Hilfe gebeten, und die hätte ich ihr keinesfalls verweigert. Wir legten die Sachen an den Strand, in der Hoffnung, man würde sie für tot halten, und ich brachte sie so schnell ich konnte von Tampa weg. Ich wollte es dir sagen, Max. Und ich wollte, dass Kade wusste, sie war am Leben. Ich war mir nur nicht ganz sicher, wie jeder von euch reagieren würde. Ich konnte nicht riskieren, irgendeine Spur zu hinterlassen, die zu Mia führte. Dieser Mann war psychotisch, wahrscheinlich gestörter als mein Vater und hundert Mal gefährlicher. Ich wollte sie in Sicherheit wissen und brauchte Zeit, um ihn kaltzustellen. Ich hätte niemals gedacht, dass es über zwei Jahre dauern würde, den Hurensohn zu finden«, murrte Travis.

»Was war mit der Polizei?«, fragte Max, schon ziemlich sicher, die Antwort zu kennen. Er hatte in Mias Fall selbst mit der Polizei zu tun gehabt, und er bezweifelte, dass er Danny diese Art von Zeit hätte geben wollen, Mia zu entführen.

Kade kam ins Wohnzimmer zurück und reichte Max einen vollen Kaffeebecher, während er antwortete: »Unser Vater war ein Verrückter. Hast du eine Ahnung, wie viele Male die Polizei wegen häuslicher Auseinandersetzung, die normalerweise von Nachbarn gemeldet wurde, in unserem Haus auftauchte? Die Harrison Familie war bekannt, und nicht auf gute Weise. Glaubst du wirklich, sie hätten Mia ernst genommen? Sie hätten ihren Job getan, doch das hätte Danny gewarnt, ihn aber wahrscheinlich nicht aufgehalten. Es gibt nicht viel, was sie gegen Stalker tun können.«

»Aber er hat sie verletzt«, argumentierte Max und hatte schon Probleme, diese Worte überhaupt auszusprechen.

»Keine Zeugen. Keine Beweise für seine Schuld. Sie hätten nicht einen Grund gehabt, ihn umgehend zu verhaften. Glaubst du wirklich, wir hätten ganz sicher sein können, dass sie außer Gefahr gewesen wäre?«, fragte Travis bitter. »Es tut mir leid, Max. Aber ich wäre dieses Risiko weder für mein kleines Schwesterlein noch für Kade eingegangen. Sie musste eine Weile verschwinden, bevor ich ihn kaltmachen konnte. Hätte ich gewusst, dass der Hurensohn so früh aus dem Gefängnis entlassen wurde, hätte ich ihn beschattet.«

»Zwei verdammte Jahre lang? Du hättest es mir sagen sollen! Es ging darum, meine Frau zu beschützen.«

»Sie war meine Schwester, bevor sie deine Frau wurde«, stellte Travis schroff klar.

»Ich wusste nichts«, gab Max zurück. Er klang erschöpft und leer. »Sie hat es mir nie erzählt. Ich hätte wissen müssen, dass sie in Gefahr war. Ich hätte von *ihm* wissen müssen.«

Habe ich mich ihr jemals geöffnet? Glaubte sie, sie hätte wirklich Grund, mir zu vertrauen, dass ich sie nicht verurteilen würde? Sie hat versucht, mir die perfekte Frau zu sein, hat versucht, mir zu gefallen.

»Du bist auch nur ein Mensch, Kumpel«, antwortete Kade. »Offensichtlich wollte sie nicht darüber sprechen. Ich habe auch nichts davon gewusst. Und er war jahrelang im Gefängnis. Niemand konnte voraussehen, was er nach seiner Entlassung tun würde.«

»Ich war damit beschäftigt, vor meinen Gefühlen ihr gegenüber davonzulaufen, und sie hat versucht, sich selbst in eine perfekte Ehefrau zu verwandeln. Es war nicht allein ihr Fehler. Ich war nicht gerade zugänglich. Ich habe sie nicht wirklich ›gesehen‹«, gab Max zu und wusste, das entsprach der Wahrheit. Mia war sein Ein und Alles, aber sie hatten zwei Jahre damit verbracht, umeinander herumzutanzen, beide in dem Versuch, das zu sein, was der andere erwartete. In mancherlei Hinsicht waren sie sich nahe gewesen und hatten eine Menge Dinge geteilt, aber nichts Bedeutsames. Auch war keiner von ihnen bereit gewesen, die nervenzermürbenden emotionalen Aspekte zu teilen, über die sie wirklich hätten sprechen müssen, um sich gegenseitig zu helfen, damit fertigzuwerden.

»Und wenn du ihr eigentliches Selbst gesehen *hättest*?«, fragte ihn Kade grimmig.

Max zuckte mit den Schultern. »Ich hätte sie genauso geliebt. Aber ich wäre vielleicht fähig gewesen, ihr zu erlauben, sie selbst zu sein, anstatt zu versuchen, mir zu gefallen. Vielleicht hätte ich lange genug den Kopf aus dem Sand gezogen, um wahrzunehmen, dass sie mich auch brauchte.«

Die bedrückende Stille zwischen den drei Männern wurde plötzlich unterbrochen, als Musik einsetzte, die in der Nähe von Travis Hüfte loshämmerte. Max blickte überrascht auf, als Travis in der Tasche seiner Hosen grub, um das beschwingte, moderne Lied zum Schweigen zu bringen.

»Meine verdammte Sekretärin hat schon wieder mit meinem Telefon gespielt«, murmelte er und drückte die Taste des Smartphones, um den Anruf entgegenzunehmen, während er aufstand und in Richtung Küche ging.

»Mach Travis keinen Vorwurf«, warf Kade ruhig ein. »Es war nicht einfach, mit meinem Vater aufzuwachsen, und er hat versucht, Mia zu schützen. Während unserer Jugend haben wir versucht, Mia vor meinem Vater zu beschützen. Travis war vielleicht etwas in die Irre geführt, aber Mia bat ihn, niemandem etwas zu sagen. Sie hatte um uns alle Angst.«

»Das tue ich nicht. Nicht sehr«, gab Max zu, sowohl Kade als auch sich selbst gegenüber. »Ich hätte mehr über ihre Vergangenheit wissen und sie selbst beschützen müssen. Aber der Hurensohn gehört mir. Er ist tot«, warnte er Kade mit einem tödlichen Glanz in den Augen.

»Das ist er schon«, antwortete Kade seelenruhig. »Deshalb haben wir versucht, mit Mia zu reden. Als sie ihr Gedächtnis verloren hatte, konnte Kade natürlich nichts sagen. Aber er musste sie wissen lassen, dass Danny tot ist. Sie ist auf der Flucht, weil sie es nicht weiß. Sie versucht immer noch, uns zu schützen. Ich weiß, dass sie diese Nachricht hinterlassen hat und wieder weggelaufen ist, weil sie versucht, dich zu schützen. Sie liebt dich, Max. Auch wenn du nichts anderes verstehst, das musst du wissen.«

»Der Kerl ist tot. Hat Travis ihn umgebracht?«, fragte Max, jetzt wirklich stocksauer, dass er nie die Chance haben würde, den Hurensohn seinen letzten Atemzug tun zu lassen.

Kade zuckte lässig mit den Schultern, als ob sein Bruder jeden Tag Menschen umbringen würde. »Er wird es nicht zugeben. Er sagt, er habe Danny schließlich bis runter nach Colorado verfolgt und ein Gespräch mit ihm geführt.« Er zog eine Augenbraue hoch und fuhr fort: »Wir wissen genau, welche Art von Gespräch Travis führt, wenn jemand seine Familie bedroht. Er sagt, Danny sei geflohen, bevor er überhaupt Hand an ihn legen konnte. Travis sprang in sein Auto und jagte ihn eine kurvige Bergstraße hinunter, bis Danny einen fatalen Fahrfehler beging. Dannys Wagen stürzte den Berg hinab. Travis überzeugte sich von seinem Tod, bevor er seine Männer ausschickte, um Mia zurück nach Hause zu holen.«

Fataler Fahrfehler? Zur Hölle, Travis war ein professioneller Rennfahrer gewesen, bevor er begonnen hatte, sich auf das Geschäft seines Vaters zu konzentrieren. Das Arschloch hatte nie auch nur eine Chance gehabt. Travis konnte Manöver ausführen, die andere Kerle vor Angst in die Hose pinkeln ließen. »Travis hat ihn ausmanövriert«, stellte Max laut fest.

Kade grinste zynisch. »Glaubst du?«

»Ich bin froh, dass der Hurensohn tot ist. Ich bedaure nur, selbst keine Chance gehabt zu haben. Ich hätte ihm seinen verdammten Kopf dafür abgerissen, dass er Mia wehgetan hat.«

Kades Lächeln wurde breiter. »Weißt du, du ähnelst jeden Tag weniger Mr. Perfect. Du beginnst, dich recht brutal anzuhören. Was ist mit dem ruhigen und vollkommen beherrschten Max Hamilton geschehen?«

»Ich hatte mich nie unter Kontrolle, wenn es um Mia geht. Sie macht mich verrückt«, polterte Max und knallte seinen leeren Kaffeebecher auf den Tisch vor sich, viel härter als nötig. »Warum hat Travis sie nicht kontaktiert, sobald Danny tot war, und es ihr erzählt?«

»Er hatte Agenten, die ein Auge auf sie warfen. Ein paar Minuten nach Dannys Tod hat er versucht, sie anzurufen. Aber sie hat nicht abgenommen. Sie hatten seit ihrer Flucht keinerlei Kontakt mehr gehabt. Er schickte ihr auf verschlungenen Wegen Geld, sodass niemand es zurückverfolgen konnte, Geld, das sie während der ganzen Zeit, die sie hier verbracht hat, kaum angerührt hat. Travis wollte nicht, dass irgendjemand die beiden auf irgendeine Art miteinander in Verbindung brachte. Dieses Haus wurde Mia von ihrer Großmutter hinterlassen, zusammen mit ihrem Treuhandfond, aber ich weiß, dass ich noch nicht einmal daran gedacht habe. Du etwa?« Max schüttelte widerstrebend den Kopf, und Kade fuhr fort: »Travis schickte seine Leute los, um Mia abzuholen und sie nach Hause zu bringen, nachdem er sie telefonisch nicht hatte erreichen können. Er wollte sie am Flugzeug treffen, um es ihr zu sagen, aber er befand sich in einer wichtigen Besprechung, die er nicht verlassen konnte. Als er nach Hause kam, war Mia nicht da. Sie musste dort angekommen und fast umgehend in den Park gegangen sein.«

»Warum ist sie dort hingegangen? Wusste sie, dass wir dort sein würden?«, fragte Max leise, da er sich wunderte, warum Mia an jenem Tag direkt in den Park gekommen war.

»Ich bin mir nicht sicher. Ich nehme an, sie hat Sams Einladung auf Travis Schrank gesehen. Er sagte, sie hätte in der Küche auf dem

Tisch gelegen, als er nach Hause kam.« Kade runzelte die Stirn, während er den Gedankengang beendete. »Das ist das Einzige, was einen Sinn ergibt. Ihr kürzeres Haar und ihre Haarfarbe waren wahrscheinlich Schutzmaßnahmen, die sie vor dem Verlassen von Montana getroffen hatte. Sie wusste nichts von Dannys Tod und wollte wahrscheinlich ihr Inkognito wahren.«

»Sie kam meinetwegen«, sagte Max heiser. Der Gedanke schlug ihm auf den Magen, und Hoffnung begann zu keimen. »Sie wusste, ich würde wahrscheinlich dort sein, weil Sam der Gastgeber war.«

»Na... ich glaube eher, sie wollte mich sehen«, antwortete Kade lächelnd. Und er lachte sogar noch lauter, als Max ihn feindselig anschaute. »Oder vielleicht auch nicht, da sie dich mit einem so ekelhaft liebestollen Blick angestarrt hat.«

»Sie schien... anders zu sein nach dem Unfall. Immer noch Mia, aber mehr...« Max war sich nicht ganz sicher, wie er es erklären sollte, also schloss er: »Ganz.« Er hätte sich immer noch dafür in den Arsch treten können, dass er nie bemerkt hatte, dass sie ihn früher gebraucht hatte. Er war zu sehr damit beschäftigt gewesen wegzulaufen, um wahrzunehmen, dass sie sich selbst verbog und so viel Bestätigung brauchte wie er selbst.

»Ich glaube nicht, dass es der Unfall war, der sie verändert hat. Während ihrer Zeit hier in Montana hat sie eine Therapie gemacht. Das war ihre Abmachung mit Travis. Er hat ihr das Versprechen abgenommen, jemanden zu finden, mit dem sie reden konnte, um zu versuchen, geheilt zu werden«, erzählte Kade Max leise. »Ich glaube, das hat vielleicht geholfen. Ich habe sie nicht oft sehen können, weil ich so viel unterwegs war, nachdem sie mit dem College begonnen hatte, aber sie schien anders zu sein als in jüngeren Jahren. Als ob sie sich in ihrer eigenen Haut wohler gefühlt hätte.«

Travis kam aus der Küche und steckte sein Handy in die Tasche. »Sie ist am Flughafen. Sie hat sich ein einfaches Flugticket nach Los Angeles gekauft.«

»Wofür zur Hölle?«, fragte Max aggressiv.

»Sie ist auf der Flucht. Los Angeles ist eine große Stadt«, mutmaßte Travis. »Sie wird versuchen, in der Menge unterzutauchen.«

»Wann? Weißt du das?« Auf keinen Fall würde Mia von ihm wegfliegen. »Wie spät ist es?«

Kade trug keine Uhr. Er schaute Travis an. »Ich habe mein Handy nicht dabei.«

Travis zog den langen Ärmel seines Freizeithemdes hoch und warf einen Blick auf seine Rolex. »Es ist neun Uhr. Ihr Flug geht um elf Uhr dreißig.«

Max war bereits auf den Füßen. »Darum werde ich mich kümmern. Ihr beide könnt nach Hause fahren. Es ist Zeit für meine Frau und mich, zu einem gegenseitigen Verständnis zu gelangen«, sagte er drohend. »Keine Einmischung mehr«, warnte er Travis und durchbohrte ihn mit einem warnenden Blick.

Travis ging zu Max und streckte seine Hand aus. »Einverstanden. Verletze sie niemals und ich werde dich nicht töten müssen. Sie hat genug durchgemacht, Max. Mach sie glücklich!«

Max schaute von Travis zu Kade und realisierte plötzlich, dass alle drei Geschwister durch die Hölle gegangen waren. Vielleicht würde ihm Mia mehr als das bloße Minimum über ihr Leben als Heranwachsende erzählen, wenn er ihr die Chance dazu geben würde. Ihre Vergangenheit hatte sie beeinflusst, als sie jünger gewesen war, aber sie war nicht an ihr zerbrochen. Max ergriff Travis Hand und schüttelte sie. »Danke, dass du mein Gesicht verunstaltet hast.«

Travis lächelte zynisch. »Ebenso.«

In diesem Moment waren er und Travis zu einer Einigung gelangt, einer Mann-zu-Mann Übereinkunft, die keiner von ihnen je brechen würde.

»Ich werde mich im Wagen umziehen.« Max schnappte sich seine Schlüssel aus der Tasche und eilte in Richtung Tür. Zumindest musste er sich ein frisches Hemd überwerfen. Er hatte geduscht, aber er musste einige Tropfen Whiskey auf der Vorderseite des Hemdes verspritzt haben, das er gestern getragen hatte. Er konnte es noch riechen.

»Brauchst du ein sauberes Hemd?«, fragte Kade heiter. »Ich habe noch einige in Reserve.«

Max verdrehte die Augen, als er die Tür öffnete, und betrachtete Kades grelles, orange-fluoreszierendes Hemd. Er war sich nicht ganz sicher, was die grauen und schwarzen Flecken darstellen sollten, mit der die Oberfläche gesprenkelt war, aber er glaubte, es wären Fische… oder Haie.

»Verdammt, nein. Ich will doch, dass sie zu mir zurückkommt«, teilte er seinem Schwager unverblümt mit und schloss die Tür hinter sich.

»Hey… Mia liebt meine Hemden«, hörte Max Kade durch die Tür brüllen, während er zu seinem Fahrzeug lief.

Als er die Tür seines Mietwagens schloss, überfiel ihn der Alkoholgeruch, und der kam nicht nur aus der Kleidung, die er trug. Er griff nach der Flasche, ließ die Fensterscheibe herunter und warf sie auf die dreckige Auffahrt. Er würde sie in den Müll werfen, wenn er zurückkehrte. Mia würde mit ihm nach Hause kommen, und sie war berauschend genug, um ihn für immer betrunken zu machen. Der Alkohol war reiner Ersatz gewesen und hatte Teile seiner Erinnerung vernebelt. Von diesem Tag an wollte er sich an alles erinnern und jeden Teil der Frau erleben, die er liebte.

Er startete den Wagen und legte grob den Gang ein. Dann wendete er den kleinen Sportwagen und schoss die Auffahrt hinunter, viel schneller, als er es in Anbetracht der Schlaglöcher tun sollte. Aber Max ignorierte sie, da sein Geist sich lediglich auf ein einziges Ziel konzentrierte.

Kein Schwachsinn mehr.

Keine Spielchen mehr.

Mia gehörte zu ihm, und es war höchste Zeit, sie vollständig in Besitz zu nehmen, sie vollständig kennenzulernen, sie bedingungslos zu lieben. Und wenn er sie erst einmal gefunden hätte, würde er sie niemals wieder gehen lassen.

Kapitel 10

Mit steifen Bewegungen schloss Mia ihren Sicherheitsgurt, ihr Körper zur Gänze erschöpft, Herz und Seele leer. Sie befand sich vielleicht hier in diesem Flugzeug nach Los Angeles, aber sie war nur eine leere Hülle, ein Körper auf der Reise an einen anderen Ort. Ihr Herz war bei Max auf der Farm zurückgeblieben.

Sie verstaute ihre Handtasche und das Handgepäck unter ihrem Sitz im Flugzeug, lehnte ihren Kopf gegen die Nackenstütze und schloss ihre Augen gegen den Schmerz um das Wissen, Max zu verlassen. Schon wieder. Wahrscheinlich war es ein Fehler gewesen, sich jene paar Stunden im Schutz seiner Arme gegönnt zu haben, weil es den Schmerz noch vergrößerte, ohne ihn auskommen zu müssen. Irgendwie musste sie ihr Leben wieder aufbauen, fern von jedem, der ihr nahestand. Sie war Gift für sie, und sollte Danny sie finden, wollte sie niemanden, den sie liebte, irgendwo in der Nähe haben.

»Ich zähle bis zehn, dann must du deinen wunderschönen Arsch erhoben und aus diesem Flieger bewegt haben.«

Mias Augen flogen geschockt auf und der Klang von Max tiefer männlicher Stimme vibrierte direkt an ihrem Ohr, so nahe, dass sie fühlen konnte, wie sein warmer Atem ihre Schläfen liebkoste.

»Max?« Sie starrte direkt in seine Augen, stürmisch, turbulent und so nahe, dass sie ihren Kopf zurückbiegen musste, um ihn zu sehen. »Du musst aussteigen. Wir heben bald ab.«

»Eins.« Seine Miene und sein Tonfall waren gleichermaßen kompromisslos.

»Max. Hör auf damit. Du musst gehen!« Mia geriet in Panik. Max sah nicht so aus, als würde er aussteigen, und sie konnte dieses Flugzeug nicht verlassen. Aber sie wollte es. Gott, wie gern sie genau in diesem Moment aussteigen und sich in Max sichere Umarmung stürzen und sich von ihm mitnehmen lassen wollte, wohin auch immer er ging.

»Zwei.« Er beugte sich hinunter, zog ihr Handgepäck unter dem Sitz hervor und warf die Handtasche auf ihren Schoß.

Er streifte sie mit seinem Oberkörper und Mia versuchte, nicht den männlichen Duft einzuatmen, der sie einhüllte, als er sich aufrichtete.

Im Geiste gab sie sich selbst einen Klaps, um sich daran zu erinnern, dass sie nicht schwach sein durfte. »Ich verlasse dich, Max. Ich will nicht mehr mit dir zusammen sein. Ich liebe dich nicht.« *Lügnerin.* Sie war solch eine Lügnerin. Aber ihr fiel kein anderer Weg ein, um ihn abzuweisen. Und er musste wirklich, wirklich gehen. Sie konnte ihm nicht in die Augen sehen und ihm sagen, sie liebte ihn nicht, also starrte sie geradeaus und wartete darauf, dass er das Flugzeug verließ.

»Drei.«

Mias Blick schnellte zu seinem Gesicht zurück. Er hatte ihre kleine Tasche über seine Schulter geworfen und seine Arme vor sich verschränkt. Er wirkte stur und entschlossen, sie aus dem Flieger herauszuholen. Und in diesem Augenblick sah Max Hamilton alles andere als zahm aus. In der Tat sah er verdammt sicher aus, dass er sie seinem Willen beugen würde.

Okay… gut… sie konnte genauso starrköpfig sein wie er im Moment. »Ich werde nicht gehen, Max.« Sie verschränkte ihre Arme und runzelte die Stirn.

»Vier.« Er langte nach unten, klappte die Sperre ihres Sicherheitsgurtes um und öffnete ihn dann mit einem einfachen Schnipsen seines Handgelenkes.

»Mach es nicht noch schwerer, als es schon ist. Bitte.« Mia hatte jeglichen Wunsch nach Heuchelei aufgegeben und ihr Blick beschwor ihn, von ihr abzulassen. Während sie heftig blinzelte, um die Tränen ihrer Frustration zurückzuhalten, sah sie ein gefährliches Flackern in seinen Augen, einen verbissenen Starrsinn, der sie warnte, dass er nicht nachgeben würde.

»Zehn.« Das Wort war kaum über Max Lippen gekommen, als er sie förmlich aus dem Sitz riss und sie sich über die Schulter warf.

Mia versuchte verzweifelt, nach ihrer Handtasche zu greifen, und schlug mit den Fäusten auf Max Rücken ein. »Lass mich los! Verflucht! Was tust du?« Es war tatsächlich recht offensichtlich, dass er sie aus dem Flugzeug heraustragen würde, sein Schritt regelmäßig und ruhig, als ob er versuchen würde, sie nicht allzu sehr durchzuschütteln.

In diesem Augenblick entschied Mia, dass es nichts Peinlicheres gab, als aus einem vollen Flugzeug herausgetragen zu werden. Glücklicherweise befanden sie sich weit vorn im Flugzeug, aber Max hielt keineswegs an, um sie herunterzulassen, auch nicht, nachdem sie den Flieger verlassen hatten und die Rampe heruntergingen, um die Haupthalle des Flughafens zu betreten.

Verärgert sagte sie zu seinem Rücken: »Und was ist aus dem ›bis zehn zählen‹ geworden?«

»Dauerte zu lange. Du hast zu viel geredet«, antwortete er schroff und bewegte sich auf den Ausgang des Flughafens zu. Dabei zog er die Blicke der Leute auf sich, an denen sie vorbeikamen, die von Belustigung bis zu Alarmiertheit reichten.

Max hatte in der Ladezone geparkt, einem vollkommen illegalen Platz, um seinen Wagen abzustellen. »Ich wette, ich hätte einen Strafzettel bekommen«, murmelte sie gereizt.

Als er sie auf dem Beifahrersitz seines sportlichen Fahrzeugs absetzte, zitterte sie vor Frust. Er sagte kein Wort, während er ruhig ihren Sicherheitsgurt einrastete. Dann schloss er die Beifahrertür und lief um das Auto herum zur Fahrerseite. Bevor sie aus dem Wagen flüchten konnte, hatte er ihn schon in Bewegung gesetzt, was er, wie sie bemerkte, beabsichtigt hatte.

»Ist dir klar, dass du mich einfach entführt hast? Meines Wissens ist es illegal, eine Frau ohne ihre Einwilligung mitzunehmen«, warf sie ihm in scharfem Tonfall vor. »Wie bist du überhaupt durch die Sicherheitskontrolle gekommen?«

Max zuckte mit den Schultern. »Ich habe ein Flugticket gekauft.«

Für einen Mann, der noch am Abend zuvor völlig betrunken gewesen war, sah er recht unberührt von der Menge Alkohol aus, die er konsumiert hatte. Er lenkte den kleinen Sportwagen mit Zuversicht und suchte sich ruhig seinen Weg zum Autobahnzubringer. »Ich will nicht zur Ranch zurück. Ich muss in diesem Flugzeug sitzen.«

»Nein, das musst du nicht«, gab Max mit ärgerlicher Gewissheit zurück. »Danny ist tot. Und du wirst nie wieder von mir weglaufen. Ich werde dafür sorgen, dass du allen Grund hast zu bleiben.«

Danny ist tot? Max weiß von Danny? Er weiß es – er muss es wissen – und trotzdem kommt er, um mich zu holen? Warum?

Plötzlich entspannte sich Mias ganzer Körper, ihre Panik war vollständig verflogen. »Woher weißt du von ihm?«

»Travis«, antwortete Max mit mehr als nur ein bisschen Ärger in der Stimme. »Warum hast du mir nie von ihm erzählt, Mia?«

»Ich dachte, es wäre alles vorüber, und ich wollte es in der Vergangenheit ruhen lassen. Ich dachte, du würdest nicht verstehen, wie eine Frau so dumm sein kann. Was hat Travis dir erzählt?«, fragte sie leise. *Es ist vorbei. Es ist wirklich vorbei.* Die Realität, dass ein Mann, den sie so lange gefürchtet hatte, endlich für immer gegangen war, hatte sie noch nicht richtig verinnerlicht.

»Er hat mir alles erzählt. Deine Beziehung im College und die Misshandlungen, wie Danny mich beinahe getötet und du mir das Leben gerettet hast. Und du bist nicht dumm. Hat Travis irgendetwas vergessen?« Max bog auf die Autobahn ein, während er ihr stirnrunzelnd einen kurzen Blick zuwarf.

»Es ist vorbei«, flüsterte Mia und schlang sich die Arme um ihren Körper. Sie fürchtete sich davor zu glauben, dass es wirklich wahr war. Sie schaute zu Max hinüber und studierte sein Profil, während sie versuchte, sich selbst von der Einsicht zu überzeugen, dass sie nicht mehr flüchten musste. Würde Max ihr jemals vergeben, jetzt, da er die ganze Wahrheit kannte? Oder würde er abweisend sein?

Ich bin mit solchen Emotionen schon früher fertiggeworden. Ich bin nicht die Frau, die ich vor zwei Jahren war. Vielleicht nicht, aber sie hatte mit ihrer Unsicherheit zu kämpfen, wenn es um Max ging. Es gab da einige Dinge, die sie ihm nicht gesagt hatte, Dinge, die er ein Recht hatte zu erfahren.

»Die Tage der Flucht sind vorbei, Liebling, aber du und ich… das wird niemals vorübergehen«, erklärte ihr Max mit gefährlich klingender Stimme. »Nicht, solange du nicht wirklich aufgehört hast, mich zu lieben, und du wirklich willst, dass es vorbei ist.«

»Aber die Frau, in die du dich verliebt hast, gibt es nicht. Es hat sie nie wirklich gegeben«, wandte Mia ehrlich ein.

»Für mich gab es sie und gibt es sie immer noch.« Max schaute mit einem Blick grimmiger Besitzgier, der sie praktisch zu einer Pfütze auf ihrem Autositz zerschmelzen ließ, zu ihr herüber. »Die oberflächlichen Dinge sind mir egal. Es spielt keine Rolle, wie du dich gekleidet und was du zu anderen Leuten gesagt hast oder was in deiner Vergangenheit passiert ist. Ich habe mich in dich verliebt, in dein Selbst, das immer da war und noch da ist, ungeachtet dessen, wie sehr du dich selbst verdreht hast, um einem Bild zu entsprechen, das mir nie wirklich wichtig war.« Max bog in die Ausfahrt in Richtung der Ranch ein, bevor er hinzufügte: »Ich will jetzt alles über dich wissen. Vielleicht war es mein Fehler, weil ich dich auf ein Podest gestellt habe, anstatt dich als meine Frau zu behandeln. Ich dachte, du wärst perfekt, doch ich hätte unter allen Umständen stets auf die gleiche Weise empfunden. Auch wenn ich deine Vergangenheit, deine Verunsicherung und deine persönlichen Vorlieben gekannt hätte, hätte ich immer noch den Boden unter deinen Füßen angebetet.«

»Warum?«, fragte sie neugierig. »Ich war eine durchgeknallte Frau, die sich über ein Jahr lang in ihrer Beziehung hat missbrauchen lassen. Mein Selbstvertrauen war gleich Null, und ich habe mich niemals so gefühlt, als ob ich gut genug für dich wäre, oder gut genug als Frau, um dich zu halten.«

Max bog in die Auffahrt zur Ranch ein, als er antwortete: »Auch ich kann nicht der gleiche Mann sein, der ich bisher war, Mia. Unsere Liebe war echt, aber wir haben uns beide etwas vorgespielt und uns voreinander versteckt.«

»Was jetzt?«, flüsterte sie leise.

Als sie das Ende der langen Auffahrt erreichten, hielt Max den Wagen vor dem Farmhaus an und wandte sich ihr zu. »Jetzt habe ich vor, meiner Frau genau zu zeigen, was ich ihr gegenüber empfinde, und sie zu auf die Art zu lieben, auf die ich sie immer geliebt habe, aber zu feige war, es zu zeigen. Wir vertrauen einander, anstatt voreinander wegzulaufen. Wir entblößen uns voreinander auf mehr als eine Art.« Seine Stimme klang burschikos, barg aber immer noch einen Hauch von Verletzlichkeit.

»Ich vertraue dir. Das habe ich immer getan. Ich war diejenige, der ich nicht vertraut habe«, antwortete sie, fasziniert von dem begehrlichen Ausdruck in seinen Augen und der Wildheit seiner Miene. Die Zeit schien stillzustehen. Sie starrten einander mit unverhohlener Leidenschaft an, und nur ihre scharfen Atemzüge unterbrachen die Stille.

»Fuck. Ich brauche dich«, sagte Max schließlich rau. Er öffnete die Wagentür und ergriff Mias Tasche. Er war schon auf der anderen Seite des Autos, bevor Mia auch nur ihren Sicherheitsgurt öffnen konnte, an dessen Verschluss sie mit zitternden Fingern herumfummelte.

Max öffnete ihn und sie stolperte aus dem Auto und landete in seinen Armen. Er nahm sie hoch und schritt auf das Haus zu. »Schlüssel«, forderte er ungeduldig.

»In der Pflanze. Ich kann ihn sehen. Waren Kade und Travis hier?«, fragte sie atemlos.

»Ja.«

»Sie haben sich noch nicht einmal die Mühe gemacht, ihn zu verstecken.«

Max fischte den Schlüssel aus der Pflanze neben der Tür, schloss die Tür auf und stieß sie mit seinem Fuß auf. Er warf den Schlüssel auf den Tisch neben der Tür, ließ ihre Tasche los und stellte Mia auf ihre Füße. »Ich will dich sofort nackt. Ich brauche dich und dein Verlangen nach mir, und ich will, dass du meinen Namen stöhnst. Ich will jede deiner Empfindungen spüren, während ich dich ficke, bis du befriedigt bist.«

»Sch- Schlafzimmer«, stammelte sie. Ihr Körper sehnte sich nach der Vereinigung mit seinem; das Verlangen war so pur und fleischlich, dass ihr ganzes Sein erbebte und die feuchte Hitze zwischen ihren Oberschenkeln sich fast unerträglich anfühlte.

»So einen weiten Weg werde ich nicht zurücklegen können«, knurrte Max, und das wilde, widerhallende Geräusch vibrierte leise und gefährlich in der Luft, als er die Zipfel ihres Hemdes packte und die Druckknöpfe aufriss. »Mein. Jeder verdammte Zentimeter von dir gehört mir.«

Mia sog scharf die Luft ein, als Max seinen Kopf senkte und seinen Mund mit ihrem verschmolz. Sein Kuss war besitzergreifend und strafend, aber Mia hieß ihn willkommen. Sie wollte vollständig gebrandmarkt und genommen und auf die primitivste Weise zu seinem Besitz erklärt werden.

Verrückte Liebe.

Die Art ihrer Gefühle für Max war irrsinnig und unbeständig, doch es kümmerte sie wenig, wenn er jede wilde Emotion spüren konnte, die durch ihren Körper jagte, weil sie nur auf seinen Ruf reagierte. Er fühlte das Gleiche. Sie teilten die gleiche berauschend primitive Raserei, die jeden Augenblick explodieren konnte.

Sie öffnete sich ihm, lieferte sich ihm aus und verwob ihre Zunge mit seiner, während sie ihre Hände unter sein T-Shirt schob und innerlich seufzte, als sie warme Haut über stählernen Muskeln ertastete. In dem Versuch, ihn überall gleichzeitig zu berühren, irrten ihre Hände über seine Brust und seinen Rücken, und ihre

Finger suchten nach jedem erreichbaren Zentimeter seiner heißen Haut und fanden nichts weiter als unerschöpfliche Kraft.

Der Knopf ihrer Jeans sprang auf und der Reißverschluss öffnete sich. Max riss seinen Mund von ihrem los und atmete stoßweise, als er ihr das Hemd von den Armen zerrte und an dem Verschluss ihres BHs riss. Sekunden später landete die Unterwäsche auf dem Boden, wo sie ihrem weggeworfenen Hemdchen Gesellschaft leistete. Mia zerrte an Max Hemd und versuchte verzweifelt, ihn zu entblößen, aber er ignorierte sie, vollständig darauf fixiert, ihr die Jeans zusammen mit ihrem Höschen an den Beinen herunterzuziehen.

Er ergriff ihre Hand und führte sie zur Couch. Dann beugte er sie über die erhöhte Armlehne. Sie stützte ihre Hände auf dem Polster ab, um das Gleichgewicht zu bewahren. Ihr Atem war so heiß und schwer, dass sie keuchte, und ihr glühend heißes Verlangen nach Max ließ sie beinahe ohne Vorspiel kommen.

Seine Handflächen packten ihre Pobacken und umklammerten und liebkosten jede von ihnen abwechselnd auf andächtige Weise. »Lauf niemals mehr weg von mir!«, befahl er rau und mit stockendem Atem. »Wir gehören zusammen.«

Da sie sein Bedürfnis spürte, seinen Anspruch auf sie geltend zu machen und sie unter seiner Kontrolle zu haben, murmelte sie leise: »Tu es. Ich weiß, dass du es willst.« Alles Weibliche in ihr antwortete seiner Dominanz und Feuchtigkeit drängte sich heiß zwischen ihre Oberschenkel. »Tu es!«

Max hatte Recht. Sie gehörte an seine Seite und sie gehörte ihm, und sie wollte, dass er sie in Besitz nahm. Sie wusste genau, was er in diesem Augenblick brauchte, und sie wand sich, um das Brennen seiner Handfläche auf ihrem Hintern zu fühlen, ein erotisches Vergnügen, das sie vollständig wahnsinnig machen würde, wenn es von Max ausging.

»Ich kann nicht«, antwortete er frustriert.

Mia wusste, warum er zögerte. »Ich kenne den Unterschied zwischen Misshandlung und Liebesspiel. Um Gottes Willen, tu es! Und bring mich zum Höhepunkt!«, kommandierte sie, unfähig, noch einen weiteren Augenblick zu warten.

»Ich spiele nicht gerade«, fauchte Max leise, aber gefährlich.

Seine Handfläche knallte fest auf ihren Hintern, schreckte ihren Körper auf und brachte ihre Haut vor erotischem Schmerz und Genuss zum Prickeln. Es tat weh, aber die Erregung darüber, Max dominanten Tendenzen freien Lauf zu lassen, überwog bei Weitem das Brennen seiner Handflächen.

Sie wollte mehr…

Und sie bekam, was sie wollte.

Der zweite und dritte Aufprall seiner Hand auf ihrem Hintern traf sie bis ins Mark; ihre Muskeln zogen sich zusammen und bettelten um Erlösung.

Beim vierten Schlag stöhnte sie laut auf und flehte: »Bitte, Max! Lass mich Kommen!«

Ihr Hintern brannte und ihre Klitoris forderte pochend nach Aufmerksamkeit.

»Verlass mich nie wieder, Mia! Aus keinem Grund«, warnte Max sie, während seine Hand ihre brennenden Pobacken liebkoste und die feuchtheiße Zone zwischen ihren Oberschenkeln erforschte. »Versprich es mir!«

Der männliche, kommandierende Tonfall sandte ein Beben an ihrer Wirbelsäule hinunter.

»Berühr mich. Bitte!«, bettelte sie verzweifelt.

Er reizte ihre Klitoris nur leicht, gerade genügend, um sie schreien lassen zu wollen. Ihr ganzer Körper war eine einzige große Masse verwobener Hitze und Begehren, bereit zu explodieren, und nur Max hatte die Macht, die Explosion auszulösen.

Wieder gab er ihr einen Klaps auf den Hintern, gefolgt von einer Liebkosung ihrer Pobacken und einem geschickten Necken zwischen ihren Oberschenkeln. »Versprich es mir!«, beharrte er und wiederholte immer wieder dieselben Worte.

Unfähig zu sprechen stöhnte sie laut auf und verkrallte sich in dem Leder der Couch. Max hob ihr Verlangen auf eine implosive Ebene an, und sie war sich nicht sicher, ob sie wollte, dass er damit aufhörte, aber die Grenze ihrer Belastbarkeit war erreicht. »Ja! Ich verspreche es. Ich liebe dich.«

»Ich liebe dich auch«, antwortete er rau.

Dann glitten seine Finger zwischen ihre durchnässten Falten, fanden ihre angeschwollene, empfindliche Knospe und glitten mit beharrlichem Druck darüber. Der Genuss war so impulsiv, verstärkt durch ihr brennendes Hinterteil, so berauschend, dass ihre Beine bebten und ihr ein würgender Schrei entwich, als die Erlösung mit verwirrender Schnelligkeit vorwärts raste.

»Komm für mich, Liebling«, säuselte er. »Du bist so heiß, so feucht. Lass dich gehen! Ich fange dich auf, wenn du fällst.«

Und Mia ließ sich gehen; der Orgasmus schüttelte ihren ganzen Körper und sie wurde in Stücke gerissen, während ihr Höhepunkt sie durchflutete. Sie stöhnte und jammerte unzusammenhängend, als Max zwei Finger in ihr vergrub und den Druck auf ihre Klitoris mit seinem Daumen aufrechterhielt, während sie kam, um sie aufzufordern, jedes kleinste bisschen Genuss auszukosten, das sie ertragen konnte, und sogar noch etwas mehr.

Max fing sie auf, genau wie er es versprochen hatte. Er schlang einen muskulösen Arm um ihre Taille, um sie festzuhalten, während sie sich keuchend erholte und ihr Herz in einem irrsinnigen Galopp in ihrer Brust raste.

Mia hatte keine Ahnung, wie viel Zeit vergangen war, als sie zurück auf die Erde hinabschwebte. Max hielt sie mit einem Arm, während die Finger seiner anderen Hand sanft die Kurve ihrer linken Pobacke streichelten.

»Was ist das?«, fragte Max grob, während seine Finger ein Muster am oberen Ende ihrer linken Pobacke nachzeichneten.

Er betastete ihre Tätowierung.

Aus dem Augenwinkel sah sie, wie Max T-Shirt auf dem Teppich landete. Sie bedauerte, nicht gesehen zu haben, wie er es ausgezogen hatte. Es hatte sich mit Sicherheit um einen sexy, einhändigen Striptease gehandelt, der ihr wahrscheinlich das Wasser im Munde hätte zusammenlaufen lassen.

»Du«, antwortete sie ehrlich. »Eine rote Rose für wahre Liebe und dein Name.« Die Tätowierung war klein und kunstvoll, eine rote Rose in voller Blüte, zierlich und detailliert, und darunter stand nur das Wort *Max*.

Verzweifelt hatte sie Max für immer bei sich tragen wollen, und dies war das Einzige, das ihr eingefallen war, das sie für den Rest ihres Lebens als sein Eigentum kennzeichnen würde.

»Heilige Scheiße!« Würgend und mit einem rohen Klang brach der Fluch zwischen Max Lippen hervor. Dann ergriff er fest ihre Hüften, und seine Finger streichelten immer noch über das Mal, als er sie mit einem einzigen sanften Stoß voll ausfüllte.

Ja. Ja. Ja. Mia brauchte diese Vereinigung mehr als ihren nächsten Atemzug. Sein Schwanz dehnte sie, während die weichen Wände ihres Tunnels sich fest um ihn zusammenzogen. Und trotzdem übte sie auch weiter einen Gegendruck aus, verzweifelt und gierig, ihn in sich zu haben und dort zu halten.

»Du hast dich selbst für mich gebrandmarkt, als Zeichen, dass du mir gehörst«, krächzte Max.

»Ich musste es tun«, keuchte sie. »Ich brauchte etwas. Irgendetwas.« Sie schluchzte beinahe auf, als Max Hüften zurückwichen und er seinen Schwanz fast vollständig aus ihr herauszog, um dann mit einem leisen Stöhnen wieder in sie einzudringen.

Er beugte sich auf sie herunter, streckte seinen Brustkorb auf ihrem Rücken aus und knabberte an ihrer Schulter. Dann leckte er diese mit seiner Zunge, arbeitete sich langsam an ihrem Hals hinauf und flüsterte ihr leise ins Ohr: »Das ist das Heißeste, was ich je gesehen habe. Mein Name für immer auf deinen Körper gebrannt. Macht mich das zu einem kranken Hurensohn?« Er ließ seine Zunge über ihr Ohrläppchen gleiten, was sie vor Verlangen zittern ließ. »Ich möchte für immer einfach so verharren. Mein Schwanz in dir, mein Körper mit deinem verflochten und von dir umgeben. Nichts hat sich jemals so gut angefühlt.« Seine Hände umfassten ihre Brüste und seine Finger pressten ihre Brustwarzen zusammen, bevor sie dann in einer schmerzlindernden Bewegung darüber strichen. Genuss und Schmerz der erotischen Berührungen ließen sie vor Begehren keuchen und am ganzen Körper beben.

Mia drehte ihren Kopf, um ihm ihre Lippen darzubieten; der unbequeme Winkel machte es ihr schwierig, seine Umarmung zu erwidern. Aber Max schien das nicht zu stören. Er beglückte ihre Lippen mit seiner Zunge und kostete sie, als ob sie das Köstlichste auf Erden wäre. Seine Zunge drang in sie ein und zog sich wieder zurück, sodass ihre Hüften zurückschnellten, da sie die gleiche Bewegung auch in sich spüren musste.

»Ich kann nicht länger warten«, stöhnte er, als er ihren Mund freigab und seine scharfen, schweren Atemzüge die zarte Haut in ihrem Nacken in Hitze badeten. »Ich *muss* dich ficken.«

Diese rüde Versicherung von Max sorgte dafür, dass sie sich um ihn herum zusammenzog. Die Tatsache, dass sie ein so großes Begehren in ihm weckte, verlieh ihr nicht nur ein Machtgefühl, sondern auch Demut. Sie konnte diesen stolzen, männlichen, sexy Mann in die Knie zwingen, aber das war das Letzte, was sie wollte. Sie gehörte Max – mit Herz, Körper und Seele – und sie wollte nur in ihm versinken und ihn den dominanten Mann sein lassen, der er ihr gegenüber sein musste. Und die volle Wahrheit war... sie sehnte sich danach. »Dann tu es«, sagte sie sanft zu ihm. »Bitte. Ich brauche das auch.«

Max straffte sich und packte sie fest an den Hüften, und sie stöhnte vor Erleichterung, als er anfing, sich zu bewegen, und sein Schwanz sie beherrschte, als er sich mit kraftvollen Stößen in sie hinein und aus ihr heraus bewegte.

Alles an der heftigen Vereinigung erregte sie, seine Leisten, die gegen ihre noch brennenden Pobacken klatschten, das Geräusch ihres sich miteinander vermischenden Stöhnens; das alles erfüllte sie mit einer entflammbaren Hitze, die sich immer weiter steigerte, bis sie völlig verloren war. Sie fühlte nichts weiter als Max und ihre wahnsinnige Raserei, miteinander zu verschmelzen.

»Ich liebe dich, Mia. Verdammt, ich liebe dich so sehr, dass es wehtut«, würgte Max mit einem gequälten Stöhnen hervor, ergriff ihre Hüften und pumpte mit solcher Verzweiflung in sie hinein, dass es beinahe grob war. Spannung schwang in der Luft und beide keuchten. Mia schwitzte am ganzen Körper. Sie konnte sehen, wie die Feuchtigkeit auf das braune Leder der Couch tropfte.

Und dann… sah sie nichts mehr… als sie ihre Augen schloss und mit einem lustvollen Schrei den Kopf zurückwarf. Der Höhepunkt traf sie mit solcher Gewalt, dass ihre Arme wegknickten und ihr Kopf auf die Lehne der Couch fiel. So lag sie hilflos da, während ihr Tunnel wild um Max hämmernden Schwanz herum pulsierte.

»Mein Gott«, fluchte Max und sein Körper spannte sich an, als seine aufgeheizte Erlösung sie mit Wärme durchflutete. Sein schweißnasser Körper senkte sich auf sie herab und seine Arme umschlossen sie beschützend. Er vergrub sein Gesicht in ihren Haaren und murmelte unzusammenhängende, zärtliche Worte, während er wieder zu Atem kam. Mia wurde schlaff, unfähig, sich zu bewegen, aber sie wusste, Max würde sie beschützen.

Sie blieben genauso liegen, verloren in einer Welt, die nur sie beide und ihre unbeherrschten Emotionen enthielt. Schließlich löste sich Max von ihr und schlang seine Arme um sie herum. Er befreite sich von seiner Jeans, die er offensichtlich nicht ganz hatte ausziehen können, und fiel auf die Couch, indem er Mia mit sich zog und sie fest auf seinem Schoß hielt.

Mia ertrank schließlich in seinen wunderschönen, haselnussbraunen Augen, als sie zu ihm aufblickte. Sein Gesicht strahlte immer noch eine wilde Besitzgier aus, die sie vor Vergnügen erzittern ließ. So von einem Mann geliebt zu werden, der die Welt für sie bedeutete, war alles, was sie je gewollt hatte, alles, was sie je gebraucht hatte. Endlich fühlte sie sich frei, und das war ein unbeschreibliches Gefühl. Sie konnte genau die sein, die sie war, und Max würde sie lieben.

Sie legte die Arme um seinen Hals und zog seine Lippen auf ihre. Die zärtliche, gefühlvolle Umarmung gab ihr nach all den Jahren das Gefühl, endlich zu Hause angekommen zu sein.

Kapitel 11

»Ich finde, wir hätten eigentlich miteinander reden müssen, bevor wir… hm… dies taten«, bemerkte Mia beiläufig, während sie ihren Ehemann anhimmelte. »Wir beide haben Fragen.«

Max grinste frech. »Wie wir gerade miteinander kommuniziert haben, war unglaublich für mich. Ich denke, reden wird überschätzt.« Er strich über ihre Tätowierung, bevor er hinzufügte: »Ich kann nicht glauben, dass du dich mit meinem Namen markiert hast.«

Mia zuckte mit den Schultern; sie verstand nicht, warum ihn das überraschte. »Ich habe dich so sehr vermisst, dass ich etwas dagegen unternehmen musste, oder ich wäre verrückt geworden. Ich wollte etwas Beständiges, um dich irgendwie in meiner Nähe zu haben. Vielleicht hört sich das verrückt an, weil ich niemals gedacht hätte, ich würde deinen Namen auf meinen Hintern tätowieren lassen, aber ich wollte es so.«

Max Lächeln wurde breiter. »Es steht dir gut. Ich hätte dich niemals gebeten, das zu tun, weil ich weiß, dass es schmerzhaft ist. Aber es ist unglaublich sexy. Ich werde es nie anschauen können, ohne dich nicht noch in derselben Sekunde ficken zu wollen. Also bedeckst du es besser, wenn du nicht in demselben Moment genommen werden willst, in dem ich es sehe.«

»Ich glaube, dann werde ich sehr häufig nackt vor dir herumlaufen«, gab sie zurück und lächelte, als sie begann, sich zu fragen, ob es jemals eine Zeit geben würde, in der sie Max nicht mit Haut und Haaren würde verschlingen wollen.

»Es ist allerdings merkwürdig…«, begann er, unterbrach sich dann aber und sah aus, als ob er über etwas nachdenken würde.

»Was?«, fragte sie neugierig.

Max schob sie sanft von seinem Schoß, damit sie sich neben ihn setzen konnte. Er drehte ihr den Rücken zu und sagte einfach: »Das hier. Ich habe es ein paar Monate nach deinem Verschwinden machen lassen.«

Mia sah es sofort und schnappte nach Luft. Da, auf seiner rechten Schulter war eine Tätowierung, die ihr die Sprache verschlug. Sie hob eine Hand und zeichnete völlig verblüfft mit ihren Fingern das Muster nach. Die Tätowierung war nicht sehr groß, aber wunderschön. Sie stellte ein stilisiertes Herz mit einem Violinschlüssel dar, wunderschön ineinander verschlungen. Dem Herz waren zwei Ringe hinzugefügt – Eheringe. Die Zeichnung war vollständig mit schwarzer Tinte ausgeführt und darüber stand *Mia* geschrieben. Unter der Zeichnung standen die Worte: *Wahre Liebe stirbt nie.*

Es war wunderschön und sie verstand nun, was seine Musik und sein Herz kommunizierten und wie die in seiner Musik ausgedrückten Gefühle mit ihrer Person verbunden waren.

Tränen traten ihr in die Augen, als sie fortfuhr, mit ihrem Finger liebevoll über das Muster zu streichen. Max hatte sich auch mit ihrem Namen markiert – ein Beweis seiner Liebe zu ihr. »Aber was, wenn du jemand anderen getroffen hättest? Was, wenn -«

Max drehte sich wieder zu ihr um, nahm sie hoch und setzte sie zurück auf seinen Schoß. »Es gibt niemand anderen für mich, Liebes. Nicht einmal Kade hat protestiert, als ich es habe machen lassen. Ich glaube, er hatte verstanden, dass ich es tun musste. Er brachte mich zu jemandem, den er kannte und der ihm schon früher einige Tätowierungen gemacht hatte. Er sagte, er trüge schon täglich ein Andenken an dich, aber ich weiß nicht, an welcher Stelle er seine Tätowierung hat.«

Mia begann zu lachen. »Es ist keine Tätowierung«, informierte sie ihn kichernd.

Max sah verblüfft aus. »Wie kann er dann ein Andenken an dich tragen?«

»Diese Hemden. Er trägt diese furchtbaren Hemden«, antwortete sie fröhlich. »Als ich ein Kind war, trug er gewöhnlich Schwarz. Ich sagte ihm, das wirkte bedrückend und er sollte etwas Fröhliches anziehen. Er begann, abscheuliche Hemden zu sammeln, solche, von denen ich sicher bin, dass er ihretwegen in der Schule gehänselt wurde. Aber er trug sie, weil sie mir gefielen und ich ihm versicherte, das wären fröhliche Hemden. Als wir heranwuchsen, hat er niemals damit aufgehört. Also trägt er in der Tat etwas mir zuliebe. Und er hat niemals aufgehört, sie zu tragen, selbst als er heranwuchs und ich ihn deswegen zu necken begann.«

Max runzelte die Stirn. »Ich habe immer gedacht, er tut das, um Travis zu ärgern.«

Mia lachte. »Das ist nur eine positive Nebenwirkung und mag vielleicht der Grund sein, warum er sie heute noch trägt. Aber er fing meinetwegen damit an. Ich liebte sie, als ich ein Kind war. Es waren immer lustige Hemden mit den ausgefallensten Mustern oder Farben. Auch wenn ich mich heute darüber lustig mache, mag ich sie immer noch.« Sie schwang sich herum, setzte sich rittlings auf Max und legte ihren Kopf auf seine Schulter. »Sag mir, warum du immer weggelaufen bist. Lag es wirklich an etwas, das ich getan habe? An der Art, wie ich mich verhalten habe?«

»Nein«, antwortete Max schnell und streichelte ihr Haar. »Sobald ich verstanden hatte, was es bedeutete, adoptiert worden zu sein, empfand ich Dankbarkeit für meine Mutter und meinen Vater. Ich wusste, meine leiblichen Eltern hatten mich weggestoßen, und ich wusste jeden Tag zu schätzen, an dem ich Eltern hatte, die mich wollten und mich mit allem versorgten, was ich brauchte, und auch mit Dingen, die ich nicht brauchte. Ich war glücklicher als die meisten Kinder in der Schule, und das lag nicht daran, dass sie mich gezeugt hatten. Sie hatten mich ausgesucht. Ich nehme an, ich wollte ihnen niemals einen Anlass geben, es zu bereuen. Also wurde ich das perfekte Kind. Jedenfalls habe ich es versucht. Ich wollte nicht, dass sie jemals einen Grund hätten, es zu bereuen, mich adoptiert zu haben. Als ich noch ganz jung war, hatte ich Angst, sie würden mich zurückgeben oder mich abweisen, wie meine leiblichen Eltern es getan hatten.«

Mia streichelte liebevoll seinen Nacken und Rücken und stellte sich den perfekten kleinen Jungen vor, der Max gewesen war. Der nette Junge war zu einem perfekten Mann herangewachsen. »Wolltest du niemals rebellieren?«, fragte sie neugierig, weil sie anstelle seiner Fassade den wirklichen Max kennenlernen wollte.

Max zuckte mit den Schultern. »Nicht wirklich. Auch nachdem meine Eltern gestorben waren, wollte ich ihnen immer noch alles recht machen. Ich machte meinen Collegeabschluss als Bester meiner Klasse und tat alles, was von mir erwartet wurde, als ich das Geschäft meines Vaters übernahm. Ich dachte sogar daran, in die Politik zu gehen, weil ich glaubte, er wäre stolz darauf gewesen. Das einzige Mal, an dem ich mich gegen mein normales Verhalten auflehnen wollte, war, als ich dich traf.«

»Also hatte ich einen schlechten Einfluss auf dich?«, fragte Mia in neckendem Ton.

»Niemals«, wehrte er ab, fuhr mit seiner Hand ihren Rücken hinunter und schlang ihr seine Arme um die Taille, um sie noch fester zu halten. »Aber es ließ mich erkennen, dass ich nicht glücklich gewesen war, bevor ich dich getroffen hatte. Ich lebte mein Leben für zwei Menschen, die ich liebte, aber ich war nicht sie. Ich versuchte, ihr Verhalten zu imitieren, weil ich dachte, es würde einen Verrat bedeuten, auf irgendeine Art anders zu sein. Ich glaubte, ich müsste so sein wie sie, weil sie die Eltern waren, die mich gewollt hatten. Ich war einem Leben in Armut entkommen, weil sie mich adoptiert hatten. Ich wollte der gleichen Gesellschaftsschicht angehören wie sie, auch wenn ich nicht hineingeboren wurde.«

Sein Eingeständnis brach Mia das Herz. »Nur weil du anders bist, bedeutet das nicht, dass du nicht immer noch gut bist.« Max war der wunderbarste Mann, den sie je gekannt hatte, und sie hasste es, dass er geglaubt hatte, er könnte nicht perfekt sein, wenn er nicht genauso wäre wie seine Eltern. »Ich glaube nicht, dass sie das überhaupt erwartet haben.«

»Das glaube ich auch nicht. Sie hätten mich trotzdem geliebt, weil sie gute Eltern waren«, antwortete Max, wobei seine Worte von ihrem Nacken erstickt wurden. »Ich selbst habe den Anspruch an mich gestellt.«

»Und als du mich kennengelernt hast? Ich weiß, du hattest andere Beziehungen, bevor wir uns getroffen haben.«

»Nicht solche wie mit dir. Bevor wir uns getroffen haben, habe ich mich den Erwartungen entsprechend verhalten. Ich habe mich verabredet. Ich habe gevögelt. Aber meine Gefühle waren anders. Du hast mich vom ersten Tag an verrückt gemacht. Es hat mich umgehauen. Bei dir habe ich die Beherrschung verloren. Über Jahre hatte ich mich selbst darauf konditioniert, wie mein Vater ein ruhiger, beherrschter, vernunftsbetonter Geschäftsmann zu sein, aber diese Persönlichkeit hast du zum Teufel geschickt, und ich hatte Angst davor, dich zu verlieren, wenn ich nicht der Mann sein würde, den du wolltest. Ich wusste von deinen Eltern und ich wusste, du brauchtest Stabilität, jemanden, der rational und geistig gesund war«, gab Max unwirsch zu.

»Oh, Max«, flüsterte Mia leise und liebte ihn umso mehr, nun, da er fähig war, mit ihr darüber zu reden. »Niemals habe ich einen geistig fitteren Mann getroffen, und ich liebe den Mann, der du jetzt bist.« Okay… das war die Untertreibung des Jahres. Seine dominante, beschützende Liebe gab ihr das Gefühl, geborgen zu sein und angebetet zu werden. »Was hat sich verändert?«

»Du bist gestorben«, antwortete er mit aufgewühlter Stimme. »Als ich mir eingestehen musste, dass ich dich wahrscheinlich nie wiedersehen, dich nie wieder umarmen, nie wieder mit dir reden würde… hasste ich mich dafür, dass ich dich nie hatte wissen lassen, wie viel du mir bedeutet hast und dass meine ganze Welt sich nur um dich gedreht hat. Ich bereute jeden verdammten Moment, den ich damit verbracht hatte davonzulaufen, anstatt die Zeit mit dir zu verbringen.« Er stieß einen männlichen Seufzer aus, bevor er fortfuhr: »Nun hasse ich mich dafür, dass ich dich nie wirklich gesehen habe und nie bemerkt habe, dass du mich wirklich brauchtest. Ich war ein egoistisches Arschloch. Wenn ich aufgehört hätte, mich um mein Ansehen zu sorgen, hätte ich dich vielleicht richtig kennengelernt – vielleicht hättest du mir von Danny erzählt.« Mit aufgewühlter Miene nahm er ihren Kopf zwischen seine Hände. »Glaub mir, ich hätte niemals gewollt, dass du dich für mich verbiegst, um mir zu gefallen. Zum Teufel, du gefällst mir schon, wenn du einfach nur atmest. Du musst nicht versuchen, irgendjemand anderes zu sein, als die, die du bist.«

Mia wollte nicht, dass er etwas bereute. »Das weiß ich jetzt. Aber das war meine Unsicherheit, Altlasten aus meiner Vergangenheit. Es lag nicht an dir. Wir tragen beide die Schuld daran, nicht miteinander kommuniziert zu haben. Wir haben uns in der Tat beide voreinander versteckt; wir liebten uns zwar, aber wir hatten zu viel Angst davor, diese Liebe zu verlieren, anstatt uns selbst und einander zu vertrauen.« Gott, sie musste blind, taub und stumm gewesen sein. Die Liebe, die von seinen hinreißenden Augen ausstrahlte, war unmissverständlich. Wenn sie wirklich hingesehen hätte, hätte sie das erkannt, ihn wirklich gekannt. »In meiner Familie aufzuwachsen, war die Hölle. Der Wahnsinn und der Missbrauch meines Vaters waren für uns alle schwer.«

»Hat deine Mutter nie daran gedacht, ihn zu verlassen?«, fragte Max heiser und lehnte in einer Geste des Trostes seine Stirn gegen ihre.

»Nein. Niemals. Ich glaube, sie hat seine Misshandlungen so lange ausgehalten, dass es ihr nur noch ums Überleben ging. Wir haben sie angefleht, ihn zu verlassen, auch noch nachdem wir erwachsen waren, aber das hätte sie niemals getan. Sie fand stets Entschuldigungen für sein Verhalten«, antwortete Mia traurig. »Ich denke, sie liebte uns, aber sie konnte meinem Vater nicht die Stirn bieten. Ich bin sicher, sie lebte in ihrer eigenen privaten Hölle.«

Max senkte seine Hände und ließ sie an Mias Oberarmen auf- und abwandern. Er runzelte die Stirn. »Dir ist kalt. Du hast eine Gänsehaut.«

Mia vermutete, dass das nicht an der Kälte lag, sondern an der Erregung, hier mit Max zu sitzen und Dinge zu teilen, die sie nie zuvor miteinander geteilt hatten. »Dann wärme mich«, bat sie ihn und lächelte über seine finstere Miene. »Wir sitzen hier völlig nackt.«

Max streckte sich und zog eine dicke Decke heran, die über die Rückenlehne des Sofas drapiert war, um sie beide gleichzeitig zuzudecken. Sie war wie ein Sandwich zwischen ihm und der flauschigen Decke eingehüllt und wurde gewärmt. »Besser?«, fragte er fürsorglich.

Mia seufzte, als sie ihren Kopf auf seiner Schulter ruhen ließ. »Ja.« Was konnte es Besseres geben, als so wie jetzt Haut an Haut mit ihm hier zu sitzen?

»Bist du bereit, mir von dem Arschloch zu erzählen, dass dich dazu veranlasst hat, von mir wegzulaufen?« Es war eine Frage, aber Max ließ es mehr wie einen Befehl klingen. »Travis hat mir die Tatsachen mitgeteilt. Doch von dir möchte ich wissen, was du für ihn empfunden hast.«

Mia war sich noch nicht einmal sicher, wie sie es erklären konnte, aber für Max würde sie es versuchen. »Am Anfang hat er sich nicht wie der Mensch verhalten, als der er sich später entpuppt hat. Er war charmant und aufmerksam. Sein Kontrollverhalten begann erst später, einige Monate nachdem wir angefangen hatten, miteinander auszugehen. Das Traurige daran war, es war nicht allzu überraschend. Ich war damit aufgewachsen. Er war meinem Vater sehr ähnlich. Ich war nicht sehr stark, Max. Ich geriet in den Kreislauf der Misshandlung. Er entschuldigte sich und versprach, es niemals wieder zu tun. Aber er tat es dennoch. Ich wollte da raus, aber ich vermute, ich war nicht stark genug, mich von ihm freizukämpfen.«

»Freunde?«, fragte Max leise.

»Nein. Zurückblickend sehe ich, dass es ihm gelungen war, mich langsam und methodisch zu isolieren. Ich hatte auf dem College Freunde gefunden, aber er ließ mich nicht mehr mit ihnen abhängen«, antwortete sie bedauernd. »Ich war so erleichtert, als er ins Gefängnis kam. Ich dachte, es wäre vorüber. Nach dem College habe ich Virginia verlassen und bin nach Florida zurückgekehrt. Ich hoffte auf einen Neuanfang und nahm mir vor, in Zukunft klüger zu sein.«

»Liebes, du bist brillant und kreativ. Du warst von deiner Vergangenheit geprägt und nur ein Kind. Gib dir nicht selbst die Schuld«, wandte Max ein und strich ihr mit tröstender Hand den Rücken hinauf und hinunter. »Nach seiner Entlassung aus dem Gefängnis kam er zurück, bedrohte mich und deine Brüder und war bereit, mir das Gehirn wegzublasen. Wie hast du ihn davon abgehalten, mich zu erledigen? So wie ich es verstanden habe, hätte er den Schuss leicht abgeben können und war verrückt genug, es auch zu tun.«

»Er war viel schlimmer als zuvor«, gab Mia zu. »Er gab mir die Schuld an allem und wurde vollständig von Wahnideen beherrscht. Er glaubte wirklich, ich wollte mit ihm zusammen sein, und er war bereit, alles zu tun, um zu bekommen, was er wollte. Ich wusste, er würde es tun.« *Keine Geheimnisse mehr. Keine Geheimnisse mehr.* »Ich war dir untreu, Max. Es tut mir leid.« Es war die schmerzhafteste Äußerung, die sie je gemacht hatte, aber Max wollte Ehrlichkeit, und sie musste ihm die Wahrheit sagen.

Max löste sich von ihr, stand auf und ging zum Kamin. Er stützte seine Arme an der steinernen Verkleidung ab; sein Kopf war von ihr abgewandt und jeder einzelne Muskel seines Körpers schien angespannt. Mia hielt den Atem an, während sie sein Profil beobachtete. Er war beinahe regungslos; die einzige sichtbare Bewegung war das Heben und Senken seines Brustkorbs, wenn die Luft ungleichmäßig in seine Lungen hinein und wieder heraus rasselte.

Mias Zukunft lag auf der Waagschale, während sie ihn beobachtete und darauf wartete, ob er sie nun mit Ekel ansehen und ihre Liebe zu ihm verhöhnen würde. Aber sie mussten vollkommen ehrlich miteinander sein, und das war etwas, das er einfach wissen musste. Sie war nicht mehr die gleiche ängstliche Frau. Das machte es ihr jedoch auch nicht leichter, es ihm zu erzählen. Die Veränderungen, an denen sie gearbeitet hatte, ermöglichten es ihr nur, es ihm überhaupt zu erzählen.

»Der Hurensohn hat dich vergewaltigt, oder? Er hätte in den Knast zurückgehen müssen.« Max drehte sich mit hängenden Armen wieder zu ihr herum, sein Gesicht war voller Wut und seine Fäuste ballten und öffneten sich. »Der Tod ist zu gut für einen Hurensohn wie ihn.«

Mia konnte spüren, wie Max ganzer Körper vor Zorn vibrierte, aber sie erkannte, dass er nicht auf sie wütend war. Sie streckte die Arme nach ihm aus, und Max schritt auf sie zu, hob sie vom Sofa und setzte sich mit ihr auf dem Schoß wieder hin, wobei seine Arme sie fest umschlungen hielten. Er hasste Danny. Doch er vertraute ihr und wusste, dass sie ihn nicht freiwillig betrogen hatte.

»Er tat mir Gewalt an. Er hat mich nicht vergewaltigt. Er wollte, dass ich ihm einen blase… und ich tat es. Du brauchtest nur noch wenige Minuten. Es war mir egal, Max. In jenem Augenblick hätte ich alles getan, was er wollte, damit er dich nicht verletzt«, erklärte sie ihm verzweifelt.

»Fuck! Besser der Hurensohn hätte mich getötet, als dich zu zwingen, das zu tun…« Max Stimme versagte, sein Gesicht wurde fahl und seine Miene ließ langsam Erkenntnis deutlich werden. »Die Nacht, in der du dein Gedächtnis wiedergefunden hast, in der Dusche…?«

»Ich habe seinetwegen immer noch Albträume. Ich träumte davon und wachte mit zurückkehrendem Gedächtnis auf. Ich wollte die schlechten Erinnerungen mit guten ersetzen. Und das habe ich getan«, beichtete sie.

»Scheiße. Das muss schwer gewesen sein. Du musstest nicht -«

»Ich wollte es. Ich wollte es so sehr. Und es *war* schwer. Aber es war nicht schwierig«, erklärte sie mit einem zittrigen Lächeln in dem Versuch, etwas von den Gewissensbissen zu vertreiben, die sie auf seinem schönen Gesicht erkennen konnte. »Ich wollte das immer, aber du schienst es nie zu wollen, also habe ich aufgehört, es zu versuchen.«

»Oh, Baby… ich wollte es. Ich wollte deinen süßen Mund so sehr auf mir, dass ich wusste, ich würde die Kontrolle verlieren, wenn es geschehen würde«, erklärte Max ihr freimütig.

»Es war gut«, sagte sie mit einem dünnen Lächeln. »Das wird die Albträume fernhalten.«

»Ich werde die Albträume abwehren. Du wirst nie wieder schlecht träumen. Ich werde jeden Moment des Kummers, den du hattest, mit Glück ersetzen. Ich schwöre es«, erklärte Max grimmig, obwohl seine Miene sich aufhellte.

Mia bezweifelte, dass Max den Sandmann zwingen konnte, ihr nur gute Träume zu bescheren, aber als sie seine Zurschaustellung rigoroser Entschlossenheit sah, glaubte sie beinahe, er könnte es. Und gewiss wusste sie, er würde es wie ein Wahnsinniger versuchen, auch wenn er die sagenhafte Gestalt der Legende an die Seite ihres Bettes schleppen müsste, um ihr den magischen Sand in die Augen zu streuen. Sie schlang ihm die Arme um den Nacken und murmelte: »Liebe mich einfach genauso für immer. Das ist genug.«

»Ich werde niemals damit aufhören«, versicherte er ihr, während die Anspannung in seinem Körper nachließ. »Versprich mir nur, dass du nie wieder versuchen wirst, mich zu schützen. Nicht auf deine Kosten. Ich wäre lieber gestorben, als ihm zu gestatten, dir auch nur ein Haar zu krümmen«, knurrte er.

Mias Augen füllten sich mit Tränen. Die Ernsthaftigkeit von Max Aussage, eine Bestärkung dessen, was er vorher gesagt hatte, traf sie wie ein Schlag in die Magengrube.

Mein Mann würde für mich sterben, nur um mich nicht leiden sehen zu müssen.

Da sie wusste, sie liebte ihn auf die gleiche Art, antwortete sie vorsichtig: »Ich bin mir nicht sicher, ob ich dieses Versprechen ablegen kann. Es hätte mich nicht gerettet, Max. Danny hätte mir trotzdem noch an jenem Tag wehgetan. Aber es hat dich gerettet.«

Er fegte ihren Einwand beiseite. »Versprich es!«, beharrte er.

»Nein«, weigerte sie sich. »Das kann ich nicht. Könntest du das Gleiche versprechen? Du hast gesagt, keine Lügen mehr, und ich werde dich nicht anlügen. Wenn ich könnte, würde ich dich schützen.«

»Gut«, knurrte er. »Ich werde einfach sicherstellen müssen, dass du dich niemals in einer Position befindest, in der du diese Entscheidung noch einmal treffen musst. Und kein Weglaufen mehr.«

Sie schüttelte den Kopf. »Kein Weglaufen mehr«, stimmte sie zu.

»Wenn du flüchten musst, komme ich mit dir«, kündigte er unerbittlich an. »Wenn du mir gesagt hättest, dass du verschwinden musstest, hätte ich es arrangiert... für uns beide.«

»Aber deine Karriere, dein Unternehmen -«

»Bedeutet mir ohne dich überhaupt nichts. Glaubst du, ich hätte mich um Geld oder irgendetwas anderes geschert, während du in Gefahr warst? Ohne zu zögern wäre ich mit dir untergetaucht, um mit dir zusammen für tot gehalten zu werden und um dich und deine Brüder zu schützen.« Sein Körper spannte sich schon wieder an, und er schoss einen messerscharfen, verärgerten Blick auf sie ab.

Mia seufzte und antwortete mit zaghafter Miene. »Ich habe zwei Jahre Therapie hinter mir und es fällt mir immer noch schwer zu glauben, dass jemand mich so lieben kann wie du«, gestand sie ein. »Ich habe große Fortschritte gemacht, aber ich werde meine unsicheren Momente haben«, warnte sie ihn. »Ich finde es immer noch schwer, mir vorzustellen, dass es endlich vorüber ist. Dass wir jetzt alle in Sicherheit sind.« Es war schwer, die Tatsache zu begreifen, dass Max alles in seinem Leben für sie aufgeben würde. Gewiss, sie hatte gelernt, sich zu schätzen und sich selbst zu akzeptieren als die, die sie war, indem sie mit einem guten Therapeuten daran gearbeitet hatte, aber Max Liebe anzunehmen, war das Schwierigste, was sie je getan hatte. Was hatte sie in diesem Leben je zustande gebracht, um ihn zu verdienen?

»Nimm dir alle Zeit, die du brauchst, Baby. Am Ende werde ich dich überzeugen«, sagte er leise. Der Ausdruck in seinen Augen war unnachgiebig, als ihre Blicke sich trafen; die Liebe schimmerte und strömte weißglühend zwischen ihnen und brachte Mias Puls zum Rasen.

Sie strich ihm durch die Haare und sagte: »Du bist erstaunlich, Max Hamilton.«

»Hast du das auch gedacht, als ich dir den Hintern versohlt habe?«, fragte er mit frechem Blick.

»Ja. Das brachte mich dazu, immer wieder unartig sein zu wollen«, antwortete sie wahrheitsgemäß.

»Liebling, ich will, dass du es mich wissen lässt, falls ich dir Angst mache oder deine Grenzen übertrete«, warnte er sie gefährlich. »Mein Kontrollvermögen ist nicht gerade zuverlässig, wenn es um dich geht.«

»Ich habe keine Angst vor dir, Max, und das könnte ich auch niemals. Ich weiß, dass du mir nie wehtun würdest. Du gibst mir das Gefühl, in Sicherheit zu sein.« Mia wusste, dass sie niemals vor Max Angst haben würde, egal, wie weit er mit seiner Rechthaberei ging. Der Mann war eine unglaubliche Mischung aus Arroganz und Verletzlichkeit, Dominanz und Zärtlichkeit, und das faszinierte sie wahnsinnig. Aber sie war wegen dieser Qualitäten niemals nervös geworden. Jeder Teil von Max machte sie an. Er wollte sie beschützen und würde sein Leben für ihres geben. Sie würde sich niemals vor *dieser* Art Liebe fürchten.

»Du bist jetzt in Sicherheit, und ich werde verdammt nochmal dafür sorgen, dass du es auch bleibst«, grunzte er.

Beide schwiegen nun für einen Moment und labten sich an dem Genuss, zusammen zu sein, bevor Mia neugierig fragte: »Hat Travis Danny getötet?«

Max Augenbrauen zogen sich zusammen, als er antwortete: »Wahrscheinlich. Technisch gesehen war es ein Unfall, aber Travis war dort. Stört dich die Tatsache, dass er tot ist?«

»Nein. Es berührt mich nicht persönlich, dass Danny tot ist. Er hat es verdient. Meine Familie ist nun sicher und es bedeutet, dass er nicht herumläuft und irgendjemand anderen terrorisiert. Aber der arme Travis hat Danny schon ins Gefängnis gebracht. Ich hasse es, dass er vielleicht jemanden hat töten müssen, damit ich frei bin. Er hat ein Gewissen, aber er hat immer getan, was auch immer nötig war, um mich und Kade zu beschützen.«

»Du weißt, dass er derjenige war, der Danny ins Gefängnis gebracht hat?«, fragte Max verblüfft.

»Gewiss weiß ich das. Glaubt er wirklich, ich bin so dumm? Er tauchte in Virginia auf, um nach dem Rechten zu sehen, und plötzlich kommt Danny in den Knast? Ich wusste, dass Travis dafür gesorgt hatte. Wie genau ist Danny ums Leben gekommen?«, fragte sie leise.

»Als Travis Danny endlich lokalisiert hatte, suchte er ihn auf, um mit ihm zu reden. Danny flüchtete in einem Wagen, und Travis nahm die Verfolgung auf. Am Schluss endete es damit, dass Danny in eine sehr tiefe Schlucht in Colorado stürzte, nachdem er während der Verfolgungsjagd die Kontrolle über sein Fahrzeug verloren hatte. Sobald Travis die Bestätigung seines Todes erhielt, arrangierte er, dich nach Hause zu bringen, aber offensichtlich hat er niemals die Chance bekommen, mit dir darüber zu reden, weil du weg warst, als er von seiner Besprechung nach Hause zurückkehrte. Warum warst du überhaupt bei dem Picknick?«, fragte Max verwirrt. »Du warst gerade erst in Florida angekommen.«

»Ich wusste, dass du wahrscheinlich dort sein würdest. Ich sah die Einladung in Travis Haus. Ich wusste, du würdest mich wahrscheinlich hassen für das, was ich getan hatte, aber ich wollte dich sehen. Ich konnte nicht anders. Ich kam immer näher, aber ich rechnete nicht damit, dass du mich erkennen würdest.«

»Keine Chance. Ich konnte dich spüren«, antwortete Max verärgert. »Aber die Tarnung war gut genug, sodass niemand anderes dich erkannte. Hast du an jenem Tag deine Haare abgeschnitten?«

»Nein. Das hatte ich schon ungefähr ein Jahr zuvor getan. Meine langen Haare waren zu oft als Waffe gegen mich eingesetzt worden. Ich tat es, um mich besser zu fühlen. Es war wie eine Art Therapie. Es fühlte sich gut an«, erklärte sie ihm.

»Er hat dich an den Haaren herumgezerrt?« Max fletschte die Zähne.

Das war gelinde ausgedrückt, aber Mia sagte Max das nicht. Ihr Vater hatte das Gleiche getan. So antwortete sie nur mit einem schlichten: »Ja.«

Antriebslosigkeit und Erschöpfung zehrten an Mias Körper. Gähnend schloss sie die Augen.

»Müde?«, erkundigte sich Max.

»Sehr. Letzte Nacht habe ich nicht geschlafen. Ich wollte das Gefühl auskosten, ein letztes Mal mit dir zusammen zu sein, auch wenn du total durch den Wind warst«, neckte sie ihn. »Das Ausmaß des Katers, den du heute Morgen gehabt haben musst, kann ich mir nur vorstellen. Kannst du dich überhaupt an gestern Abend erinnern?«

»Nicht sehr gut«, gab Max widerstrebend zu.

»Willst du, dass ich die Lücken fülle, wie du mich beschuldigt hast, mit einem anderen Mann zusammen zu sein, und wie du mich hassen wolltest?«, neckte sie ihn grinsend. »Und warum hast du Tucker mitgebracht? Ich nehme an, meine Brüder fuhren los und nahmen Tucker mit, aber ich dachte, du und mein Hund, ihr würdet euch gerade nur eben tolerieren.« Mia wusste, das entsprach nicht mehr der Wahrheit, nichtsdestotrotz wollte sie hören, dass Max tatsächlich zugab, dass er und ihr Hund Kumpel geworden waren.

»Ich dachte, du hättest einen Freund. Ich hatte nicht die ganze Geschichte mitbekommen, bevor ich auf deinen Bruder losgegangen war. Ich hatte nur gehört, dass er dafür verantwortlich war, dich mir weggenommen zu haben. Danach haben wir nicht mehr viel geredet.« Max veränderte ihre Lage wieder, sodass sie nun mit einander zugewandten Gesichtern auf der Couch lagen, breitete über ihnen die Decke aus und schlang seine Arme fest um sie herum. »Und das Einzige, was ich mit diesem hässlichen Hund gemeinsam habe, ist, dass wir dich beide lieben. Ich konnte ihn nicht allein im Haus zurücklassen. Das war nur menschlich. Er ist immer noch eine Nervensäge.«

»Hast du mit ihm gesprochen? Tucker ist ein guter Zuhörer.« Mia versuchte, ihm ein Geständnis zu entlocken.

»Er ist nachtragend. Ich hasse das bei einem Hund«, brummte Max.

Sie kicherte, als sie bemerkte, dass Max tatsächlich über den Hund so sprach, als wäre er ein Mensch. Ja. Sie hatten sich definitiv zusammengeschlossen, auch wenn es eine antagonistische Beziehung war. »Du liebst ihn«, bezichtigte ihn Mia.

»Er ärgert mich zu Tode. Gibt mir die Schuld daran, dass du weggelaufen bist«, argumentierte Max.

»Du hättest ihn bei den Nachbarn unterbringen können«, erinnerte sie ihn. »Sie lieben Tucker.«

»Er wollte mitkommen«, erklärte Max eifersüchtig. »Er jaulte. Er hat dich vermisst.«

Offensichtlich war Max noch nicht bereit zuzugeben, dass er Tucker mochte und dass der Hund ihm unglaublich wichtig geworden war. Also fragte sie: »Hast du mit Travis Frieden geschlossen?« Sie strich mit ihren Fingern leicht über das schwarzblaue Mal unter seinem Auge.

»Ja. Wir sind übereingekommen, uns nicht gegenseitig umzubringen«, sagte Max mit einem Grinsen.

»Und Kade?«

»Ich schulde ihm noch etwas dafür, dass er über meinen Kater gelacht hat«, antwortete er drohend.

Mia schauderte. »War er so schlimm?«

»Schlimm genug, um mich davon zu überzeugen, in Zukunft abstinent zu sein. Ich bin mir nicht sicher, ob ich jemals wieder einen Tropfen Alkohol werde trinken können«, antwortete er unglücklich. »Nun weiß ich, warum ich mich nie betrunken habe. Ich war zurechnungsfähig, bevor ich dich kennengelernt habe«, neckte er sie. »Der Gedanke daran, dass du mich betrogen und woanders fröhlich dein Leben gelebt hast, hat mich verrückt gemacht. Ich erinnere mich daran, wie ich mich gefühlt habe, bevor ich mich betrunken habe.«

Mia seufzte. »Ich kann nicht glauben, dass du niemals betrunken warst. Nicht einmal im College?«

»Nein. Ich habe gelernt, während alle anderen gefeiert haben.«

»Oh Gott. Du bist wirklich perfekt«, sagte Mia mit gespielter Entrüstung. »Und niemals könnte es jemand anderen geben, Max. Ich trage sogar deinen Namen auf meinem Hintern«, erinnerte sie ihn scherzend.

Max rieb besitzergreifend über das Mal. »Ja. Das tust du. Und es ist verdammt hübsch.«

Mia lachte. »Ich habe vergessen, dass du neuerdings fluchst, also unterstelle ich, du bist nicht ganz so perfekt.«

»Ich habe immer geflucht. Ich habe es nur nicht vor dir getan. Mein Vater hat niemals vor meiner Mutter geflucht«, antwortete er reumütig.

»Lass dich nur gehen«, antwortete Mia mit einem Lächeln. »Ich habe zwei Brüder. Ich habe jede Gotteslästerung gehört, die es gibt, und gelegentlich gefällt es mir, ein paar davon selbst anzuwenden. Aber da du niemals geflucht hast, habe ich versucht zu verhindern, dass mir eine entschlüpft.«

»Mein Gott, wir waren wirklich erbärmlich. Ich habe dich immer angebetet, aber ich bin mir nicht sicher, ob wir uns jemals wirklich gekannt haben. Nein, das nehme ich zurück. Mein Herz kannte dich, aber der Rest von mir war ein verdammter Idiot«, antwortete Max verzagt. »Es tut mir leid, dass ich nicht für dich da war, als du mich brauchtest. Du hättest es nicht nötig haben müssen, zu Travis zu laufen. Du hättest in der Lage sein müssen, zu mir zu kommen.«

Mia legte ihm einen Finger auf die Lippen, um ihn zum Schweigen zu bringen. »Ich habe es nicht zugelassen. Und ich war auch nicht für dich da, Max. Aber ich denke, wir haben uns beide verändert. Können wir einfach nur von neuem beginnen? Ich würde dir jetzt gern eine richtige Ehefrau sein.«

Max zog eine Braue hoch und warf ihr einen irritierten Blick zu. »Glaubst du wirklich, daran gab es je einen Zweifel? Du wirst nirgendwohin gehen, Liebling.«

Ihr arroganter und besitzgieriger Max war zurück, und sogar feuriger als der Teufel selbst. Mia seufzte und wand sich und versuchte, so nahe wie möglich an ihn heran zu rutschen. Völlig erschöpft schloss sie die Augen, aber sie wollte keinen Moment dieser Intimität mit ihm verpassen. »Du gehörst auch zu mir, weißt du?«

»Baby, das habe ich von dem Moment an gewusst, in dem wir uns getroffen haben«, erklärte er ihr ernsthaft, während er immer noch geistesabwesend über ihre Tätowierung streichelte.

Bei diesen Worten schwoll Mia das Herz. »Ich ebenfalls«, beichtete sie. Sie wusste, dass sie sich schon ganz zu Anfang in Max verliebt hatte, in dem Moment, in dem sie ihn das erste Mal lächeln gesehen hatte.

F. A. Scott

Wenige Momente später war sie in Max starken Armen eingeschlafen, behütet von seiner Liebe. Max streichelte noch einige Zeit ihre Tätowierung mit einem befriedigten, erleichterten Lächeln, bevor er ihr in den Schlaf folgte.

Kapitel 12

Die folgende Woche im Farmhaus in Montana entwickelte sich zur glücklichsten Zeit in Max ganzem Leben. Er und Mia lernten sich gegenseitig wieder kennen – oder eigentlich eher zum allerersten Mal. Aber auch wenn er jeden Tag genoss, jede neue Entdeckung, die er an Mia machte, betrauerte er immer noch die verschwendeten Jahre, in denen er sie richtig hätte kennenlernen können, aber die Chance nie genutzt hatte. Sie war immer noch die süße, unglaubliche Frau, die er geheiratet hatte, die Frau, die er mit einer Intensität liebte, die ihn beinahe umbrachte, aber sie war so viel... mehr. Sie war kompliziert und einsichtig, rätselhaft und verwirrend, und die Herausforderung herauszufinden, wie ihre Denkweise funktionierte, faszinierte ihn wahnsinnig. Sie hatte ihm die Entwürfe ihrer Schmuckstücke gezeigt, die sie nun kreierte, und ihre Fähigkeiten und Leidenschaft versetzten ihn immer noch in Erstaunen. Die Dinge, die sie ihm in der Vergangenheit nie erzählt hatte, weil sie befürchtete, sie würden ihn abschrecken, ließen ihn ihre Stärke bewundern. Seine Frau war ein Überlebenskünstler, eine Frau, die durch die Hölle gegangen und stärker und weiser daraus hervorgekommen war. Sie mochte sich scherzhaft vielleicht

»unfertiges Erzeugnis« nennen, aber aus Max Sicht war sie perfekt. War es immer gewesen.

Er setzte sich aufs Bett und zog seine Wanderstiefel an, eine Anschaffung, die er zusammen mit einem Bündel Kleider während eines Ausflugs nach Billings getätigt hatte. Grinsend schnürte er sich die Stiefel, während er daran dachte, wie selten Mia und er in der letzten Woche das Haus verlassen hatten. Aber ehrlich, er glaubte nicht, dass ihr das viel ausmachte. Sie schien ihre verdammte Tätowierung einige Male zu oft aufblitzen zu lassen und protestierte wenig, wenn er das Versprechen einhielt, sie jedes Mal zu ficken, wenn er es zu Gesicht bekam.

Sein Schwanz erwachte zum Leben und drückte heftig gegen den Stoff seiner Jeans. *Mist. Ich kann noch nicht einmal an sie denken, ohne hart zu werden.*

Max verspürte nichts weiter als Erleichterung, dass er nichts mehr vor Mia verbergen oder sich sorgen musste, nicht der Mann zu sein, den sie sich wünschte. Augenscheinlich wollte sie ihn genauso wie er war, und ihre stetige Zuneigung, die Art, wie sie sich ihm öffnete, tröstete seine Seele.

Max ging zur Küche und blieb in der Tür stehen, um den verführerischen Hintern seiner Frau in der Küche herumflattern zu sehen, während sie den Frühstücksabwasch wegräumte. Ihr Körper wiegte sich im Takt eines Countrysongs, das aus seinem Handy erklang. Er hatte das Lied noch nie gehört und er stand nicht so sehr auf Countrymusik, aber er sollte verflucht sein, wenn er diese Melodie je vergessen würde. Er sollte sich diese Musik sogar für seinen Flügel beschaffen, wenn ihm das ermöglichte, sie auf diese Art tanzen zu sehen, wann immer er sie spielen würde.

Mein. Meine Ehefrau. Meine Liebe. Mein Leben. Meine Frau. Für immer.

Max konnte sich nicht bewegen und konnte beinahe nicht atmen, während er sie beobachtete. Wie zur Hölle hatte er es angestellt, über zwei Jahre ohne sie zu leben? Er konnte ihren Zauber quer durch den Raum spüren; das Bedürfnis, mit ihr vereinigt zu sein, war fortwährend vorhanden. Mia vervollständigte ihn, und er war von dem Moment an verloren gewesen, in dem sie ihn verlassen hatte. Jetzt hatte er eine neue Chance. Alles, was er je gebraucht hatte, befand sich genau hier in diesem Raum und tanzte in einer engen Jeans und einem smaragdgrünen Pullover herum.

Mia drehte den Kopf herum, als ob sie seine Anwesenheit gespürt hätte, und ihre Mundwinkel bogen sich in einem strahlenden, willkommen heißenden Lächeln nach oben. Mein Gott, wie er das an ihr liebte! Es gab kaum eine Gelegenheit, zu der sie ihn nicht auf diese Weise anschaute, als ob es nichts geben würde, was sie glücklicher machte, als *ihn* zu sehen. Sie langte nach seinem Telefon und schaltete die Musik ab, die daraus hervorquoll, kam zu ihm herüber und schlang ihm die Arme um den Nacken. »Ich hoffe, es macht dir nichts aus. Ich habe deine Musik-App benutzt. Mein Telefon habe ich in Florida gelassen.«

Sie durfte jeden verdammten Gegenstand benutzen, wenn sie wollte, alles, was er besaß. Zur Hölle, was das betraf, konnte sie auch ihn selbst benutzen, auf jede Weise, die ihr gefiel, solange sie fortfuhr, ihn so anzulächeln. »Du bist mein Ein und Alles. Was mein ist, ist auch deines«, antwortete er schlicht, während er seine Arme um ihre Taille schlang.

»Also macht es dir nichts aus, wenn ich deinen Rasierer für meine Beine benutze?«, fragte sie unschuldig.

»Okay, es gibt Ausnahmen«, antwortete er stirnrunzelnd. Er zögerte eine Sekunde, bevor er hinzufügte. »Oh verdammt, auch den darfst du benutzen. Wenn die Klinge stumpf wird, kann ich einen anderen besorgen.« Max hatte entschieden, das Lächeln auf ihrem Gesicht wäre es wert, sich einen großen Vorrat an Männerrasierern anzulegen.

Mias Lachen hüllte ihn ein, als sie zugab: »Ich würde es dir nicht übelnehmen. Ich weiß, wo Männer die Grenze ziehen.«

»Zwischen uns gibt es keine Grenzen«, gab Max unwirsch zurück. »Überschreite die Grenze, wann immer du willst! Dringe in meine Privatsphäre ein!« *Füll mein Leben mit Liebe aus!*

Er küsste sie, weil er es tun musste, und bedeckte ihren süßen Mund mit seinem. Mia öffnete sich ihm sofort, nahm ihn an und hieß ihn willkommen, und das machte ihn wahnsinnig. Sie verschmolz wunderbar perfekt mit ihm und erfüllte seine Bedürfnisse, als wären sie ihre eigenen. Vielleicht waren sie das sogar... doch sie erregten ihn immer noch.

Er zog seinen Mund von ihrem zurück, vergrub sein Gesicht in ihren Haaren und saugte ihren Duft in sich hinein, da er das Bedürfnis hatte, ihr nahe zu sein. Vielleicht befürchtete er immer noch, irgendjemand könnte sie ihm wieder wegnehmen und er würde es nicht überleben.

»Ich dachte, wir würden ausreiten«, murmelte Mia an seiner Schulter.

Beide machten sich gut auf einem Pferderücken. Mia hatte während der High-School ganze Sommer hier mit ihrer Großmutter verbracht, bevor die ältere Frau verstorben war. Und Max hatte mit einem alten Freund seines Vaters einige Zeit in Texas verbracht, als dieser noch am Leben war. In der letzten Woche hatten sie einige faule Tage mit Reiten verbracht und das gemäßigte Septemberwetter genossen, das in Montana vorherrschte. Aber gerade in diesem Moment überdachte er eher die Art des Reitens, die er sich von Mia wünschte. »Vielleicht sollten wir eine andere Art des Reitens wählen«, schlug Max heiser vor und genoss ihren süßen Geruch, als er sie näher an sich heranzog.

»Ich bin froh, dass du das vorschlägst, weil ich gerade an das Gleiche gedacht habe«, antwortete sie frech. Sie entwand sich seinen Armen, nahm ihn bei der Hand und begann, ihn in Richtung Vordertür zu zerren.

Überrascht folgte ihr Max willig; er versuchte herauszufinden, ob sie daran dachte, für ihren »Ritt« die Umgebung zu wechseln. Er war mehr als bereit für alles. Im wahrsten Sinne des Wortes.

Sie geleitete ihn zur Vordertür und öffnete sie mit einem breiten Lächeln. »Herzlichen Glückwunsch zum Geburtstag, zum Jahrestag und Frohe Weihnachten!«, sagte sie und führte ihn nach draußen.

Max kniff aufgrund des hellen Sonnenlichts und dem Glanz vor sich seine Augen zusammen. Sein Mietwagen war verschwunden und an dessen Stelle stand ein Ferrari 458 Spider, ein Auto, über dessen Anschaffung er nachgedacht – und wieder verworfen – hatte, selbst wenn schon seit einer geraumen Weile danach lechzte. »Wessen Wagen ist das?«

Mia ließ einen Schlüsselsatz vor seinem Gesicht baumeln. »Jetzt ist es deiner. Ich wollte dir etwas für all die gemeinsamen Feiertage schenken, die wir verpasst haben. Und ich weiß, dass du ihn dir wünschst.«

Heilige Scheiße. Max Unterkiefer klappte herunter und er wandte seinen Blick Mia zu, als er fragte: »Woher wusstest du, dass ich einen Ferrari haben wollte?« Simon und Sam besaßen beide einen Bugatti, Kade und Travis eine Vielzahl an Spielzeugen, aber alles, was Max sich jemals wirklich gewünscht hatte, war ein Ferrari. Die eleganten italienischen Linien des Fahrzeugs hatten etwas an sich, das es ihm angetan hatte.

Mia stemmte die Hände in die Hüften und schenkte ihm ein schelmisches Lächeln. »Ich hatte das schon arrangiert, bevor ich das zweite Mal verschwunden war. Ich hatte einige Male deinen Laptop benutzt, und jedes Mal erschien der Wagen auf dem Bildschirm. Offensichtlich wünschtest du ihn dir. Warum hast du ihn dir nicht einfach gekauft?«

Max fuhr einen Mercedes, eine schöne Limousine, die in Anbetracht der Marke einen angemessenen Preis hatte. »Weil es unvernünftig ist. Warum brauche ich einen anderen Wagen, besonders einen, der über eine Viertel Million Dollar kostet?« Er mochte vielleicht ein Milliardär sein, aber das schien niemals seinen tief verwurzelten Sinn für Logik und Realisierbarkeit außer Kraft gesetzt zu haben.

»Max... du kannst es dir leisten. Du kannst Dinge haben, die du dir wünschst. Du musst nicht immer nur das Vernünftige tun«, neckte sie ihn sanft. »Manchmal macht es Spaß, etwas zu tun, nur weil man es gern möchte, ohne zu versuchen, das zu begründen.«

Sehnsüchtig wanderte sein Blick über das Auto. Wie lange hatte er sich schon einen Ferrari gewünscht, sich aber nie einen gekauft, weil er ihn überhaupt nicht brauchte? Es war völlig unvernünftig, aber er liebte den Wagen, verdammt noch mal. »Das hast du für mich getan? Wie hast du ihn hierhergeschafft?«, fragte er immer noch verblüfft.

»Mit Hilfe meines Bruders. Kade hat es arrangiert, ihn hierherzuschicken. Gefällt er dir?«, fragte sie nervös. »Ich habe ihn mit meinem eigenen Geld bezahlt.«

Es war ihm egal, wessen Geld sie benutzte. Sie durfte sich von seinem Geld bedienen, wann immer sie etwas haben wollte. Eigentlich wäre es ihm sogar lieber gewesen, sie hätte sein Geld ausgegeben. Er hatte einen Haufen mehr Geld als sie, so viel, dass er es nicht in einem Leben hätte ausgeben können, auch wenn er jeden Tag Luxusartikel kaufen würde. Es war nicht das Geld, das ihn davon abgehalten hatte, den Wagen zu kaufen... es war die Unsinnigkeit, einen zu besitzen. »Verdammt, ja. Schon immer habe ich mir einen Ferrari gewünscht.« Er war umwerfend, rot mit einer Innenausstattung aus schwarzem Leder, und das Verdeck war heruntergelassen. Es war ein unglaubliches Fahrzeug und es juckte ihn in den Fingern, damit zu fahren.

»Du mietest einen Sportwagen, willst aber keinen besitzen?«

Max grinste sie jungenhaft an und fuhr mit einer Hand über die Tür des Wagens. »Gelegentlich musste ich das Jucken stillen.«

Mia schlang die Arme um ihn und tätschelte ihm den Rücken, während sie murmelte: »Das Jucken ist nun dauerhaft geheilt.«

Max drehte sich herum, hob sie hoch und drückte sie an sich. Mia schlang ihre Beine um seine Taille und brachte ihr Gesicht auf eine Höhe mit seinem. »Mich plagt noch ein anderer Juckreiz«, bekannte er erregt, bereit, die Fahrt mit seinem neuen Fahrzeug warten zu lassen. »Ich kann nicht glauben, dass du das für mich getan hast. Wie kommt es, dass du schon zu wissen scheinst, was ich mir wünsche, bevor ich es selber weiß?«

»Beobachtung«, erklärte sie ihm lachend. »Dieses Mal habe ich spioniert. Und du weißt, dass du ihn haben wolltest; du wolltest es dir nur nicht eingestehen. In der Vergangenheit hast du jede Menge Geld sinnlos für mich ausgegeben, aber für dich selbst legst du andere Maßstäbe an.«

Max war sich nicht sicher, aber ziemlich gewiss, dass es mehr als reine Beobachtung gewesen war. Mia fühlte sich so in ihn hinein, wie er sich selbst noch nicht einmal begreifen konnte. »In der Tat habe ich auch etwas für dich.« Und er hoffte, es würde ihr gefallen. »Und Geld für dich auszugeben ist niemals sinnlos.«

»Was?«, fragte sie neugierig und drückte ihm einen zärtlichen Kuss auf die Lippen, bevor sie ihre Beine von seiner Taille löste und mit den Füßen anmutig auf dem Boden landete.

Max stöhnte beinahe laut auf, da der Verlust ihrer körperlichen Nähe fast schmerzhaft war. »Ich habe es in Florida besorgt.« Er grub in seiner Tasche und zog eine Schachtel aus schwarzem Samt hervor. Nervös öffnete er den Deckel. »Ich wusste nicht, ob wir deinen Ehering wiederfinden würden. Also habe ich das hier besorgt.«

Der Ring bestand aus einem Platinreif, bedeckt mit Diamanten. Auf der Oberseite trug er einen riesigen Saphir, eingebettet in ein Herz, das aus dem gleichen kostbaren Material gefertigt und vollständig von weiteren Diamanten umgeben war.

»Oh, Max.« Mia klang atemlos, als sie mit zitternden Händen die Schatulle entgegennahm. »Der ist unglaublich. Aber ich habe meinen Ehering wiedergefunden.«

»Du hast noch einen anderen Finger«, erinnerte sie Max mit einem kleinen Lächeln. »Ein Ring für unsere erste Hochzeit, und ein anderer für unsere zweite Chance.« Dann nahm er den Ring aus der Schachtel in ihrer Hand und steckte ihn ihr auf den Ringfinger der anderen Hand. »Halte an mir fest!« forderte er, und das war nicht wirklich als Frage gemeint. Er hielt definitiv an *ihr* fest.

Fassungslos schaute sie mit Tränen im Gesicht zu ihm auf. »Das ist ein auserlesenes Schmuckstück. Er muss dich ein Vermögen gekostet haben. Der Saphir hat mindestens siebzehn Karat.«

Max hatte für einen Moment vergessen, dass er mit einer Schmuckdesignerin verheiratet war, auch wenn sie nicht mehr viel mit Edelsteinen arbeitete. »Der Preis ist nicht gerade ein Problem. Ich wollte noch mehr Diamanten, aber Gabrielle meinte, das würde ihn überladen.«

»Gabrielle. Oh Gott. Ich wusste es, das sieht nach ihrer Arbeit aus. Aber sie ist immer mit Kundenaufträgen ausgelastet. Wie hast du sie dazu gebracht, dies so schnell anzufertigen?«

Max hatte eine Menge Bargeld herausrücken und sich etwas einschleimen müssen, um die berühmte Schmuckdesignerin dazu zu bewegen, den Auftrag für Mias Ring bevorzugt zu behandeln, aber er hätte jede Summe bezahlt, um ihn zu bekommen und ihn so schnell wie möglich an Mias Finger zu wissen. Nachdem er gesehen hatte, wie Mia den Verlust ihres Ringes betrauert hatte, hätte er sein ganzes Vermögen dafür gegeben, ihr einen anderen zu besorgen. »Gefällt er dir?«, fragte er ängstlich, unwillig, über den Preis oder die schnelle Beschaffung des Ringes zu diskutieren.

Mit glänzenden Augen betastete Mia andächtig den Ring. »Es gibt wohl keine Frau auf Erden, der er nicht gefallen würde. Danke, Max. Ich liebe ihn. Ich liebe dich.«

»Weine nicht!« Zärtlich wischte er die Tränen von ihrem Gesicht. »Er sollte dich zum Lächeln bringen.«

»Ich bin glücklich. Es ist nur ein so unbeschreibliches Schmuckstück. Das hättest du nicht tun müssen. Ich habe schon einen hinreißenden Ehering.«

»Und du hättest mir keinen Ferrari kaufen müssen«, erinnerte er sie.

»Ich wollte es aber tun«, argumentierte sie.

»Dito«, sagte er und grinste sie an.

»Hast du vor, mir zu zeigen, was dieses Gerät draufhat?«, fragte sie leise, während ihr Blick zu seinem neuen Wagen hinüberschweifte.

Oh ja. Er hätte ihr genau in diesem Augenblick sehr gern gezeigt, was *sein* Gerät so draufhatte. Max überlegte ernsthaft, sie nackt über die Kühlerhaube des Ferraris zu legen, aber Mia war schon zur Beifahrerseite gelaufen und sprang über die Tür in den Sportwagen.

Resigniert öffnete er die Fahrertür, sank in den Ledersitz, startete den Wagen und wendete, sodass er in Richtung Highway fahren konnte. Langsam fuhr er die Auffahrt hinunter, versuchte, die Schlaglöcher zu meiden, und machte sich in Gedanken eine Notiz, sie so schnell wie möglich ausbessern zu lassen.

»Wissen wir, wohin wir fahren?«, fragte Max Mia, weil er sich nicht ganz sicher war, wo die Schnellstraßen ins Umland führten oder was ihr Ziel sein würde.

»Spielt das eine Rolle?«, fragte Mia. Ihre Haare wehten in der Brise, als Max am Ende der Auffahrt anhielt.

Max runzelte die Stirn und wandte sich ihr zu. Er war nie der Typ Mann gewesen, der nur seinem Instinkt folgte. Er wusste immer genau, wohin er ging, was er tat und warum er es tat.

Aber ich sitze in einem Auto, von dem ich geträumt habe, seitdem ich ein Teenager war, mit einer wunderschönen Frau auf dem Beifahrersitz – einer Frau, die ich liebe und von der ich dachte, sie nie wieder berühren zu können.

Also nein… verflucht nochmal nein… Es war ihm egal, wohin er fuhr, solange Mia bei ihm war.

Sein ganzer Körper entspannte sich, als er Mia ansah, deren Gesicht strahlte und glühte. Seine finstere Miene verschwand und seine Lippen kräuselten sich zu einem jungenhaften Grinsen. »Nein. Es spielt überhaupt keine Rolle.«

»Du siehst wie ein Teenager aus, der gerade seinen Führerschein bekommen hat«, beobachtete Mia amüsiert.

»Ich habe schon seit langem einen Führerschein, Frau. Aber ich fühle mich auf verschiedensten Gebieten wie ein Teenager«, erklärte er ihr heiser. Sein Mund wurde trocken, als er sie ansah.

»Auf welchen?«, wollte Mia wissen.

»Ich möchte sehen, ob dieser Wagen wirklich in weniger als vier Sekunden von null auf hundert beschleunigt, und du machst mich so scharf wie ein Teenager, der sich nichts sehnlicher wünscht, als in die Hose des Mädchens zu greifen, das neben ihm sitzt«, antwortete er und schoss ihr einen gefährlichen Blick zu.

»Das sollte dir ein Leichtes sein«, erwiderte Mia mit leiser, temperamentvoller Stimme. »Ich bin deine Frau.« Sie machte eine Pause, bevor sie ihn zuckersüß anwies: »Bieg nach rechts ab. Dort triffst du auf eine lange Strecke einer recht geradlinigen Straße.«

Sie mochte vielleicht seine Frau sein, aber sie war nie einfach gewesen. Glücklicherweise hatte seine Frau auf Sex angespielt, und in dieser Hinsicht war sie einfach… mit ihm. Mia würde ihn auch necken, ihn entzücken, ihn wahnsinnig frustrieren und ihn auf eine Art verändern, die ihn in jedem Fall zu einem besseren Mann machen würde. Sie würde an seinen Grenzen rütteln, ihn dazu bringen einzusehen, dass er seinen Mr. Perfect Titel abwerfen und immer noch ein Mann sein konnte, auf den seine Adoptiveltern stolz sein würden, wenn sie noch am Leben wären. Er würde wahrscheinlich nie rücksichtslos oder völlig gewissenlos sein, weil er so nicht wirklich war, aber er lernte, dass nicht alles im Leben wirklich einen Sinn ergeben musste. Und eigentlich hatten die meisten der wirklich guten Dinge, alles, was das Leben wirklich lebenswert machte, tatsächlich nichts mit Logik oder Vernunft zu tun.

Er wendete seine Augen wieder der Straße zu und genoss einfach das Schnurren des kräftigen Motors, als er in die zweispurige Schnellstraße einbog. Weit und breit war kein Auto zu sehen und normalerweise gab es hier auch keine, bis man auf den Freeway gelangte. Um von der Farm aus nach Billings zu kommen, musste man eine recht lange Strecke fahren, und die Gegend war nur spärlich besiedelt.

»Von null auf hundert in weniger als vier Sekunden«, sagte Max abwesend. Er fuhr langsam, während er die vor ihm liegende Straße betrachtete und ein Gefühl für den neuen Wagen bekam.

»Gut, zeig es uns, Opa! Zieh ihn hoch. Achte nur auf Rehe«, sagte Mia fröhlich. Sie klang mehr als bereit zu sehen, wie er aufs Gaspedal drückte.

Max beschleunigte und der Wagen antwortete mit Gebrüll, als der kraftvolle Motor das Fahrzeug über den Asphalt schießen ließ, wobei die Pferdestärken unter der eleganten Motorhaube die Geschwindigkeit schnell zunehmen ließen.

Sechzig Stundenkilometer.

Achtzig Stundenkilometer.

Hundert Stundenkilometer.

»Verdammt. Er geht wirklich ab«, rief Max laut genug, sodass Mia ihn über den Wind und den Motor hinweg hören konnte.

Seine Frau lachte einfach nur, ein lautes *Jauchzen*, das ihn weiter beschleunigen ließ, bis er sich fühlte, als würde er fliegen. Er trieb die Geschwindigkeit so hoch, wie er es sich mit seiner Frau auf dem Beifahrersitz wagte… aber später, wenn er allein wäre, würde er den Wagen noch weiter austesten. Aber nicht, während sein ganzes Leben neben ihm saß. Er mochte vielleicht lockerer werden, aber er war nicht dumm. Er drosselte den Wagen bis etwas über die Geschwindigkeitsgrenze. Verzweifelt wünschte er sich, die Worte zu finden, die er zu Mia sagen wollte. Es war nicht das Geschenk des Wagens, das ihn bewegte, sondern die Tatsache, dass Mia ihn glücklich machen wollte.

»Bieg hier ab! Die nächste rechts«, ordnete sie aufgeregt an.

Max fragte nicht, wohin sie fuhren. Es war ihm immer noch egal. Er bog rechts ab, und Mia ließ ihn noch einige weitere Male abbiegen, bevor sie ihn auf einen schmutzigen Parkplatz führte.

Nachdem er aus dem Wagen gestiegen war, erwischte er Mia noch rechtzeitig, als sie gerade im Begriff war, aus dem Cabriolet zu springen. Er griff sie um ihre Taille herum und schwang sie über die Tür, während er das Gefühl ihres Körpers an seinem genoss. Er ließ ihre Beine auf den Boden absinken, war sich aber nicht sicher, ob er sie loslassen wollte.

»Dies ist einer meiner Lieblingsorte. Ich möchte ihn dir zeigen«, erklärte Mia ihm, während sie begeistert nach seiner Hand griff und ihn auf einem Pfad hinter sich herzog.

Verwirrt überließ Max ihr die Führung und genoss die Aussicht auf ihr Hinterteil.

Sie mussten nicht weit gehen, bis sie begannen, eine steile Böschung hinaufzusteigen, die in einer spektakulären Aussicht endete. Umgeben von immergrünen Wäldern erlaubte der erhöhte Ort eine perfekte Aussicht auf einige Gebirgszüge und gab einem das Gefühl, unendlich weit sehen zu können.

Max bemerkte die Schilder, die vor Absturzgefahr warnten, während er sich neben Mia stellte, und legte ihr seine Arme um die Taille, als er auf einen gut dreißig Meter senkrecht abfallenden Steilhang direkt unter ihnen blickte.

»Ich liebe diesen Ort«, sagte Mia leise. »Normalerweise bin ich hierhergekommen, wenn ich wirklich einsam war.«

Die Verletzlichkeit in Mias Stimme schnitt Max ins Herz. »Wie oft war das?«, fragte er sich laut und lehnte seinen Kopf gegen ihre Haare. Er hasste die Tatsache, dass Mia jemals einsam gewesen war. Aber er wusste genau, wie sie sich gefühlt hatte.

»Jeden Tag«, gab sie traurig zu und bedeckte seine Hände, die um ihre Taille ruhten, mit ihren. Dann seufzte sie zufrieden. »Es gab nicht einen Tag, an dem ich dich nicht vermisst habe.«

Max versuchte, den Kloß herunterzuschlucken, der ihm in der Kehle steckte, unfähig, in Worten genau auszudrücken, wie leer er sich ohne sie gefühlt hatte. Da er die richtigen Worte nicht fand, zog er sie in seine Arme und richtete ihr Gesicht auf. Mit einem hungrigen Stöhnen senkte er dann seinen Mund auf ihren hinab. Sie schmeckte nach Minze, Mokkakaffee und Sonnenschein, und Max schwelgte genussvoll darin. Seine Zunge fuhr ihr in den Mund und zog sich wieder zurück, wobei er jedes Aroma von Mia auskostete. Sie öffnete den Mund und verschmolz ihn mit seinem und entließ dabei ein leichtes Stöhnen, das Max alles vergessen ließ. Mia zu küssen war wie zu trinken, ohne dass sein Durst je gelöscht wurde.

Sie gehört mir.

Und Max war entschlossen, das niemals wieder zu vermasseln. Er löste seine Lippen von ihren und erklärte ihr mit rasselnder Stimme: »Ich liebe dich. Ich habe dich so sehr vermisst, dass ich mich nicht mehr lebendig fühlte. Ich brauche dich, Mia.« Kein Schwachsinn mehr, kein Vortäuschen mehr, dass er sie nicht fortwährend begehren würde, als ob er sich nicht danach sehnen würde, sie jede verdammte Sekunde zu besitzen.

Kein Davonlaufen mehr. Nie mehr. Für keinen von ihnen.

Keuchend und mit hörbarem Atem ließ sie von ihm ab. »Deine Küsse sind gefährlich«, sagte sie in neckendem Tonfall und wich nach hinten aus, während sie ihn anlächelte.

Mia hatte die Worte kaum ausgesprochen, als die Erde unter ihren Füßen zu bröckeln begann. Max stürzte nach vorn, weil er erkannte, dass sie dem Rand der Klippe zu nahe war. Aber seine Hände griffen ins Leere, Mia tauchte nach unten ab und verschwand, bevor er sie an ihrem Pullover zu fassen bekam.

Max hörte nur noch den entsetzten Schrei seiner Frau, und dann war sie verschwunden.

Kapitel 13

ia erschauerte, als sie sich an den Strauch klammerte, der von der Klippenwand hervorsprang, ihre Füße unsicher auf etwas abgestellt, das ein schmaler Sims sein musste, den das zerklüftete Gestein, aus dem der Steilhang bestand, an dieser Stelle ausbildete.

Atmen, Mia. Atmen. Du bist nicht tot… noch nicht.

Sie versuchte, die momentane Lähmung abzuschütteln, die der Schrecken des Absturzes verursacht hatte, und die Situation einzuschätzen. Und das war nicht einfach. Sie hing dort in einer gefährlichen Position, und nur wenig trennte sie von einem langen, tödlichen Sturz. Die Lage trug nicht gerade dazu bei, ihren Kopf zu klären.

»Mia!« Max gequältes Gebrüll holte Mia in die Realität zurück.

Langsam beugte sie den Kopf nach hinten und konnte Max Kopf über ihrem erkennen. Seine Nähe beruhigte sie. Sein schmerzlicher Blick traf auf ihren, während sie vorsichtig eine Hand von dem Strauch löste und ihm den Arm entgegenstreckte. Max legte sich auf den Bauch und streckte die Hand nach ihr aus, aber die Distanz zwischen ihnen war noch zu groß.

So nahe, aber nicht nahe genug.

»Fuck. Ich komme runter«, hörte sie Max barsch sagen.

In Panik griff sie wieder nach dem Strauch. »Nein Max. Hol Hilfe!«
Der senkrecht abfallende Hang würde jeden töten, der herunterfiel.
Sie hatte oft genug hier hinuntergeblickt, um zu wissen, dass unter
ihnen nichts als Felsen waren. Die steinige Klippe bot nur sehr
wenige geeignete Stellen, um sich festzuhalten, und sie klammerte
sich an einer solchen fest, doch der Fels unter ihren Füssen war
instabil. »Du kannst nicht herunterklettern. Du wirst abstürzen.
Bitte!«

Mia sorgte sich nicht länger darum, die Klippe hinunterzufallen,
aber sie würde es nicht ertragen zu sehen, wenn Max das
zustoßen würde.

»Zum Teufel«, antwortete Max stur und schwang seinen
Unterkörper über die Kante. »Du kannst dich nicht lange daran
festhalten.«

Nein… das würde sie wahrscheinlich nicht können. Der Strauch
war das Einzige, das sie an dem Felsen festhielt. Der Sims unter
ihren Füßen entlastete ihre Arme nur wenig. »Max! Verflucht! Hör
auf damit!« Ihn zu sehen, wie er vorsichtig den Abstieg begann, ließ
ihr Herz für einen quälenden Moment einen Schlag aussetzen, als
er unberechenbaren Halt für seine Füße fand.

»Du wirst hier, verdammt noch mal, nicht sterben, Liebling. Nicht
heute. Nicht an irgendeinem anderen Tag. Ich werde dich einfach
holen«, gab er mit kehliger und rauer Stimme zurück.

Sie konnte sein Gesicht nicht sehen, aber er war fest entschlossen,
und in diesem Augenblick verfluchte sie seine Beharrlichkeit. »Das
ist Wahnsinn. Wir werden beide sterben!«

»Niemand. Wird. Sterben«, grunzte Max und bewegte sich
langsam an ihre Seite. Er griff nach einem anderen kleinen Ast, der
an den Felsen hing, als er mit ihr auf einer Höhe war.

Mia schnappte nach Luft, und die Angst raubte ihr den Verstand.
Max klammerte sich verzweifelt an den Felsen, sein Halt war noch
instabiler als ihrer. Ihr erschrockener Blick traf auf seinen, und
in seinen haselnussbraunen Augen glühte flüssiges Feuer – ein
gehetzter, wilder und zielstrebiger Blick, den sie nie zuvor auf seinem

schönen Gesicht gesehen hatte. »Max. Bitte.« Tränen strömten ihr das Gesicht hinunter und ihr ganzer Körper bebte aufgrund des Wissens, dass es Max nicht wichtig war, ob er bei dem Versuch, ihren jämmerlichen Arsch zu retten, sterben würde. Sie hatte sie in diese Situation gebracht, indem sie dummerweise zu nahe an die Kante getreten war, aber Max hatte nicht gezögert, ihr zu folgen. »Sturer, dickköpfiger Mann«, flüsterte sie verzweifelt. »Du bist angeblich der Vernünftigere von uns beiden.«

»Nicht, wenn es um dich geht«, antwortete Max grimmig. »Du wirst nach oben klettern, Liebes.«

»Max. Du kannst nicht -«

Er schob eine Hand unter ihren Hintern und hievte ihren Körper aufwärts. Während er schob, versuchte er, ihren Platz einzunehmen. »Klettere, verdammt!«, befahl er, während er sie von unten beobachtete.

Sie befand sich nicht weit von der Kante entfernt, und Max strenge Stimme brachte sie dazu loszuklettern und einen Halt über ihm zu finden, um zu verhindern, dass er abstürzte. Ein letzter gewaltiger Schub von unten beförderte ihren Oberkörper über den Klippenrand, und sie zerrte ihren restlichen Körper hinterher. Dann brach sie atemlos hechelnd auf dem festen Grund zusammen.

Ungeschickt schwang sie ihren Körper herum und ließ ihren Kopf über die Kante hängen. Sie keuchte, als sie Max gerade in dem Moment erblickte, als der Vorsprung, auf dem sie gestanden hatte, nachgab und unter seinem Fuß zusammenbrach. Er hatte das wackelige Gestein mit zu viel Gewicht belastet, als er sie über den Klippenrand gehievt hatte. Unsicher schwang sein Körper für einen Augenblick hin und her – dem längsten Augenblick in Mias Leben – bevor er wieder Halt fand.

Bitte. Bitte. Lass ihn nicht sterben.

Langsam schob sie ihren Oberkörper über die Kante und versuchte, näher an ihn heranzukommen.

»Bring deinen Arsch jetzt auch nach oben!«, kommandierte Max drängend, während er einen anderen Halt für seine Hand fand und seinen kräftigen Körper aufwärts bewegte.

Mia zog sich ein wenig zurück, war jedoch entschlossen, Max zu helfen. »Du kannst meine Hand ergreifen.«

»Beweg. Dich. Zurück.« Max Stimme klang rau. Sein kraftvoller Körper bewegte sich nur durch pure Manneskraft und eisernen Willen die Klippe hinauf.

Weil sie erkannte, dass ihr sturer Ehemann es nicht riskieren würde, sie über die Kante zu ziehen, rutschte Mia zur Seite, um ihm Platz zu lassen, sich über die Kante der Klippe zu ziehen. Sein Fuß fand einen Halt, der seine Mobilität unterstützte. Mia griff nach dem Taillenbund seiner Jeans und zerrte mit aller Macht daran, bis er mit dem Oberkörper auf dem Rand der Klippe lag.

Sie keuchte, als er sie um die Taille griff und wegrollte. Er schützte sie mit seinem Körper, während sie sich von der Kante der zerklüfteten Felswand wegbewegten. Er hielt nicht an, bevor sie nicht auf Gras trafen und von einem Baumstumpf angehalten wurden. Ihr Körper lag ausgestreckt auf seinem.

Er erhob sich und zog sie auf die Füße. Seine Augen sprühten Feuer. »Ist alles in Ordnung?«, fragte er umgehend, während seine Hände gleichzeitig überall auf ihrem Körper nach Verletzungen suchten.

Mia stieß nachdenklich den Atem aus; sie zitterte noch am ganzen Körper. Max war aufgeschürft und zerkratzt, aber er war ganz und unversehrt. »Mir geht es gut. Ich hatte nur Angst, du bringst dich um. Was hast du dir dabei gedacht?«, fragte sie. Adrenalin jagte durch ihren Körper und sie warf ihm einen wütenden Blick zu. »Das war dumm und riskant. Tu das nie wieder, Max Hamilton! Das hat mich mindestens zwanzig Jahre meines Lebens gekostet, und ich habe mich zu Tode erschrocken.« Sie schlug auf seine Schulter ein. Wieder und immer wieder, während Erleichterung sie durchströmte, dass der massive Fels, auf den sie einschlug, Max war.

Max hob sie ruhig vom Boden hoch, als sie fortfuhr, auf ihn einzudreschen, und trug ihren wild um sich schlagenden Körper den Pfad entlang. Auf halbem Wege hielt er an und stellte sie sanft auf ihren Füßen ab. Dann fing er ihre Handgelenke ein, fixierte sie gegen einen gewaltigen Baum und bändigte sie mit sehr wenig Aufwand.

Trotz ihres immer noch erhöhten Adrenalinspiegels versuchte sie nicht mehr, auf ihn einzuschlagen, und begann zu schluchzen, wobei ihre Angst jedes andere Gefühl überwog. »Was würde ich tun, wenn dir etwas zustoßen würde? Ich könnte es nicht ertragen.«

»Ich weiß. So habe ich mich mehr als zwei Jahre lang gefühlt, als ich dachte, du wärest tot«, antwortete Max mit grober, rauer Stimme.

Sofort hörte Mia auf zu kämpfen. Die Erkenntnis über die Hölle, durch die Max wirklich gegangen war, traf sie direkt in die Eingeweide. Sie hatte ein paar Minuten der Qual erlitten, während derer sie darum gezittert hatte, ob Max sterben würde. Aber er hatte über zwei Jahre der Ungewissheit durchgemacht und gedacht, sie wäre schon tot. Sie war einsam gewesen und hatte Max nachgeweint, aber zumindest hatte sie gewusst, dass er noch am Leben war. »Ich hätte es nicht ertragen können. Es tut mir leid. Es tut mir so leid.« Das Ausmaß dessen, das Max hatte erleiden müssen, erfüllte sie mit Reue, Schmerz und Gram.

»Die Vergangenheit kümmert mich nicht mehr, Mia. Nur wir sind jetzt wichtig. Du bist jetzt bei mir, nichts anderes zählt. Ich verstehe, dass du versucht hast, mich zu schützen. Ich sehe ein, dass du nicht wusstest, was du sonst hättest machen sollen. Ich habe mit meiner eigenen verdammten Art, mit Dingen umzugehen, zu dem ganzen Schwachsinn beigetragen. Vergiss es! Genau jetzt muss ich in dir sein«, knurrte Max und griff nach dem unteren Rand ihres Pullovers, um in ihr über den Kopf zu ziehen. »Wir leben, wir sind zusammen.«

»Ich kann es nicht fassen, dass du hinter mir her die Klippe heruntergeklettert bist«, erklärte sie ihm immer noch verblüfft.

»Es spielt keine Rolle, wo du bist – ich werde dir immer folgen«, schwor Max unwirsch.

Sie blickte zu Max verrücktmachender, schmerzgeplagter, sehnsuchtsvoller Miene hoch, und ihr ganzer Körper ging in Flammen auf. Max spürte auch den Adrenalinstoß, musste ihn aber auf ganz andere Weise abreagieren.

Hitze durchflutete Mia bis in ihr Innerstes und ihr Verlangen reagierte auf seines, und plötzlich zerrten sie aneinander herum, um sich gegenseitig auszuziehen und einander näher zu sein. Kleidungsstücke fielen zu Boden, während sie voller Ekstase einander die Kleider vom Leib rissen. Beide waren sich zu sehr bewusst, dass sie einfach hätten sterben können, ohne noch einmal diese Nähe zu erfahren.

»Halt still!«, befahl Max barsch und drückte ihre Hände über ihrem Kopf gegen den Baum, als sie endlich beide nackt waren.

Mia keuchte schwer, und ihre Muschi triefte aufgrund des befehlenden Tonfalls von Max Stimme. Sie gehorchte sofort und ihr Körper entspannte sich, als sie mit weiblicher Begierde zu seiner leidenschaftlichen Miene aufblickte. Ihr Ehemann mochte vielleicht nur zögernd seine Alpha-Männchen Tendenzen bei ihr anwenden, aber gerade in diesem Moment war der besitzgierige, beschützerhafte und wahnsinnig begehrliche Ausdruck auf seinem Gesicht nicht misszuverstehen. Alle Dominanz ausdrückenden Emotionen erschienen in herrlicher Fülle, vereinigt in ihrem heißen, muskulösen Männchen, das direkt vor ihr stand. Testosteron tropfte aus jeder einzelnen Pore dieses wohlgeformten Körpers.

Seine Haut war zerkratzt und verschwitzt und Schweißtropfen rollten ihm das Gesicht herunter, während er sie mit einem hungrigen Blick nagelte. »Ich brauche es, dass du mich brauchst«, stieß er heiser hervor, während er mit einer Hand ihre Handgelenke festhielt und mit der anderen eine ihrer Brüste liebkoste und die Brustwarze mit dem Daumen umkreiste.

Mia wimmerte. Beide Brustwarzen waren hart und unglaublich empfindsam, die leichteste Berührung zerrte an ihren Nervenenden. »Das tue ich schon. Fick mich, Max. Bitte!«

»Weißt du, wie ich mich gefühlt habe, als du über diese Klippe gerutscht bist, Liebling?«, fragte er schroff, als seine Finger zur anderen Brust wanderten und sie leicht drückte, bevor er den Schmerz mit seinen Fingern linderte.

»Ja!«, schrie Mia. »Genauso wie ich mich gefühlt habe, als ich dich dort hängen sah.«

»Ich fühlte mich, als ob du schon wieder sterben würdest.« Langsam bewegte sich Max Hand zwischen ihre Brüste und ihren bebenden Bauch hinunter. »Für einen Augenblick bin ich auch gestorben.«

Seine Stimme klang barsch, aber seine Berührung war zärtlich, als er zwischen ihre Oberschenkel wanderte und sanft ihre Falten teilte und leicht darüber strich.

Doch es war nicht genug, und Mias Körper begann zu protestieren. Ihre Hüften bewegten sich nach vorn, sie brauchte mehr Druck, *mehr von Max*. »Ich brauche dich«, sagte sie sehnsüchtig und seufzte, als seine Finger aufreizend über ihre Klitoris rieben.

»Du bist feucht für mich, Liebling. Aber ich will dein Verlangen noch steigern«, hauchte er ihr leise ins Ohr, knabberte an ihrem Ohrläppchen und wanderte mit der Zunge ihr Fleisch entlang. »Ich will, dass du für mich kommst. Weil ich weiß, sobald ich erst in dir bin, kann ich es nicht mehr lange aushalten. Nicht dieses Mal.«

Mia stöhnte vor Lust und brauchte seine Berührung mehr als alles andere auf Erden. Max wollte sie befriedigen und gab ihren Bedürfnissen den Vorrang. Aber sie wollte ihn in sich haben, sie musste mit ihm vereinigt sein. »Dann bring mich zum Höhepunkt, weil ich dich jetzt in mir haben muss«, schrie sie ihm zu. Es kümmerte sie nicht, wer sie hörte.

Max schauderte, als ob er die Beherrschung verlieren würde, und nahm ihren Mund, während seine Finger zwischen ihren Oberschenkeln spielten, als ob es sich um seinen Flügel handeln würde: kraftvoll, selbstsicher und absolut perfekt. Er suchte und fand die angeschwollene Knospe, die nach seiner Aufmerksamkeit gierte, glitt mit kräftigen Strichen über sie und seine Zunge fiel über ihren Mund her. Nicht einen Moment verringerte er den Druck, bis sie explodierte und ihr ganzer Körper bebte, als sie der Höhepunkt mit einer solch explosiven Macht traf, die sie in Stücke zu sprengen drohte.

Max löste seinen Mund von ihrem, befreite ihre Handgelenke und umfasste ihren Hintern. »Leg Arme und Beine um mich herum«, befahl er und ließ sie nicht einmal einen Atemzug nehmen, bevor er sich mit einem männlichen Stöhnen in ihr vergrub. »Nichts zwischen uns dieses Mal. Du fühlst dich unglaublich an. So verdammt gut.«

Fügsam schlang Mia ihre Beine um seine Taille und ihre Arme um seinen Nacken. Sie schnappte nach Luft, als er in sie eindrang und sich bis zu seinen Hoden in ihr vergrub. Sie wusste, er versuchte, ihren Rücken vom Baum fernzuhalten, damit sie sich nicht verletzte, aber nichts kümmerte sie weniger als ein paar Schrammen. Das Gefühl, ihn tief in sich eingebettet zu haben, war alles beherrschend, und sie war zu leidenschaftlich, um sich Sorgen darüber zu machen. »Ja«, feuerte sie ihn an und wanderte mit ihrer Zunge über seinen Nacken, knabberte an seiner Haut und frohlockte über sein wildes Knurren der Anerkennung, als er sich zurückzog und wieder in sie eindrang. Fester. Stärker. Tiefer.

Bei jedem kraftvollen Stoß seines Schwanzes schnappte Mia nach Luft. Seine Leisten pumpten gegen ihre empfindliche Klitoris, während er Stoß für Stoß in sie hineinhämmerte, bei jeder Vorwärtsbewegung mehr außer sich und wilder. Sie fühlte ihren Orgasmus heranrasen, ursprünglich und kraftvoll, so überwältigend, dass sie schrie: »Ich liebe dich!«

Max stöhnte und erbebte, als er seine Hüften verzweifelt in sie hineinpumpte und die Wände ihres Tunnels sich um seinen Schwanz zusammenpressten und ihn melkten, während sie hilflos kam.

Mia umklammerte seinen Kopf, küsste ihn und stöhnte in seinen Mund, als ihr Körper in einer Hitzewelle explodierte, die sich anfühlte, als ob sie verbrennen würde. Sie war wahnsinnig und trunken vor Genuss, als Max Zunge auf ihre traf. Sie waren auf jede nur mögliche Art ineinander verwoben und miteinander verbunden, und ihre Körper schwankten hin und her, als sie so vereinigt blieben, in einer Welt, die nur ihnen beiden gehörte.

Max zog sie mit sich auf einen Flecken Gras herab und hielt sie auf ihm liegend, während ihre Lippen sich immer noch berührten und schmeckten. Er bohrte eine Hand in ihr Haar und behielt die andere besitzergreifend auf ihrem Hintern, wobei er abwesend über ihre Tätowierung streichelte.

Total verausgabt ruhte Mia mit ihrem Kopf auf Max Schulter und murmelte leise: »Du hast mich zu Tode erschreckt. Tu das nie wieder!« Sie versuchte, ihrer Stimme einen überzeugenden Ton zu verleihen, aber sie war zu müde.

»Liebling, wenn dich das in diese Art von leidenschaftlicher Raserei versetzt, dann glaube ich, ich werde das jeden Tag tun«, sagte er mit einem männlichen, tiefen Lachen.

»Ich werde mich von dir scheiden lassen«, kündigte sie schwach an.

»Nein, das wirst du nicht«, antwortete er in anmaßendem Ton.

»Woher willst du das wissen?«, gab sie kichernd zurück.

»Weil du mich liebst«, erwiderte er zuversichtlich.

»Ja. Das tue ich.« Mia war so übersättigt, dass sie noch nicht einmal diskutieren wollte. Er hatte Recht. Egal, was passierte, sie würden immer zusammenbleiben. Irgendwie glaubte sie daran, dass es Vorhersehung gewesen war, von dem Moment an, als sie seinen teuren Anzug ruiniert, zu Max aufgeblickt und ihr Schicksal in seinen hinreißenden, haselnussbraunen Augen gesehen hatte. »Ist dir bewusst, dass wir gerade draußen und nackt sind? Das ist nicht wirklich gut für dein Ansehen, weißt du.«

»Du hast mein berühmtes Hamilton-Kontrollverhalten schon in dem Moment zum Teufel gejagt, in dem ich dich getroffen habe«, brummte Max. »Für mich gibt es keinen Mr. Perfect mehr.«

»Macht dir das etwas aus?«, wollte Mia neugierig wissen, weil sie sich fragte, ob er es ihr übelnahm, ein bisschen seines alten Images verloren zu haben – als der vernünftige, ruhige, seriöse Max, der er normalerweise war.

Sie beugte sich zurück, um sein Gesicht zu betrachten. Er hatte ein glückliches, törichtes Lächeln auf den Lippen, das ihr Herz zum Rasen brachte.

»Zum Teufel, nein. Ich beginne zu begreifen, dass es eine Menge Spaß macht, ein bisschen unartig zu sein.« Er küsste sie zärtlich und brachte sie beide dazu aufzustehen.

Schnell zogen sie sich an und lachten, als sie sich gegenseitig von Gras und Blättern befreiten. Max nahm sie bei der Hand, und sie machten sich an den Rest des Abstiegs. Dann half Max ihr in seinen neuen Wagen.

Den ganzen Weg nach Hause überschritt Max nicht die Geschwindigkeitsbegrenzung. Mia neckte ihn damit, ein Großvater zu sein, aber als er antwortete, dass es eine Grenze dessen gab, was ein Mann wie er an einem Tag verkraften konnte, lächelte sie. Max war nicht perfekt, aber verdammt nahe dran. Und er gehörte ihr. Eine Frau hätte nicht glücklicher sein können.

Mit einem Seufzer lehnte Mia sich in den vornehmen Ledersitz zurück. Sie erkannte, dass sie nach all dem Leid und Herzschmerz der letzten paar Jahre endlich mit Max auf die Art vereinigt war, die ihnen vorherbestimmt war. Und wenn sie mit Max zusammen war, wo auch immer das geographisch gesehen sein würde, wäre sie stets zu Hause.

Epilog

Einen Monat später in Tampa

Stirnrunzelnd betrachtete Max den Aktenordner auf seinem Schreibtisch und fragte sich, ob das, was er in den Informationen sah, die er enthielt, realistisch war. War es wirklich möglich, dass er und Maddie noch einen weiteren Geschwisterteil hatten? Er hatte Nachforschungen angestellt und versucht, sich davon zu vergewissern, dass er nicht irgendwo in der Welt da draußen noch mehr Familie hatte. Obwohl er jetzt mit seinem Leben vollkommen zufrieden war, wollte er da draußen nicht noch weitere Geschwister haben, von denen er nichts wusste. Falls er nicht jede Möglichkeit überprüft hätte, würde ihn diese Frage ständig beschäftigen. Also hatte er Detektive engagiert, damit fortzufahren, nach Antworten zu suchen. Seine leibliche Mutter war nach dem Tod seines Vaters noch zweimal verheiratet gewesen. Es hätte durchaus möglich sein können, dass sie noch weitere Kinder bekommen hatte. Die Information war vage, aber er musste dieser Möglichkeit nachgehen und die Information überprüfen, die seine Agenten kürzlich aufgedeckt hatten.

»Ja. Kein Problem. Das kann ich überprüfen«, sagte Kade lässig. Seine Stimme strömte aus dem Lautsprecher auf Max Schreibtisch seines Heimbüros.

»Es ist recht unwahrscheinlich, aber ich muss dem nachgehen, und ich bin nicht bereit, Mia so bald wieder allein zu lassen. Ich kann es einfach nicht«, gestand Max seinem Schwager mit heiserer Stimme. »Und sie hat Projekte am Laufen, die sie fertigstellen muss.«

Kades Stoßseufzer hallte über die Telefonverbindung durch den Raum. »Ihr zwei müsst vielleicht mal mit diesem Scheiß aufhören.«

Verflucht. Max hoffte, sie würden niemals damit aufhören. Obwohl er genau wusste, worüber Kade sprach, fragte er unschuldig: »Womit?«

»Mit den ekelhaften Liebesspielen. Das wird langsam widerlich«, antwortete Kade mit verärgerter Stimme.

Max schaute auf, als Mia den Raum betrat. Sie sah hinreißend aus in einem roten sexy Kleid, das Max Schwanz auf der Stelle hart werden ließ. »Mia ist fertig. Wir sind gleich weg. Wir müssen zu einer Wohltätigkeitsveranstaltung. Danke, dass du mir aushilfst. Ich werde dir alles rüberschicken, was ich habe«, erklärte Max Kade beiläufig und streckte die Hand aus, um den Anruf zu beenden.

Max stand auf und strich über die Ärmel seines Smokings, ließ dabei aber niemals seine Frau aus den Augen, mit der er in der Mitte des Raumes zusammentraf.

Der letzte Monat war für sie eine Zeit der Erforschung und Entdeckung gewesen. Jeden Tag dachte er, es gäbe keine Möglichkeit, seine Frau noch mehr lieben zu können, als er es ohnehin schon tat. Aber jeden einzelnen Tag stürzte er sich noch ein bisschen tiefer in die Liebe zu der unglaublichen Frau, die gerade vor ihm stand, einer Frau, die während des vergangenen Monats ihre Seele vor ihm entblößt und ihm erlaubt hatte, das Gleiche zu tun. Sie waren einander auf eine Weise nahe, wie sie es nie zuvor gewesen waren, und teilten die Freude und die nervenaufreibenden Emotionen einer so starken Liebe, dass es beinahe erschreckend war. Beinahe… aber nicht völlig. Das Entzücken war ein bisschen Angst wert. Für ihn war Mia alles wert.

»Du siehst wunderschön aus.« Er wusste, diese Worte waren unzulänglich. Sie sah atemberaubend aus. Das rote Cocktailkleid aus Seide umspielte ihre Knie, verführerisch liebkoste der Stoff ihre Kurven.

»Sie sehen selbst ziemlich hinreißend aus, Mr. Hamilton«, gab Mia flirtend zurück und richtete die Fliege seines Smokings gerade. »Sind wir fertig?«

»Wann immer du es bist, Liebes. Bist du sicher, dass es okay für dich ist? Ich weiß, dass du nicht besonders gern zu diesen Veranstaltungen gehst. Aber falls dich irgendjemand aufregt, sag ihm genau, was du denkst.« Ehrlich, Max glaubte nicht, dass es seiner Frau noch große Probleme bereiten würde, das zu tun.

Max wusste, dass Mia nur einwilligte, mit ihm zu dieser Art von Veranstaltung zu gehen, weil er dorthin gehen musste, doch sie begleitete ihn trotzdem. Er war ihr dankbar, dass sie an seiner Seite blieb, aber er wollte nicht, dass sie weiterhin etwas tat, was sie nicht mochte, nur um ihm zu gefallen.

»Mir geht es gut damit. Es ist etwas, das du tun musst, und ich will mit dir zusammen sein«, erklärte sie ihm ruhig. »Ich bin soweit«, erklärte sie auffordernd und drehte sich zur Tür.

Max fiel der Unterkiefer herunter, als sein Blick auf die Rückseite ihres Kleides fiel. Oder besser, als er sah, dass ihr Kleid fast kein Rückenteil besaß. Die Vorderansicht war täuschend seriös, aber die Rückenansicht vollkommen unakzeptabel. »Das willst du doch wohl nicht tragen?« Es war jedoch weniger eine Frage als eine Feststellung.

»Gefällt es dir nicht?«, fragte sie unschuldig und zwinkerte im lächelnd zu.

Zur Hölle... es gefiel ihm. Jedem Mann in ihrem Umkreis würde es gefallen. Der Rückenausschnitt tauchte fast dort ein, wo die Spalte zwischen ihren Pobacken begann, und entblößte eine Fülle weicher, cremefarbener Haut. »Ich liebe es. Und so wird es jedem anderen Mann auf diesem Ball ergehen. Ich werde am Ende der Nacht in einer Schlägerei enden«, brummte er, aber sein Mund war trocken und sein Atem stockte, als er beobachtete, wie die Seide verführerisch die Kurven ihres Hinterns umspielte.

»Irgendwelche anderen Männer sind mir egal. Mir ist nur wichtig, was du denkst«, erklärte sie offen.

Langsam bewegte sich Max vorwärts und starrte mit einem begehrlichen, besitzergreifenden Blick auf die nackte Haut auf ihrem Rücken.

Sie gehört mir. Das hat sie immer getan, und sie wird es immer tun.

»Wie schaffst du es, darunter Unterwäsche zu tragen?«, fragte er mit heiserer Stimme und war sich ziemlich sicher, dass er die Antwort nicht hören wollte.

»Das ist ein bisschen schwierig. Ehrlich… das geht nicht. Das funktioniert bei diesem Kleid nicht«, antwortete sie lässig und wandte sich zur Tür.

Ich befürchtete, dass sie das sagen würde.

An der Tür fing Max sie ein, seine Hand bewegte sich auf ihren Rückenausschnitt zu und schob den Stoff sanft zur Seite. Es war nur eine kleine Bewegung nötig, um die Tätowierung zu entblößen. »Verdammt, du weißt, was das bei mir auslöst.«

»Ja, das weiß ich. Aber es ist verdeckt«, argumentierte sie.

Das spielte für Max keine Rolle. Er wusste, es war da, und gerade betrachtete er es. »Du erinnerst dich daran, was ich gesagt habe«, polterte er in warnendem Tonfall.

»Das tue ich«, bestätigte Mia und drehte sich herum, um ihm ein *Fick-mich* Lächeln entgegenzubringen.

Sie köderte ihn, und sie hatte ihn an der Angel: Haken, Leine und Schwimmer. »Ich bin ein Mann, der sein Wort hält«, drohte er. »Und wir werden zu spät zum Ball kommen.« Nicht, dass es ihn kümmerte. Seine »Bälle« waren angeschwollen, und wer zur Hölle würde ihn überhaupt wirklich vermissen?

»Das wäre nicht das erste Mal.« Mia drehte sich herum und legte ihm die Arme um den Nacken.

Max hing an ihrer Angel, aber er versuchte nicht einmal, das zu verbergen. Er hob sie auf seine Arme und küsste sie, als er sie in ihr Schlafzimmer trug. Mias Lachen hallte durch ihr riesiges Zuhause, ein Zuhause, das nun vollständig mit Liebe ausgefüllt war.

F. A. Scott

Sie kamen nicht zu spät zum Ball; sie gingen erst gar nicht hin.

Am nächsten Tag schickte Max eine Entschuldigung, aber das war reine Formsache, eine kurze Mitteilung, dass etwas Dringliches dazwischen gekommen war. In Wahrheit tat es ihm überhaupt nicht leid, und die Entschuldigung war nicht gerade eine Lüge. Aber die ganze Wahrheit konnte er nicht sagen… dass sie es in jener Nacht nicht geschafft hatten, das Haus überhaupt zu verlassen, und das alles nur wegen eines roten Seidenkleides, einer aufreizenden Tätowierung und eines gewissen Etwas, das wirklich dazwischen »gekommen« war!

~Ende~

Der vierte Teil der Serie, die Geschichte von Kade, »Der Milliardär und sein Spiel«, wird ab Anfang September 2016 erhältlich sein.

Biografie

J.S. Scott ist eine Bestsellerautorin pikanter Liebesromane. Sie ist eine begeisterte Leserin von Büchern und Literatur jeglicher Art. J.S. Scott schreibt, was sie selbst gern liest, und das sind zeitgenössische sowie paranormale erotische Liebesgeschichten. Sie handeln meistens von einem Alphamännchen und haben ein Happyend, denn so schreibt sie sie einfach am liebsten!

Besuchen Sie mich auf:
http://www.authorjsscott.com
https://www.facebook.com/J.S.ScottGermany/

Oder senden Sie eine E-Mail an:
JSScott_author@hotmail.com

Sie finden mich ebenfalls auf Twitter:
@AuthorJSScott

Bitte tragen Sie sich auf meiner E-Mail-Liste ein, um über Neuigkeiten, neue Veröffentlichungen und exklusive Textauszüge informiert zu werden:
http://eepurl.com/b2DuYn

Bücher von B. A. Scott